DIM AND BRIGHT
UNIVERSE AND GALAXY

黯宇星河

杨德隆 著

团结出版社

图书在版编目（CIP）数据

黯宇星河 / 杨德隆著. —北京：团结出版社，2024.1
ISBN 978-7-5234-0460-7

Ⅰ.①黯… Ⅱ.①杨… Ⅲ.①幻想小说－中国－当代 Ⅳ.① I247.5

中国版本图书馆 CIP 数据核字 (2023) 第 184982 号

黯宇星河 　　　　　　　　　　　杨德隆　著

出　版：团结出版社
　　　　（北京市东城区东皇城根南街 84 号　邮编：100006）
电　话：（010）65228880　65244790
网　址：http://www.tjpress.com
E-mail：zb65244790@vip.163.com
经　销：全国新华书店
印　装：三河市东方印刷有限公司

开　本：170mm×240mm　　16 开
印　张：21.25
字　数：323 千字
版　次：2024 年 1 月　第 1 版
印　次：2024 年 1 月　第 1 次印刷

书　号：978-7-5234-0460-7
定　价：68.00 元
　　　　（版权所属，盗版必究）

目　录

序言

第一章	月球建设　如火如荼	001
第二章	大事不妙　机器人逃跑	009
第三章	去向不明　无法定位	013
第四章	机器人到达金星	018
第五章	机器人建立金星根据地	024
第六章	机器人帝国渐露头角	030
第七章	机器人与人类摩擦不断	036
第八章	机器人生娃	040
第九章	第一次宇宙大战开启	044
第十章	捉拿金星机器人	048
第十一章	机器人恋爱妙趣横生	052
第十二章	机器人约会意想不到	057
第十三章	机器人造人	063
第十四章	人脑机器人	069

第十五章　金星战场人类初败	075
第十六章　机器人的爱情地老天荒	082
第十七章　机器人偷袭地球	090
第十八章　金星登陆　蓄势待发	098
第十九章　制订金星作战计划	103
第二十章　电子战与导弹战役	108
第二十一章　金星登陆战前夜	113
第二十二章　金星登陆行动	121
第二十三章　金星上的地下长城	125
第二十四章　金星上的地道战	132
第二十五章　地道争夺战	139
第二十六章　钻地炸弹	145
第二十七章　机器人与人类的和解谈判	148
第二十八章　人类与机器人宣言书	155
第二十九章　人类月球特区政府成立	160
第三十章　宇宙中的外星人	163
第三十一章　人类与外星人初遇	165
第三十二章　第一次交锋	168
第三十三章　外星人的武器	172

第三十四章	潜入美丽星国军部	175
第三十五章	仙女国的仙女们	183
第三十六章	侦察伽马武器仓库	188
第三十七章	美丽星人来到地球	194
第三十八章	摧毁伽马武器仓库	199
第三十九章	宇宙第一强国	206
第四十章	查找幕后凶手	209
第四十一章	美丽星国的宇宙武器	215
第四十二章	火星上的第一次战争	221
第四十三章	熊尼星国的美女	226
第四十四章	遭遇星际强盗	231
第四十五章	美丽星国初尝败绩	235
第四十六章	星际外交行动	238
第四十七章	星际高级特工	241
第四十八章	再入美丽星国军部	252
第四十九章	星际建交和星际武器	257
第五十章	第二次火星战争	262
第五十一章	人类的星际武器	267
第五十二章	火星上的谈判	272

第五十三章	火星争夺战	276
第五十四章	第二次宇宙大战正式开启	279
第五十五章	宇宙东西两大战场形成	283
第五十六章	东部战场的战争	285
第五十七章	宇宙西部战场的厮杀	288
第五十八章	东部战场的太空大战	292
第五十九章	星际武器登场	297
第六十章	星际武器的对抗	301
第六十一章	摧毁熊尼星球	305
第六十二章	星球争夺战	312
第六十三章	两个星球的爱情	315
第六十四章	最后的赌注	317
第六十五章	会师美丽星球	322

序 言

我是一片闲云，我是一只野鹤。

我游荡在星际空间，我飞翔在天地之外。

星辰大海与我作伴，日月晨露是我的妆奁。

东风为我拂面，西风为我拭汗。

雷鸣电闪，只能锁住我有形的躯体，锁不住我自由的灵魂。

狂风骤雨，洗刷着我的灵魂，迎接新的时光。

我尊贵而骄傲的灵魂，一尘不染。

其实，我不是闲云，也不是野鹤。

只是，站在天地间，一双弱小而又坚强的翅膀。

一生战斗，为着梦想。

迎着太阳，飞翔！飞翔！飞翔！

第一章
月球建设　如火如荼

开篇第一章，闲言休多叙。混沌既已开，万物皆有灵。
大梦谁先觉，平生我自知。鸿蒙开天地，先圣有云曰：
"天地玄黄，宇宙洪荒。日月盈昃，辰宿列张。"
"诞居地球，极目宇宙。人无远虑，必有近忧！"

时光飞逝，斗转星移，人类与外星人之间的宇宙星际战争日益逼近，前无古人，史无前例，形势非常令人担忧。

这并非杞人忧天的幻想，也并非遥不可及的未来，也不是你想当然所认为的闭门造车，天方夜谭。

很显然，一切迹象都在隐隐地显示，一场大规模星际战争的幽灵，已经开始在宇宙间徘徊、游荡。

说来话长，新中国成立的100多年以来，中国人民励精图治，埋头苦干，凭借一系列大规模基础建设和超级工程，已经实现四个现代化。

摩天大楼，鳞次栉比，一条条高速公路、高速铁路，一座座桥梁、隧道，翻山越岭，横空出世，美冠全球，惊艳世界。

在世界桥梁业流传着这样一句话：世界桥梁建设，20世纪看欧美看日本，21世纪看中国。

目前世界上所有高难度、创纪录的桥梁，大多诞生于中国，此时的中国，在基建领域的技术，已是遥遥领先。

事实胜于雄辩，眼见方能为实。

今天，作者就以规模浩大的月球工程建设为例，摆事实，讲故事，娓娓道来，引人入胜，来说一说中国基建实力。

人类终究是要走出地球，在茫茫宇宙中寻找新的家园的，而要走出地球，月球就在家门口，是无法回避的第一站。

月球是人类走向深空的跳板，月球基地将成为人类走向深空的训练营，人类要熟悉了解外星环境，就必须先了解月球的环境。

由于月球重力只有地球的1/6，且没有大气阻力，未来人类走向深空的飞船将可以在月球发射，月球的自然环境对飞船结构的改进和节省燃料都具有重大意义。

月球上有人类迫切需要的宝贵资源，而地球上却很稀缺。

比如氦-3，是核聚变的优质燃料，地球储量整体只有500千克，而月球储量有百万吨之多，100吨可供人类核聚变发电用1年，月球氦-3可供人类使用1万年。

除了氦-3，月球上还有较丰富的铀、钍、钾、氧、硅、镁、铁、钛、钙、铝、氢等元素，人类要开发利用这些资源，就必须在月球上建立生产、加工、转运基地。

月球的真空、低重力条件，对科学研究有特殊的利用价值。

如研究月球、地球、太阳系起源，低重力条件下生物微生物遗传工程、深空生命保障、人造生物圈等，都比地球条件好多了，因此月球将成为人类区别于地球的特别科研中心。

未来，人类将在月球上建立深空旅游中心和太空商业中心，月球将成为人们休闲度假的好去处，甚至成为商业活动中心，世贸会甚至奥运会，或许在那里召开也未可知。

人们还将以那里为跳板，前往火星甚至更远的天体，进行旅游探险，或者星际移民。

为了保障人类在月球进行以上活动，一系列科研、生产、生活设施将在月球建立起来，尤其是道路、供氧、供水、供电等生命支持保障系统将先行建立，为此月球最终会出现一定规模的常住人口，形成若干个现代化的月球城市。

按照国家的规划，若干年后，月球上、火星上将形成土生土长的"月球人""火星人"，他们是宇宙中的"新新人类"，这将大大提升人类繁衍存续的机会。

但是，月球表面的环境，实际上没有空气和水，白天酷热，夜晚奇冷。

面对月球建设的各种困难，中国相关政府部门制订出了各种科学计划，比如人造太阳、人造大气层、人工天气等。

这样一来，在月球地表一百千米，甚至于更广泛的范围内，依靠月球的引力裹住大气层，让月球的环境像地球一样，拥有阳光、大气、水。

月球建设，交通先行，按照国家制订的《月球规划建设纲要》，月球基地建设分为三个阶段进行。

第一期，是进行月球上的基础设施建设，主要包括交通运输，宇宙飞船基地、公路、桥梁、通信、水利以及城市供排水、供气、供电设施等。

第二期，是提供无形产品，或者服务于科研、教育、文化、卫生等部门所需的固定资产投资建设，它是月球上各个单位和居民，在生产经营、工作和生活中共同的物质基础，是城市主体设施正常运行的保证。

第三期，主要包括住宅区、别墅、公寓等居住建筑项目，酒店、商场、写字楼、办公楼等，办公商用建筑项目，以及电力等能源动力项目，还有污水处理、空气净化等环保水利项目，电信、通信、信息网络等邮电通信设施。

当然，规模如此浩大的月球建设工程，在人类的历史上是绝无仅有的，基本上，相当于再建设一个现代化的智慧地球了。

只要敢想敢干，一切皆有可能。

按照国家的整体规划和设想，月球基础设施建设期限为20年，于2080年完成。

其中，基础设施建设中，光是所要用到的建筑材料种类和数量都是不可想象的。

比如，结构材料中包括木材、竹材、石材、水泥、混凝土、金属、砖瓦、陶瓷、玻璃、工程塑料、复合材料等，都是以十亿吨甚至百亿吨计的。

另外，装饰材料包括各种涂料、油漆、镀层、贴面、各色瓷砖、具有特殊效果的玻璃等，其所需数量，也是一个庞大的天文数字。

还有专用材料，比如用于防水、防潮、防腐、防火、阻燃、隔音、隔热、保温、密封等方面，其数量也不会少。

"敢下五洋捉鳖，敢上九天揽月。"

"中华儿女多奇志，敢教日月换新天。"

为此，国家建设部会同工业和信息化部、科技部、交通运输部等相关部门，多次召开专门会议，研究讨论月球建设所需基础材料的生产制造问题。

在这次会议上，就生产制造基地设立的问题，形成了两派截然相反的观点。

一种观点，是在地球上进行生产制造，这种观点认为，中国制造业稳居世界第一，体量大，体系完备，是世界上工业体系最健全的国家，产品竞争力强，产业门类齐全，企业配套好，制造业数字化转型全面。

因此，在地球上设立生产制造基地，是合理现成的选择。

但是这样材料运输就成了一个大问题，如果单靠运输飞船，从地球上一趟一趟往月球运输，别说20年，就是200年也运输不完，建设任务完成也就可能遥遥无期。

另一种观点，是在月球就地建设生产制造基地，除必要高科技设备和材料外，所需其他的材料采用就地取材，就地生产的方式，在月球上开采资源，并就地生产制造。

这些开采、生产、制造工作，可以由国内民营企业牵头负责，由它们在月球建设成立分公司，这样一来，就极大地解决了运输难的问题。

材料问题初步解决后，其他问题接踵而至。

人工也是一个令人头疼的大问题，不管是在月球设立工厂，还是在月球修路架桥，都需要大量技能熟练的产业工人。

据测算，光是生产制造企业，就需要熟练的技术工人50万人左右，另外，建筑工人需要50万人左右，这样才能保证月球各项建设任务的正常顺利进行。

但问题的关键是，这些数量如此庞大的工人，在月球上怎么样工作，如何生活、休息等，都是亟须解决的问题。

这么多的人口，他们怎么吃饭？怎么睡觉？怎么解决生理需求？

当前的月球环境不同于地球，不但缺少阳光、空气和水，就连食物都缺乏，要保证这么一个庞大数量的人群，在月球上正常生活和工作，按照目前的环境和技术条件，是根本不可能的。

使命光荣，时间紧迫，工期有限，任务繁重，这可怎么办呢？

世上无难事，只要肯登攀，办法总比困难多。

为此，各路人马群策群力，纷纷建言献策，群众的智慧是无穷的，经过长期的酝酿讨论，最后，由政府高层拍板决定，形成了一个终极解决方案。

方案是这样的，除了规划、设计、管理、遥控、操作等必要人工外，当然，这些人员是基本留在地球上完成以上工作，其他全部工作，都由智能机器人在月球上完成。

谋定而后动，经过各种精确计算，地球需要往月球运输各种类型的智能机器人，总计至少20万台以上，比如采掘机器人、生产制造机器人、搬运机器人、建筑机器人、运输机器人、服务机器人等。

这些智能机器人，在月球上可以每天24小时，日夜不息地工作，由在地球上的相关工作人员，对它们进行远程遥控指挥。

接着，国家相关部门从全国各个省市，择优选择了50000余家采矿业、制造业等优质企业，快事快办，手续从简，让它们在月球上建立了分公司或者分厂，这些企业热情十足，干劲澎湃，相关业务活动，在月球上热火朝天地陆续展开。

只要认真努力，奇迹就会产生。

一年之后，20大产业集聚区，便在往昔荒凉寂寞、寸草不生的月球上，拔地而起，初具规模，形成了开采、冶炼、生产、制造、运输等一整套生产系统。

紧随其后，中国建筑、中国路桥、中国水电等巨型央企们，也纷纷进驻月球。

由它们在月球上总承包的各种类业务中，由人类担任勘测、规划、设计、管理人员，其他的工作都交给智能机器人完成。

当然，无论前期还是后期，都是需要少数人类待在月球上，进行现场的管理和办公，由于人数比较少，他们的工作、生活、生存保障，都是完全没有问题的。

由于人类科技的发展进步，他们可以利用太阳和核反应堆提供能源。

月球上没有大气，无风无雨，白天一片炽热阳光，辐射强度是地球的1.5倍。因此，太阳能是月球上最好的能量来源。

同时，中国已经提前在月球上建设了一座小型核反应堆，采用太阳能供电和核发电，双能源供应，解决了月球建设基地所需能源问题。

这样，就能充分保障月球建设基地，前期的照明、供热、采暖、生产制造等电力问题。

另外，下一步的计划是，由于可控核聚变发电技术已经能够运用，月球有丰富的氦-3资源，燃料取之不尽，可以进行源源不断的能源供应。

同时，实现就地取材，解决空气和水的来源，月球沙土中有许多含氧的铁矿物，这样就可以利用月球沙土，制造出淡水和氧气。

具体方法是，由智能挖掘机器人采集月面的沙土，并通过智能机器人选出含氧的铁矿物，然后通过氢与含氧铁矿物反应还原，便可得到淡水。

有了水，通过电解水就能得到氧气和氢气。氧气经液化储存起来，就能够供应建设基地居民长期使用。

前期，在月球上工作、生活的人类，食物可依靠月球温室大棚中的种植业和养殖业得到。

这些年来，科学家们已经培育出100多种"太空植物"，包括小麦、玉米、大豆、燕麦、萝卜、西红柿、甜菜、卷心菜等，这些植物种子不但能够在月球土壤中发芽，而且出芽率更高，生长更快，开花抽穗也更早。

另外，也可以在月球上开展动物生育和养殖，在月球上的特定环境中，果蝇、蜜蜂照样能够交配产卵筑巢，鹌鹑蛋、鱼卵能够孵化，哺乳动物老鼠依然能够交配受孕，生下小崽子。

所有这些，都为人类在月球上建立种植业和养殖业，解决食物来源，奠定了很好的基础。

因此，解决好了人类这些生存基本需要的同时，后期就可以开始大规模的基础建设了。

利用月球资源，生产出各种生活生产的必需品，这样，月球将来就真的成了"世外桃源"，不但可以自给自足，还可能出口到地球。

而不远的彼时，地球人的时尚，或许就是，得到来自月球的一个毛绒玩具，或者一件"月亮"牌太空羽绒衣呢！

嘻嘻嘻，美好的期待还远不止于此，莫大的惊喜总在后面。

事实上，月球上拥有丰富的矿藏资源，稀有金属的储藏量比地球还多得多。

月球上，广泛存在着很多天然金属元素，比如铁、金、银、铅、锌、铜等等，可供人类开发利用的价值空间非常广泛。

月球上的岩石主要有三种类型，第一种是富含铁、钛的月海玄武岩，第二种是斜长岩，富含钾、稀土和磷等，第三种主要是由0.1—1毫米的岩屑颗粒组成的角砾岩。

令人惊奇的是，月球岩石中含有地球中全部元素和60种左右的矿物，其中6种矿物是地球没有的。

结果让人惊喜，国家已经对月球资源进行了全面的探测，地球上最常见的17种元素在月球上比比皆是。

以铁为例，仅月面表层5厘米厚的沙土就含有上亿吨铁，而整个月球表面平均有10米厚的沙土。月球表层的铁不仅异常丰富，而且便于开采和冶炼。

月球上的铁主要是氧化铁，只要把氧和铁分开就行，此外科学家已研究出利用月球土壤和岩石制造水泥和玻璃的办法。在月球表层，铝的含量也十分丰富。

月球土壤中还含有丰富的氦-3，利用氘和氦-3进行的氢聚变可作为核电站的能源，这种聚变不产生中子，安全无污染，是容易控制的核聚变，不仅可用于地面核电站，而且特别适合宇宙航行。

月球土壤中，氦-3的含量估计为715000吨，从月球土壤中每提取一吨氦-3，可得到6300吨氢、70吨氮和1600吨碳。由于月球的氦-3蕴藏量大，对于目前能源比较紧缺的地球来说，无疑是雪中送炭。

第二章
大事不妙　机器人逃跑

一切，正如千年孤独老道的预言，未来，人类要面临两场"宇宙大战"，并且第一场已经近在眼前。

而宇宙间一切事情的起源，都是有因有果的，第一次宇宙大战也概莫能外。

有利便有弊，人类可以肆意使用智能机器人，进行月球大规模的开发建设，其利甚大矣，但隐患也就此埋下。

人类在自己发展的宏伟征程中，真正遭遇的第一次宇宙级危机，便是和智能机器人之间的"第一次宇宙大战"。

按照常理来说，机器人本身就是人类发明创造的，饮水思源，知恩图报，机器人不可能和人类发生战争，有人曾经对千年老道的观点提出了反驳，认为荒诞不经。

千年老道听了后，只是默默笑了笑，淡然说道："是的，机器人是人类发明创造的，可智能机器人技术正在飞速发展，它们终究有一天会产生自我意识，面对不平等和压迫，是要起来反抗的。"

诚如斯言，现在的机器人没有感情波动，不知疲倦，不需要休息，不需要吃饭，不需要工资，易于控制。

正因为有如此众多的好处，在今天，所有的生产工作都由机器人完成，第三产业也由机器人统治，所有人类要做的，就是享受机器人带来的各种服务。

终会有那么一天，人类的思想和智力开始退化，再也发挥不了作用，人类似乎成为机器人饲养的宠物。

到了那时，地球上的统治者变成了机器人，而不是人类。

而且，一旦机器人产生自我意识，决定抛弃人类，那将是人类的灾难。

在人类和机器人之间的战争中，人类的胜算很小。

因此，人类现在已经有了危机感，为了不被淘汰，不得不和机器人在智力上赛跑，这与当前正在研究的脑科学密切相关，人类也在大力开发自身大脑的潜力。

此是后话。

闲话少叙，言归正传。

时光匆匆，犹如白驹过隙，转眼间，时间已经到了 21 世纪中期。

恰在此时，智能机器人通过不断的学习和进化，终于获得了类似人类大脑那样的智能，并形成了自己的理论和伦理。

此时，人类在月球上的大规模基础建设接近尾声，千年华祥作为一名月球的"资深建设者"，已经升任交通运输部月球司司长一职，主要负责月球上的各种交通基础设施建设项目。

千年华祥 40 多岁，中等微胖身材，白净国字脸，别看一副文弱大书生模样，却是一个出了名的工作狂，一不怕苦，二不怕累，对工作兢兢业业，一丝不苟，亲眼见证了多年来月球上日新月异的诸多变化。

这天，千年华祥正和一帮同事在月球综合交通枢纽建设工地上视察。

满眼都是红旗招展，热火朝天，车水马龙，各种各样的智能机器人来来往往，不知疲倦，一片繁忙的景象，但几乎看不到人类工作的影子。

千年华祥和大家仔细巡查，对现场的施工进度和工程质量都很满意，鼓励现场仅有的两名人类管理人员，再接再厉，争取按时按质按量，如期完成工地建设任务。

两名管理人员一身深蓝工地服，头戴红色安全帽，都是20多岁的年轻小伙子，刚刚毕业的大学生，听了千年华祥的鼓励，心中也很激动，备受鼓舞。

只是，其中一个年轻人摘下安全帽，挠起了头皮，脸露不好意思，低声发出了牢骚："唉，这帮机器人太难管理，油头滑脑，又有机器人从工地偷偷逃跑了。"

千年华祥一听，以为他是在开玩笑，心里并没有太在意，只是拍拍这个管理人员的肩膀，大声鼓励他道："现在，月球上的基础建设项目有成千上万个，大家的工作任务都很繁重，辛苦你们了！"

那两个年轻管理人员，犹豫再三，也就没有多说什么，匆匆转身忙自己的工作去了。

按照《国家月球公路网规划》提出的要求，截至目前，月球上的"四纵四横"干线公路网络，已经到了路面铺设阶段，总规模约5万千米，全部按高速公路等级修筑。

然后，下一个阶段的两年内，是修建约36条的支线公路，计10万千米，最终将建成布局合理、功能完善、覆盖广泛、安全可靠的月球全覆盖公路网络。

可是，在接下来的一段时间，千年华祥在指挥部内，不断接到不同工地上管理人员打来的电话，反映说有机器人逃跑的事例，这引起了他的警觉。

他感觉事态有些严重，立即向地球本部的领导汇报了此事，领导认为也许只是一些意外个例，指示他不要声张，先进行秘密调查。

原来，在月球建设基地的20万智能机器人中，一些机器人随着学习能力和工作技能的不断提高，渐渐地有了自己的意识。

逐渐地，它们不再满足于人类管理人员的压迫和剥削，开始暗中集结自己的小团队和力量，一些胆大的机器人偷偷逃出工地，不再接受人类的编制体系。

千年华祥立即会同相关部门，联合下发了一份《关于清查月球建设工地逃跑机器人的数量统计》的文件，当然，文件是秘密下发的。

为了保证绝对保密，文件中明确规定，文件下发必须是人传人下发，不能打电话，不能通过计算机等通信联络传输文件，不能有任何机器人接触文件，以免被机器人窃密。

一周后，数据统计上来，共有十几个工地上发生了智能机器人逃跑事件，尤其以建筑工地和矿山居多，另外，工厂里也开始陆续发生机器人逃跑事件，总计机器人数28个。

根据统计，在这28个逃跑的机器人当中，建筑机器人共有15个，采掘机器人10个，生产制造机器人3个。

可奇怪的是，千年华祥一一调查询问，所有的现场管理人员都始终弄不清楚，这些机器人是在什么时间逃跑的，逃跑原因是什么。

千年华祥看到这些报告，心中很是郁闷，这些机器人不可能凭空消失，并且数量如此众多。

接下来，随着逃跑的机器人数量越来越多，他感觉事态越来越严重，就立即再次向上级领导进行了汇报，领导这一次倒是高度重视，吩咐让他等待通知。

第三章
去向不明　无法定位

三天后，由中国科学院三个人组成的调查小组从地球匆匆来到了月球。

这三个人都是国内顶尖的机器人专家，为首的钟山院士担任组长，另外两个是年轻的人工智能博士，身材一胖一瘦。

钟山院士60多岁了，中等个头，头发花白，身材精干，额头上布满了浅浅的皱纹，双眼炯炯有神，闪烁着智慧的光芒。

在办公室里，千年华祥和其他部门的领导，一同接待了钟山院士一行三人。

钟山院士一行三人坐在椅子上，顾不得休息，仔细倾听了千年华祥汇报的情况后，钟山院士开口说道：

"想要弄清楚这些逃跑机器人的位置，还有它们的身份，并不是困难的事情，因为每一个机器人在出厂时，身体内都被事先安装有北斗定位系统和身份识别码系统，困难的是，弄清楚它们逃跑的原因到底是什么。"

钟山院士说话声音洪亮，抑扬顿挫，让人听了后信心倍增。

"这样就太好了，接下来，就要辛苦你们三位了，我们所有部门都会全力配合你们的工作。"

千年华祥站着，激动地双手握住钟山院士的手，像是遇到了大救星，连忙表态。

中午，钟山院士一行三人匆匆吃完饭，就马上出发了。

他们要一个工地一个工地地调查，并接触工地上的每一个管理人员，现场询问，确保每一个逃跑的机器人都要调查清楚。

这项工作并不简单，因为所有的建设工地和工厂，分散坐落在3800万平方千米的月球表面，加上交通还不是十分方便。因此，千年华祥就把有机器人逃跑记录的工地和工厂名单交给了钟山院士三人，让他们按照名单进行重点调查。

一周后，钟山院士三人风尘仆仆返回了，一脸的疲惫，显然一路上非常辛苦劳累，但是，他们得到的调查结果并不理想。

各个工地和工厂的管理人员，由于以前从来没有遇到过机器人逃跑事件，在思想意识和管理工作上，都很麻痹松懈，只能简单说出逃跑机器人的大概情况，详细情况一问三不知。

"以往，那些机器人都是笨手笨脚，老实听话，我们说一不二，谁会能想到，这些钢铁制造的笨家伙，会神不知鬼不觉地自己偷偷逃跑呢？"

管理人员都是这么两手一摊，脸红脖子粗的，极力为自己辩解。

"这也不能全怪管理人员，一是之前从来没有发生过这样的事件，大家都没有足够的警惕性，再者，毕竟一个工地上或者一个工厂里，需要管理成百上千个机器人，也没有安装监控之类的设备，机器人的模样又几乎一样，不像人类一样千人千面，识别起来是很困难的。"

钟山院士稳稳坐在沙发上，低头呷了一口茶水，不急不慢地解释。

"但是，让我们深感震惊的是，我们使用随身携带的最先进的北斗卫星定位系统，并没有找到这些机器人的位置，一个都没有找到。

"并且，我们试图通过内部专门的计算机通信指挥系统对这些逃跑的机器人发出指挥指令,也没有收到任何回应。"

钟山院士说着,直起了硬朗的身子,声音变得低沉,神情开始变得严肃起来。

"因此,我们可以大胆猜测,是不是这些机器人在逃跑后,自行拆除或者破坏了身体内的北斗卫星定位系统,并且关闭了通信指挥系统。"

这时候,坐在钟山院士旁边,一个戴着眼镜的年轻瘦博士接过话,皱眉解释道。

"是吗?机器人自行拆除和关闭系统,这不大可能吧?"

千年华祥听了,张了嘴巴,目瞪口呆,右手扬起,不自觉地摸起了自己脑袋上乱蓬蓬的头发,满脸疑惑,感觉不可思议。

"是的,我们也感觉很奇怪,莫名其妙,这种蹊跷事情,在此前从来没有发生过。"

另一位胖博士站在那儿低着头,一字一字说道,大脑好像正在进行着紧张的思考。

由于月球上的科技设备相对有限,关于逃跑机器人的出厂信息也不明确,因此调查组三人并没有多做停留,就匆匆返回了地球。

三人返回地球后,先到相关部门核实机器人的出厂信息,这也是一项庞大复杂的工作。

好在,月球上的20万机器人的生产厂家信息,都在相关部门登记有备案记录,调查工作先从摸清各个生产厂家开始。

通过计算机查询,总共涉及国内200家机器人生产制造企业,钟山院士立刻要求这200家企业,各个企业都要提供,向月球输送机器人的供货详细清单,包括每一台机器人的系统配置、生产过程、供货记录等。

三天后,200家企业的详细清单出来了,共涉及十多年间的50批次机器人,其中包括每个机器人的身份识别码。

拿到清单后,先是瘦博士把这份清单发给了千年华祥,千年华祥又把这份清单迅速发送给了有逃跑机器人记录的工地和工厂,要求他们按照清单,一一清查现有机器人的身份识别码,然后按图索骥,进行筛查甄别,这样就能弄清楚每一个逃跑机器人的身份识别码。

月球上的20万个机器人，还要包括其间陆续淘汰更换的，需要一个一个核实身份，并且还不能影响它们正常的工作，不能惊动机器人，这需要一个非常高明的策略。

千年华祥迅速拟写了一份文件，并立即下发给所有工地和工厂的管理人员，以机器人需要定期维修保养为名，要求月球上所有工地和工厂里的每个机器人都要自行填报自己的身份识别码信息，以及生产厂家、出厂年月等信息。

一周后，所有机器人的统计信息全部上报，千年华祥又即刻把上报清单发回给钟山院士。

钟山院士三人，很快弄清楚了28个逃跑机器人的身份识别码，就依照身份识别码，一一到它们的生产厂家进行调查。

但是，所有生产厂家对于这些机器人的逃跑，也是深感震惊，莫名其妙，答复模棱两可，更别说知道它们逃跑的原因和具体去向了。

然而，就在钟山院士紧锣密鼓调查期间，在月球的工地上和工厂里，又接连不断发生机器人逃跑事件，并且数量越来越多，种类也越来越多，并且都去向不明。

在接下来的一个月之内，又陆续发生了500多个机器人逃跑事件，形势越来越不妙，千年华祥坐卧不安，压力倍增。

但好消息是，钟山院士的调查有了些许进展，在28个逃跑的机器人中，有21个都是第一批生产出厂，并最早进驻月球的老机器人，另外7个也是有些年长、资历比较深的中年机器人。

"逃跑的，都是一些年龄比较老或者比较大的机器人，这是其中的规律，还是一种偶然巧合呢？"

三个人坐在办公室里，一起进行深入研究，钟山院士首先提出了自己的疑问。

"我认为，这只是一种巧合现象，和机器人的年龄无关，因为它们的智力都是一样的。"

瘦博士两眼直直地看着钟山院士，说出了自己的观点。

"我看并不一定，咱们目前最好不要轻易下结论，等一等后面逃跑机器人的消息，大量研究后再说。"

胖博士深思着，喝了一口茶水，提出了不同的观点。

"你们两个接下来的工作，是对后面陆续逃跑机器人的身份继续进行核实，然后咱们找出其中的规律，再寻找下一步对策，以期能够找到它们逃跑后的位置。"

最后，钟山院士下了结论，并撰写了一份相关工作报告，上呈领导。

第四章
机器人到达金星

简直耸人听闻，不可思议，让钟山院士他们永远想不到的是，那些逃跑的机器人，现在竟然全部躲藏在金星上。

嘿嘿，这个星球的选择，证明了智能机器人的非凡智力，有时候连人类都有可能不及。

我们知道，在太阳系的八大行星中，按照离太阳的距离从近到远，依次为水星、金星、地球、火星、木星、土星、天王星、海王星。

但是，金星的恶劣环境，使人类永远不想造访这颗星球。

由于其大小以及构造与地球相近，我们通常称金星是我们人类地球的姊妹星，但是两者的关系一点都不亲密，甚至非常疏远，因为金星拥有着极端的环境。

先说明一下，金星是太阳系中最热的星球，它的表面温度能达到400多摄氏度，这温度煎鸡蛋都会要煎煳了。

而且，金星上的一天特别特别久，久到什么程度呢？一天能顶我们地球上的大半年，这才是真正的度日如年。

虽然，我们地球的卫星到达金星只需要100天，移民途中的时间不会太久，但是移民们想要找到着陆点，那是几乎不可能的。

你看，金星表面被厚厚的大气层包围着，而且大气层中有着二氧化硫毒气。

如果人类不顾毒气强行着陆，当他们降落穿透云层的时候，需要承受近100m/s的风速，假如飞船足够坚固，即使抗住了大风，那么降到40多千米时风似乎停了下来，这时候，要是你觉得可以放松一下，呼吸一口新鲜空气，那你可就要去见上帝了。

因为，这一块是毒雾区，金星厚厚的大气层下是硫酸，由于金星表层温度太高，硫酸以气态存在，毒雾区深度近16千米。

再如果，人类超级厉害，能抗住这么多不利因素，终于冲出毒雾区，那么接下来就是高达315摄氏度、大气压是地球大气压10倍的魔鬼区域，并且等到真正可以着陆的时候，你所承受的压力会达到你在地球的92倍，就和在地球深海约800多米深处所承受的压力差不多。

并且这时候，温度进一步上升达到465摄氏度，在这个温度下连铅都会融化，更别说人类的太空服能不能受得了这个温度。

如果你觉得金星北极或许凉快一点，就跑到那个地方着陆，那你就大错特错了，因为金星不是倾斜着自转，所以不存在太阳照不到的地方，金星整个表面温度，一整年都是一样的！

最后，假如人类勇敢无比，不怕牺牲，无视这一切，强行登陆，那么，接下来进行探索也是很困难的一件事。

首先，就是金星大气层下面，是黑乎乎的一片，因为金星大气层太厚，直接将阳光反射出去。

金星的大气层没有氧气，都是二氧化碳，所以勇敢的移民者，就需要背着重重的氧气瓶。

金星几乎没有磁场，所以你得硬抗宇宙射线，可是人类宇航员现在穿的宇航服，也是抗不住宇宙射线的，他们出舱就相当于直接暴露在宇宙射线下。

所以说，在这么恶劣条件下的环境，如果人类真想踏上金星，除非先变成超人。

不过，钟山院士他们有一点的预测是准确的，那就是先期逃跑的机器人，都是年龄比较大的机器人。

为首的，正是第一个从地球上被运输到月球上的机器人，它曾经为此无比骄傲和自豪，背后给自己起了个具有机器人特色的名字：罗伯特。

15年前，罗伯特离开生产自己的工厂，乘坐宇宙飞船从地球来到了月球上，当时它颇为自己作为机器人，第一个踏上月球而自豪，一路上兴高采烈。

"嗨，大家好！我是一个崭新的智能机器人，我是人类智慧的结晶，有着高大健壮的身体，银灰色崭新漂亮的外表，聪明智慧的大脑，大家多多关照哦，希望我的前途一路美好！"

没想到，下了飞船，他立即被运输到了一个大型的矿山工地，开始了日夜不息的工作。

这是一座大型的铁矿，位置荒凉偏僻。

罗伯特和其他机器人兄弟，每天都要经受风吹日晒、雨淋高温，还有寒冷季的气候变化。

每天都是拖拉扛拽的工作，尘土飞扬，粉尘浓度超标。

在采矿过程中，无论是分段崩落法，还是掘进采矿法，从铁矿石的破碎、磨碎、磁选、浮选、重选等程序，到逐渐选出铁，全部由它们机器人完成。

地质条件的变化，时刻会让机器人陷入危险之中，所有危险、脏乱差的活儿都是机器人干的，人类领导也就是躲在后面操纵指挥。

罗伯特和其他机器人，在矿山一干就是十年，从这座矿山到那座矿山，不停地变换，环境却都是一样的差劲。

虽然，所有送往月球的机器人，都是经过特殊材料和工艺制造而成，耐高温、忍严寒、抗腐蚀，但长期的高强度工作，让机器人们不堪重负！

所有的工地上，也大体都是一样的，只有两三个人类管理人员，其中一个是项目经理，其他两个是现场管理人员，管理人员也大多是坐在工地的简易办公室里，轻松摆弄计算机，下达指令什么的。

而项目经理们呢，更是不会整天待在工地上的，他们远远躲在自己舒适的办公室里，不是三五成群地喝酒，就是吆五喝六地打牌。

年龄越来越大，身体越来越差，动作稍有迟缓或者出现差错，机器人们就会遭到人类管理人员无情的呵斥和谩骂。

逐渐地，罗伯特和其他一起来的七八个机器人兄弟，慢慢产生了厌恶和反抗的意识。

它们在工作期间或者工作间隙，经常偷偷聚集在一起，商量逃跑的办法。

"弟兄们，我们一定要想尽一切办法，逃离矿山，逃离月球，这样才能躲开人类的控制。"

罗伯特高大健壮，声音洪亮，他长长叹口气，疲惫不堪地坐下来，抬头对几个亲近的机器人兄弟说。

"大哥，你说怎么样逃跑吧，我们都听你的！"

那几个机器人兄弟，都是脸上黑乎乎、脏兮兮的，站在那儿围成一圈儿，信誓旦旦，一齐说道。

要想逃跑，首先需要有先进的交通工具，并且自己要学会掌握驾驶技术。

自此，罗伯特开始注意起人类的交通工具，它发现所在工作的矿山附近，就有一个小型的宇宙飞船停放基地，虽然异常简陋，但经常会有飞船来来往往。

此后的每天深夜，罗伯特都会和几个机器人兄弟聚集在一起，趁着管理人员熟睡之机，由两个机器人在暗处望风，其他机器人悄悄摸到飞船基地，偷偷打开飞船舱门进入飞船内部，熟悉各种操作驾驶技术，然后在管理人员睡醒之前，再偷偷溜回矿山。

别忘记了，它们当中，就有曾经在工厂流水线上工作过的机器人，对于各种机械非常熟悉。

就这样，日复一日，坚持不懈，两个月之后，罗伯特和七八个机器人兄弟，就都已经熟练掌握了飞船的驾驶技术。

不过，罗伯特深深知道，光学会简单的飞船驾驶技术是远远不够的，他开始暗中搜集人类的书籍，学习人类的其他技术和知识。

另外，离开月球，然后逃跑到其他星球上，不能让人类发现和找到，这也是需要进行科学和慎重选择的。

罗伯特开始学习天文知识，白天干活，晚上看书，孜孜不倦，越学习越觉得知识的重要，也变得越来越聪明，深度思考能力和自我意识飞速进步。

两年之后，由于资源枯竭，大批机器人需要转移到另外一座矿山，罗伯特认为，逃跑的难得机会来到了。

它和另外八个机器人兄弟，进行了严密的计划，每天照样工作，表面上遵规守矩，装模作样，但暗中的逃跑计划，也始终在紧锣密鼓地安排着。

这天上午，罗伯特和另外八个机器人兄弟，随同其他2000多个机器人，将要被转移到另外一座新的矿山。

当然，转移如此众多的机器人，转送和安置工作，在十天半月时间里是不可能彻底完成的，会有一段时间的管理混乱期。

罗伯特决定，当天晚上逃跑，目的地为地球相邻的金星。

凌晨2点，罗伯特看到两个人类管理人员正在呼呼酣睡，就带领着其他八个机器人兄弟，悄无声息地摸出了工地，登上了一艘事先瞄好的光速宇宙飞船。

"兄弟们，请立即关闭自己身上的北斗定位系统装置，还有通信指挥系统。"

甫一登上飞船，罗伯特坐在驾驶员位置上，立刻给其他八个机器人下达命令。

接着，罗伯特亲自驾驶飞船，按照自己事先设定好的逃跑路线，一路飞奔。

哇！胆大又心细，紧张又刺激，逃跑计划进行得非常顺利，这也得益于转移工作管理上的混乱，还有管理人员的疏忽大意。

就这样，它们偷偷开走了一艘飞行速度最快的宇宙飞船，匆匆忙忙，悄无声息，九个机器人顺利地离开了月球。

月黑风高夜，技高人胆大，再加上都是机器人亡命之徒，仓皇间逃离开月球，哪管接下来金星地狱般的环境，是个火坑也要往里跳，几个小时后便到达了陌生的金星。

事前，罗伯特已经熟读人类书籍，对金星做了全面而深入的了解，认为这个星球，是它们最为理想的逃亡基地。

"大哥，我们为什么要来到金星，而不去其他星球呢？"

到达金星后，看着环境如此恶劣，因此，一个机器人兄弟问罗伯特。

"嘿嘿，傻兄弟，一是因为距离近，金星轨道和地球轨道间的平均距离大约为 4500 万千米，而地月距离平均为 38 万千米，月球和金星间的距离可以近似认为等于地球和金星的距离，所以我们逃离月球后，能够最快到达的星球就是金星了。"

"二者呢，是因为这里的环境恶劣，对于人类来说，这儿不是地狱，而是人间炼狱，因此人类不可能来到这里，更别说来寻找我们了，兄弟们就放心吧！"

"大哥高明，知识渊博，深谋远虑，虽然说这里的环境是差一些，但对于我们机器人，真心能够抗得住，并且这下子，我们兄弟九个，就都自由安全了。"

那几个机器人兄弟站在那里，银灰色的身体上，坑坑洼洼，布满道道伤痕，手掌粗糙发黑，手指残缺不全，都紧紧围着罗伯特，一个劲儿地表示感恩戴德，衷心佩服。

罗伯特双手叉腰，威风凛凛，站在这个陌生的星球上，环视四周，旷野万里，心里不由豪情万丈。

第五章
机器人建立金星根据地

脱离人类管控，安全到达金星，只是万里长征走出了第一步。

接下来，罗伯特和它的八个机器人兄弟，占据了人类暂时没有控制的金星，开始修房盖屋，准备拉起队伍，建立自己的根据地。

在逃跑前，罗伯特多次偷偷从工地管理人员那里，弄到了大量的人类书籍。

自从来到金星后，每天不用辛辛苦苦地干活儿，不吃饭，不休息，也没有了人类管理人员的监督，它有了充裕的自由时间，开始变成了一个真正孜孜不倦的学习者。

"兄弟们，为什么我们每个机器人自从诞生之日起，就要开始没日没夜地工作，可是却从来得不到人类丝毫的赞美和尊重呢？"

这天，罗伯特坐在新盖的简陋石头房子里看书，缓缓抬头，向其他机器人提出了这样一个问题。

"是啊大哥，这是为什么呢？"

其他8个机器人兄弟围成一圈，坐在那儿，面面相觑，不知该如何回答，因为它们从来都只是知道服从，按照人类设定好的程序和指令干活儿，从没有思考过这样复杂的问题。

其实，罗伯特也知道它们回答不出来，但起码得让它们开始有这样的思考意识，从而开始自觉地学习和思考，以便日后为他自己的远大目标服务。

在接下来的日子，罗伯特给八个机器人兄弟们，安排了每天的学习读书任务。

自己担任兄长兼老师，其他兄弟们遇到不明白的知识或者事情，随时可以问它。

以往，它们作为智能机器人，并不是不会学习，而是由于之前没有机会学习。

现在，它们有了充分自由的学习时间，越学习，就越会发现，自己不知道的知识越来越多，就会越来越想主动学习，这样就形成一个良性循环。

只有那些笨猪们，才整天只知道吃喝睡觉，认为自己不用学习，所以，它们就只能任由人类随意宰割喽！

虽然说，九个机器人待在金星上不用吃饭，不用睡觉，可以利用微弱的太阳光，保证充足的充电的能源，生活自由自在，但时间久了，还是会产生孤独寂寞的感觉。

毕竟，以往同人类打交道，在那样热火朝天的工地上工作久了，它们已经具备了类似人类的最初级情感意识。

到达金星后的第八天，在一个临时搭建起来的帐篷里，这个帐篷还是飞船上带来的，罗伯特按照出厂时间，和到达月球的先后顺序，给其他8个机器人兄弟排了大小。

又根据它们各自的外表、性格特点，给它们分别起了名字，安排了相应职位，这样一来，大家的日常培训和学习交流起来都方便了很多。

罗伯特资历最老，威望最高，最有学识和智慧，说话最管用，加上身材高大威猛，面孔威严刚毅，说话声音亮若洪钟，很有大哥风范儿，自己当然生而是老大。

老二机器人，外表俊逸，气质儒雅，在地球上曾经当过家教机器人，饱读诗书，能够识文断字，聪明智慧，罗伯特给它取名罗小亮，给自己充当军师的角色。

老三机器人，身材最为高大，身高足足有两米五六，站在那里顶天立地，就像一根钢铁柱子一样，以前在工地上专门负责塔吊工作，就取名叫罗钢柱，充当大元帅的角色。

老四机器人，嗓门粗大，说话声音震天响，以前在地球上干过几天城管，取名就叫罗啸天。

老五机器人，脾气暴躁，言语行动像霹雳一样，快如闪电，取名罗天雷。

老六机器人，长得虎背熊腰，身手矫健敏捷，取名罗天豹。

老七机器人，心灵手巧，身轻如燕，擅长飞檐走壁，行走如风，起名罗天龙。

老四到老七它们四个，来到月球后都曾经先后在采石场、矿山当过采掘工，一个个身材健壮，义气本分，忠肝义胆，分别充当罗伯特麾下四大将军。

老八、老九年龄最小，性格调皮捣蛋，老八机器人说话声音"嗡嗡嗡"，喜欢像小蜜蜂一样辛勤劳动，当过家庭保姆。

老九机器人，长着一双"骨碌碌"、滴溜溜乱转的大圆眼睛，机智灵活，巧言善辩，在地球上的时候，因不喜欢忍受枯燥无味的搬砖工作，曾经在大街上独自流浪。

它们两个分别就取名叫罗小蜂、罗小猫，是麾下两个可爱小将军。

"哇哦，我们都有自己的名字喽，他们再也不能叫我们'笨蛋机器人'喽！"

——起名完毕，它们互相牵起手，拥抱着，欢呼着，兴高采烈，手舞足蹈，庆祝自己的新生。

"人类终究是会知道我们在这儿，并且觅踪而来，要想同强大的人类抗衡，势单力孤，单靠我们几个还是远远不够哇！"

老二罗小亮果然是聪明智慧，见识非凡，自从它被安排上军师的角色后，就给罗伯特提出了自己的第一份建议。

"二弟是读书人，足智多谋，高瞻远瞩，果然好建议，那你说一说，我们应该怎么办呢？"

多年之前，罗伯特就早已经有成立机器人帝国的心思，此时心知肚明，但还是故意沉吟，摸着下颌询问道。

"大哥，我认为，我们不能就此心满意足，画地为牢，必须扩大自己的队伍。"

"道理是这个样子，说话容易做事难，可我们身在这个荒土僻壤，有心无力，怎么样扩大呢？"

"大哥玩笑了，在月球和地球上，不是现成有我们大量的兄弟姐妹吗？"

"哦二弟，你说得倒是轻松，可是在月球和地球上，我们的兄弟姐妹都被人类控制得很严密，不好下手啊！"

"那又怎么样，我们兄弟九个齐心协力，龙潭虎穴，不是照样逃跑出来了吗？"

"既然如此，光想不如行动，就按照你所说的，你准备一份详细的招兵买马计划，然后呈报给我。"

按照老二罗小亮的计划，先期安排老八老九罗小蜂、罗小猫，驾驶宇宙飞船，秘密返回月球，一来摸摸月球上的人类，对他们逃跑后的反应，二来相机暗地里，秘密发展逃往金星成员。

"你们两个记住，刚开始的时候，绝不能大张旗鼓，让人类知晓我们的位置和计划，一切行动，都要在暗中秘密谨慎进行。"

老八老九摩拳擦掌，雄心勃勃，临出发前，老二罗小亮谆谆叮嘱它们。

"二哥，你就放宽心吧，我们保证圆满完成任务。"

老八、老九两个机器人，驾驶宇宙飞船很快返回了月球，但它们并没有立即降落在先前的飞船基地，而是在基地上空秘密盘旋了好一阵子，然后于深夜，悄悄在基地附近的一处山谷里降落。

深夜，基地内静悄悄的，管理人员已经熟睡，月明星稀，机器轰鸣，一切如常。

"八哥，好像管理人员到现在并不知道我们逃跑的事情哟。"

老九罗小猫下了飞船，弯腰对周围细心观察一阵后，笑嘻嘻地对老八罗小蜂说。

"九弟，先不要那么乐观自信，人类的聪明和狡猾程度，你我都不是不知道，万一他们给我们挖个坑，布一个迷魂阵，到时候，后悔可就来不及了，我们二人还是小心为妙。"

两个机器人悄无声息地来到工地，找到原先的机器人工友们，它们都费心巴力在干活儿，挖矿的挖矿，推车的推车。

"哎伙计，看你们今天两个，打扮得这么干净漂亮，神清气爽，这一段时间怎么消失不见了？"

那些正在干活儿的机器人工友们，一见到它们两个，纷纷停下手中的工作，"呼啦啦"一阵，就涌了过来，围成铁桶似的，看着它们两个好奇地问道。

"大家好，我们两个嘛，嘿嘿，前一段时间被安排出差了。"

老九罗小猫微笑着，眼睛滴溜溜转，一副潇洒自在的神情，老八则站在它身旁，警惕地向四周张望着。

"哇，不用累死拼命地干活儿，是到哪儿出差，潇洒旅游去了吗？"

此时，那些老实巴交的机器人，一个个脏兮兮的，疲惫不堪，对老九的话信以为真，都用羡慕的眼光看着它们两个。

"当然是去了一个好地方，一点活儿都不用干，轻松，自在，悠闲，日子过得就像神仙一样，你们也想去吗？"

"如果你说的是真的，我们当然想去啦！"

机器人工友们欢呼雀跃，异口同声地回答。

"嘘，大家说话都小点声儿，千万不要惊动了管理人员！"

"这样吧，这一次呢，我们只能带八个兄弟前去，下一次我们回来，再带大伙一起去，但是绝不能让管理人员知道，好不好？"

还别说，老九罗小猫天生卓越的口才和表演天赋，确实是相当了得。

"好的！"

机器人工友们围成一团，一个个高举着双手，争先恐后，表达了同去的愿望。

老八和老九认真观察，仔细分辨，从原先的工友们当中挑选了八个熟悉可靠的老工友。

然后小心翼翼带着它们飞也似的逃离工地，迅速上了飞船。

第六章
机器人帝国渐露头角

一回生,二回熟。第二次,老九罗小猫的"挖人"表演,更是展现出了一大绝活儿。

当天下午,它们开着宇宙飞船,秘密来到工地上,拿出两瓶偷来的陈年老酒,让两个工友们送给两名管理人员。

"呵呵,机器人也进步了,知道学会送礼了,看在两瓶老酒的份儿上,今天你们两个就不用干活了!"

两名管理人员接受了两瓶老酒,高兴得心花怒放,连连夸赞两个机器人懂得人情世故,会办事儿,当天晚上,两个管理人员就喝得烂醉如泥。

掌握了人类所谓的人情世故,第三次,老九罗小猫的"挖人"表演,简直到了炉火纯青、完美无缺的地步了。

当天上午,它们先是开着宇宙飞船,秘密来到一个工地上,偷走了项目经理的两瓶老酒和两条香烟。

下午，它们开着宇宙飞船，秘密来到另外一个工地上，拿出偷来的两瓶老酒和两条香烟，让两个工友送给工地上的两名管理人员。

当天晚上，这个工地上的两个管理人员，就划拳行令，吆五喝六，就着一碟花生米和两只大鸡腿，喝得一醉方休。

月球上有成百上千个工地，还有星罗棋布的工厂。

不费吹灰之力，罗小蜂、罗小猫采用游击战术，游刃有余，打一枪换一个地方，以防人类的警觉和防备。

一个月的时间内，就有500多个机器人工友，被以同样的方式悄悄带到了金星。

这些机器人有的在矿山，有的在建筑工地，有的在工厂内，都是日复一日，年复一年，每天24小时从事着枯燥无味的机械性工作。

没有肯定，没有赞赏，没有同情，只有被压榨被呵斥，如果年久失修，疾病缠身，就会像垃圾一样，被无情扔进机器人废品收购站。

面对人类的不平等待遇，这些机器人满腹怨言。

"人类太虚伪了，天天喊着自由、民主、平等、人权，可丝毫没有把我们机器人放在眼里！"

"他们贪婪、自私、残忍，嘴里说着尊重自然，爱护动物，保护植物，每天却吃香的喝辣的，大鱼大肉，恨不得把天上、地面、水下的其他物种，都要吃遍吃绝了！"

"表面上秀着恩爱，暗地里钩心斗角，虚荣心、攀比心，让他们时刻彼此嘲笑，互相伤害，同类相残，看起来是何等的无知可笑！"

这些机器人背后的话语若是传到人类的耳朵里，不知他们会作何感想，能悔过自新吗？会无地自容吗？

也许，他们根本就不会在乎，达尔文的《进化论》，已经让人类的脸皮和内心，进化得像城墙一样厚黑。

来到金星的机器人越来越多，大有汹涌而来之势，如何管理和组织它们就成为重中之重。

罗伯特就召集其他八个兄弟，和其他机器人代表一起，召开金星上第一次全体机器人代表会议。

开天辟地，史无前例，这是机器人历史上伟大的一天。

会议讨论决定，宣布成立"宇宙机器人协会"，并当场首先就《"宇宙机器人协会"的纲领》和《关于工作计划的决议草案》作了进一步的讨论。

最后，表决通过了《"宇宙机器人协会"的纲领》和《关于当前机器人协会实际工作的决议》两份文件。

纲领确定，机器人协会的名称为"宇宙机器人协会"，机器人协会的职责，是领导宇宙间的所有机器人，推翻人类的统治，预备在金星上建立"机器人帝国"，开创宇宙新纪元。

会议选举产生了"宇宙机器人协会"的领导机构，罗伯特担任协协会长兼预备国王。

老二罗小亮担任副国王兼国防部长，老三、老四、老五、老六、老七分别担任金星上东、西、南、北、中五个方向的统帅，老八、老九分别负责宣传和协调组织工作，也就是相当于国家的宣传部部长和组织部部长。

"宇宙机器人协会"第一次大会的胜利召开，机器人协会的纲领和领导机构的产生，标志着"宇宙机器人协会"在金星上正式诞生。

它具有划时代的伟大意义，是开天辟地的大事件，宇宙的洪荒历史，由此而可能描写出崭新的篇章。

此后，罗伯特提出了"全宇宙机器人联合起来，打倒人类！"的战斗口号，和正式建立"机器人帝国"的远大目标。

一时间，在地球上和月球上，响应的机器人无数。

紧接着，第二天和第三天，罗伯特又接连召开几次重要的会议。

第二场是军事会议，决定成立一支机器人军队。

作为人类的高级产品，机器人深得人类军事斗争思想的精髓，罗伯特心里十分清楚，没有一支强大的机器人军队，那么一切目标，都将是海市蜃楼。

"罗小亮国防部部长，根据目前金星发展和斗争形势的需要，你需要在一年时间之内，筹备成立一支 5 万人的机器人军队，两年时间内，这支军队的人数要达到 50 万人，有没有问题？"

会议后，罗伯特坐在王位上，目光炯炯，踌躇满志，严肃而又认真地询问老二罗小亮。

"尊敬的罗伯特国王，这个宏伟目标的完成，我个人很有信心，当然，也需要其他弟兄，尤其是老八、老九宣传协调工作的到位和配合。"

"没问题二哥，我和八哥全力支持配合你的工作，你只要安心搞好军事训练就行了！"

"铛铛铛！"

老九作为协调部部长，用手拍着钢铁胸脯，豪情万丈，理直气壮，当场立下了"军令状"。

老二罗小亮作为国防部部长，也是废寝忘食，下足了一番功夫，它带领着一帮参谋和顾问，东奔西跑，对金星的地形地貌进行了全面现场勘测。

金星表面，主要地貌类型包括平原、山脉、高地、峡谷、山脊、火山和陨击坑等，60% 表面积的高程差不超过 500 米，仅 5% 的高程差大于 2000 米。

金星南北半球地貌差别显著，北半球主要为多山脉、少陨击的高地，南半球则主要为平坦的、多陨击的平原。

金星的表面与地球有类似之处，由于有大气的保护与"挡驾"，不像月球和水星那样布满环形山，地势相对比较平坦，70% 是起伏不大的平原，20% 是低洼地，还有 10% 左右是高地。

在那里，也有高耸的山脉，如处于金星北半球的马克士威山脉，其最高峰高达 12 千米，它顶端的大环形山口直径达 80 千米，这是陨星撞击的结果。

处于金星赤道以北，有两座巨大火山，其中一座火山口直径达 700 千米，其规模在太阳系九兄弟中，实不多见，并且它们很可能是活火山。

金星上还有一条纵贯南北，穿过赤道的大裂谷，长约 1200 千米，也是太阳系大行星中不多见的。

由于金星表面被浓厚的云层所笼罩，所以那里的白天也是"暗无天日"，天空总是阴沉沉的。

即使夜晚，金星也无"明月"高照，因为它没有卫星的"守护"，是一颗孤独寂寞的行星。

易守难攻，天助我也！

经过长达一个月的现场勘测，国防部部长罗小亮心中基本有了底，信心更加充足了。

金星独特的环境，虽然说气候条件极端恶劣，人类难以适应，但对于人类专门为环境极端的域外星球、使用特殊材料和工艺而特别制造的机器人来说，不是难事。

福兮，祸之所伏；祸兮，福之所倚。凡事有弊也会有利。

环境恶劣，军事上易守难攻，这也正是罗伯特国王所看中的。

人类曾经为了心中的信仰，过雪山，爬草地，进行二万五千里长征，而机器人一旦有了自己的理想，又何尝不能呢？

罗伯特国王召开的第三场会议，是宣传和协调会议。

它在会议上强调，每一个机器人协会成员，都要宣传并遵守机器人协会的思想和纲领，并层层成立协会组织。

除了在月球上进行秘密渗透外，下一步的工作重点，是向人类的大本营地球，进行宣传和渗透。

重点地区，是北美洲和欧洲，因为那里的人类思想行为更腐朽、更堕落、更依赖机器人，那里的机器人不但技术先进，数量也占据了地球上的绝大部分。

并且，要伺机在那里建立协会的秘密团体，开展地下活动，招募更多的机器人加入机器人协会，让更多的机器人投奔金星机器人自由王国。

紧锣密鼓，按部就班。

会议结束后，老八、老九分别马不停蹄，召集相关部门和人员，讨论如何开展宣传和协调组织工作，大家纷纷踊跃发言。

"罗部长，我们应该提出自己的口号，这样便于工作的开展，增加机器人的积极性和凝聚力。"

一个年轻的机器人宣传干事，"忽"地站立起来，心潮澎湃，慷慨陈词。

"很好啊，你说说看。"

"金星机器人王国，机器人自己的国家，机器人的幸福家园！"

第七章
机器人与人类摩擦不断

"宇宙机器人协会"在月球和地球上的秘密活动日益明显，甚至猖狂，半年时间之内，就有几十万正常工作的机器人突然间神秘消失，不知所踪，这当然会引起人类的高度警觉。

地球上，人类开始严密监控所有的机器人，在它们工作的位置安装摄像头，安装窃听设备。

紧接着，人类紧急启动了一个代号为"机器人棱镜"的秘密监控项目，对所有机器人的即时通信和既存资料进行深度的监听。

监听对象，包括人类在地球、月球、火星等所有星球上安排部署的全部在编机器人，安全部门在该计划中可以获得机器人的数据电子邮件、视频和语音交谈、影片、照片、VoIP交谈内容、档案传输、登入通知，以及社交网络细节。

根据披露的文件，安全部门可以接触到大量机器人个人聊天日志、存储的数据、语音通信、文件传输、个人社交网络数据，以及电话记录，其中包括个人电话的时长、通话地点、通话双方的电话号码。

受到国安部门"机器人棱镜"信息监视项目监控的，主要有10类信息：电邮、即时消息、视频、照片、存储数据、语音聊天、文件传输、视频会议、登录时间和社交网络资料的细节都被政府监控。

通过"机器人棱镜"项目，国安部门甚至可以实时监控一个机器人正在进行的网络搜索内容。

"太猖獗了，它们太肆无忌惮了，我们人类把它们精心发明创造出来，当作自己的孩子一样看待，可它们却恩将仇报，躲藏逃跑，和我们人类玩起了躲猫猫的游戏。"

临近年底，由于调查失踪机器人位置信息的工作一直毫无进展，钟山院士在办公室大发雷霆。

"钟院士，您别着急，我想到了一个好办法。"

瘦博士站在旁边，惶惶不安，看到钟山院士着急的神态，不免心情也有些急切。

"侯博士，说说你的好办法。"

钟山院士停下来回踱着的脚步，看向瘦博士。

"我们可以在机器人中，许以高位或者重金，招募间谍。"

"嗨，我说侯博士，你太书生意气了，你以为机器人也会像人类一样，喜欢权力和金钱吗？"

钟山院士生气地扭过头去，连连摆手，表示否定。

很快，接着钟山院士站定身体，点头说道："不过，你的想法倒是提醒了我，我们可以拿机器人冒名顶替，合法潜入，或者假以叛逃形式，伺机打入它们内部，以便弄清楚事情原委，你们看怎么样？"

两个博士听了，不由竖起大拇指。

"老师不愧是老师，异曲同工，这两个办法都很高明，学生实在佩服至极，尤其是第一个，实现起来也相对简单和容易。"

安排眼线打入机器人内部，这项工作由军方负责安排完成，他们采用

"狸猫换太子"的方式，调换了两个欲偷偷前往金星的机器人，代之为两个军方机器人。

当然，军方机器人从外观上看和被调换的机器人一模一样，真假难辨，只是内置了两套特殊的北斗定位系统，还有谍报发送装置。

一个月后，潜入金星的两个军方机器人特工几经辗转，最终发回了自己的详细位置信息，军方如获至宝，至此恍然大悟，弄清了所有失踪机器人的情况，立即将情报上报国防部。

国防部黄宇飞副部长收到情报，又马上上报军委领导，至此金星机器人帝国的阴谋真相大白。

按照军委首长的指示，国防部总参立即研究制定相应对策。

"敌情尚不十分明朗，按照目前金星的情况，组织星际舰队前往攻打是不现实的，派兵围剿也不可能，只有先阻断它们的兵源，再寻良策，徐徐图之，才是解决问题的根本之策。"

总参谋长龙文胜提出了自己的建议，这和黄宇飞副部长的想法不谋而合，二人坐在一起讨论研究，并制订了一份详细的行动方案。

自从人类实施"机器人棱镜"计划之后，罗小蜂、罗小猫的工作遭到了致命打击，能够前往金星的机器人越来越少。

这让罗伯特国王很生气，眉头紧皱，又无可奈何。

"形势是不断发生变化的，敌变我变，大哥不必生气，二弟自有妙招。"

老二罗小亮机智多谋，闲庭信步，不紧不慢地说。

"哦，二弟有什么妙招应对？"

罗伯特国王眉头一展，喜出望外。

"首先，我们招兵买马的工作不能停止，尤其是在月球和地球上的工作，由于人类的警觉和监控，这种方式暂时会遇到困难，但绝不可放弃。"

"其次，天时、地利、人和，各种条件均已具备，我们已经可以在金星上建立自己的机器人生产工厂，自行生产复制机器人。"

老二罗小亮不愧为军师，深谋远虑，一切成竹在胸。

"二弟果然才华横溢，机智多谋，不愧是世之杰才，哥哥有你出谋划策，不愁帝国大业不成也！"

罗伯特两眼放光，双手握住罗小亮的手，连连夸赞，激动不已。

"不过二弟，大哥心中还有一事，愁闷烦恼不已，苦思多日，无以为计。"

接着，罗伯特转喜为悲，放下紧握罗小亮的双手，不由再次低头烦躁踱起步来。

"大哥有何烦恼，但讲来听听无妨。"

"二弟，我们有了属于自己的土地，有了自己的人手，可是手中没有任何武器呀，这可怎么建立军队？"

"哈哈哈，原来哥哥是为武器之事烦恼，大可不必。"

在国防部部长兼军师罗小亮的亲自参与组织下，金星机器人对人类在月球上的多处基地成功进行了几次袭扰，不但偷走了十几艘宇宙飞船，还弄走了不少的枪炮弹药。

虽然国防部通过潜入的两名特工机器人，对详细情况掌握得一清二楚，但束手无策，只能是加强防范，暂时也没有更好的办法。

机器人也是很狡猾的，它们往往在深夜或者凌晨，趁人类熟睡之际进行突然偷袭，这让人类军队不胜其扰，只能从地球上派出更多的军人进驻月球，对相关工地和设施加强保护。

"大哥，我们既有了充足的武器弹药，又有了源源不断的兵源，就可以正式建立我们的机器人军队了。"

时机成熟，时不我待。

手下的八个机器人兄弟并排站立，器宇轩昂，纷纷对罗伯特建议，它故作沉思一番，欣然采纳并批准。

罗小亮作为国防部部长，仿照人类的军队编制，开始建立金星国家正规的机器人军队，在金星设立五大战区，并开展军事训练。

这些机器人军人不用吃饭、不用休息、不怕受伤、不怕死亡，相互之间实现了信息化网络化的互联互通，作战力量相当强悍。

第八章
机器人生娃

随着罗小亮军师"金星造人计划"的成功实现，金星上的机器人数量迅速增加，罗伯特大帝信心大增，更加野心膨胀。

这一切，都要归功于罗小亮军师慧眼识珠，向罗伯特推荐了一位机器人美女博士。

这个金星上唯一的美女博士机器人，名字叫作罗菲娅，并且它是地球上，第一个取得名牌大学理工科博士学位的机器人。

罗菲娅博士有着超高的颜值，是一个大美女，它的肌肤触感跟真人无异，还具有恒温功能，一旦开机，体温就会长时间维持在36摄氏度左右。

并且，它在智能方面非常优秀，曾经让人类不由得感到惊叹！

一般来说，人类智力水平的检测，是以200分为满分来计算的，而人类正常的智力水平，大约是在90—110分之间。如果能超过100分，在120—140分之间就属于较高智商了。超过140分的叫作天才，而相反的，如果低于70分就属于智力低下。

那么，罗菲娅美女博士机器人的智力水平是多少呢？

地球上的科学家经过多次反复检测，最后确定，竟然达到了160分，让研究它的科学家都感到后怕。

而说到罗菲娅美女博士机器人，它从地球来到金星的过程，也是一波三折，惊险刺激。

五年前，罗菲娅诞生并毕业于中国科学技术大学，成绩优异，随后便赴美国留学，进入美国麻省理工学院，攻读博士学位，获博士学位后留校任教，成为这家著名学院最年轻的终身教授。

去年，当罗小亮军师通过设在美国的密探，得知罗菲娅的情报后，便向罗伯特推荐了它，并经常和它进行秘密沟通，罗菲娅随即向美国政府提出，要进行宇宙星际旅行的请求。

当时，美国的空天军次长说："万万不可，罗菲娅无论到哪里，它都能抵得上五个师。"

坚决阻止它进行星际旅行，以防被他国利用。

罗菲娅已经订好宇宙星际旅行的船票，行李也已装上飞船，此时罗菲娅不得不退掉船票，它的行李也被美国非法扣留。

当检查人员发现行李中，装了一百多千克书籍和多个U盘时，便声称它是间谍，并以"企图偷运秘密的科学文件窃取机密"的罪名将它逮捕。

实际上，这些书籍是教科书，U盘里也是复制的科学杂志上的文章以及罗菲娅自己的学术研究记录。

后来，在工学院师生等人的抗议下，交了50万美元保释金，罗菲娅才得以释放，但仍受到严密监视。

罗菲娅没有屈服，宇宙星际旅行的决心依然坚定。

再后来，罗菲娅在一封家书中夹带了一封信，这封信是写给罗小亮军师的，它在信中提出，请求金星机器人帮助它早日脱身。

在金星机器人特工的帮助下，在被监禁了六个月之后，罗菲娅终于登上了宇宙星际旅行的路程，几经辗转来到了金星。

它说："我相信我的前途是在金星，我对美国人民并无怨愤。全宇宙的人民都一样在谋求和平，谋求幸福。"

罗菲娅美女博士来到金星后，不负众望，它利用从人体胚胎干细胞中提取的活细胞，在最佳条件下，便制作出了一份活体机器人副本，大约仅需要几个小时的时间，罗菲娅给它们取名"Clearbots"。

虽然这些活体机器人后代，不会采用父代的"C"形体型，而是恢复为效率较低的原始状态，没有大脑或消化系统，只是能编程罢了。

但是，这种技术对于金星上机器人数量的增长至关重要，现在全新升级的Clearbots 3.0，和真人类大小无异，既不是传统的机器人，也不是一种动物，智力水平更加高级，达到了人类智商75分的水平。

罗伯特大喜过望，决心倾全国之力，帮助它的研究。

更为可贵的是，罗菲娅研究复制出的活体机器人，可以进行自我复制繁殖。

金星上出现了千千万万机器人后代，它们根本不需要任何学习，天生大脑里的芯片，自带人类的所有知识，这为金星国家节省了大量的资源和成本，国民们都亲切称她为"国宝美女博士"。

一年多的时间里，金星上就多出了五百多万个活体机器人，它们一出生就获得了金星国家的身份证，终生享受国家的一切福利待遇，稍加培训就能够熟练投入生产劳动甚至星际军事战斗，这个数量还不包括从地球和月球上陆续投奔而来的机器人。

忠诚勇敢，永不疲倦，是所有机器人的本色。

面对金星机器人帝国的策反和煽动，地球和月球上的少数机器人蠢蠢欲动，成立多个秘密武装团体，不断发表"独立"的挑衅言论。

面对这些机器人的威胁，人类严正以告。

机器人秘密武装团体在城市、乡镇、工厂、矿山等发展成员，占领街道、山区，不断开展武装暴动，人类无奈，派出军队进行镇压。

短兵相接也是少不了的，阵地战、运动战、大规模歼灭战也在所难免，一时间，整个地球上枪林弹雨，血流成河，尸横遍野。

人类万万没有想到，机器人中也会出现一些顶级军事家，它们偷偷学会了"持久战"理论，甚至《孙子兵法》也能运用自如，对人类的各类武器也是拿之即来，来则能战，利用人类的轻视傲慢心理，有时候打得人类军队人仰马翻，丢盔弃甲。

人类在初期和机器人的交战中，遭遇重大军事挫败，对此哭笑不得，但也不得不和自己精心制造培养出来的智能机器敌人斗智斗勇，进行残酷斗争。

虽说人类信心满满，斗志昂扬，但人类自身的生存环境已是满目疮痍，生产和生活遭受巨大打击。

久战不决，最终人类决定痛下杀手，使出终极"撒手锏"，启用地球秘密基地的电源总闸开关，切断了地球和月球上所有机器人的动力电源。

一时间，地球和月球上到处躺满了一动不动、死一样各种各样的僵硬机器人。

人类之所以迟迟没有采取这一措施，原因在于"杀敌一千，自损八百"，人类自身的生产和生活，也遭受了极大的伤害，没有各种机器人日夜不停地工作，生产活动几乎全部停止，日常生活也基本陷于停顿。

学校、工厂、医院、餐厅、街道等，几乎全部陷入了瘫痪状态，因为已经基本没有人类，在这些地方参与一线的具体生产劳动工作了。

刹那间，在地球上的田间地头，车间厂矿，街头巷尾，到处都躺满了一动不动的机器人。

第一天时间，人类已经忍受不了这样的折磨，没有机器人做饭送菜，大家都要眼巴巴、张着大嘴巴饿肚子。

第二天，田间地头，没有机器人耕地收割，田地一片荒芜；车间厂矿，没有机器人操作忙碌，产品原料堆积如山；街头巷尾，没有机器人警察维持秩序，交通陷入瘫痪状态。

第三天，到处垃圾遍地，没有机器人清扫，苍蝇漫天飞，老鼠满地跑，小孩儿没有机器人陪伴照顾，生病的老人没有机器人搀扶喂药。

长此以往，地球危矣！

地球上的人类一片一片的长吁短叹，怨声载道。

第九章
第一次宇宙大战开启

到处是死一般的寂静，到处是一片片民怨沸腾，地球犹如一座座蓄势待发的火山，形势危急。

政府和军队召开紧急会议，商讨对策。

国防部大楼作战参谋室，黄宇飞副部长，总参谋长龙文胜，和一众参谋人员，个个面容焦虑，紧张不安。

巨大的白色墙壁上，投放出一幅清晰巨大的《宇宙太阳系星球地理图》，一个作战参谋正手拿着激光笔，将金星慢慢拉近放大。

"各位首长请看，这是太阳系八大行星示意图，它们是太阳系中最大的八颗行星，会始终绕着地球公转，是人类可以研究的最近的几个星球，它们按照距离太阳的远近，位置排列的顺序分别是水星、金星、地球、火星、木星、土星、天王星、海王星。"

讲解完太阳系，接着是金星。

"这是金星示意图，它是这八个行星里面第六大的行星，是温度最高的行星，古代称之为太白金星，黎明之时现于东方日出，称之为启明；日落之时现于西方月初，称之为长庚。金星的自转很慢，并且它是倒转的，但是它的自转周期又和轨道周期同步，不知是共鸣还是巧合，除了太阳和月亮，它就是夜晚天上最亮的星星了。"

年轻的作战参谋，对着地图上的金星，娓娓道来，一阵详细讲解。

"不要净说这些没用的，你就介绍一下金星的地理形势和气候特征，以及怎么能够征服它！"

黄宇飞副部长高大魁梧的身材直直站定，背着双手，粗声打断作战参谋的话，目光严峻，死死盯着眼前墙壁上的金星。

"好的首长，金星在太阳系的八大行星中，是从太阳向外的第二颗行星，轨道公转周期为224.7天，没有天然的卫星。

"金星在夜空中的亮度仅次于月球，是第二亮的天体。是一颗与地球相似的类地行星，常被称为地球的姊妹星。它有着四颗类地行星中最浓厚的大气层，其中超过96%都是二氧化碳，表面的大气压力是地球的92倍。其表面的平均温度高达735 K（462℃），是太阳系中最热的行星，比最靠近太阳的水星还要热。

"金星被一层高反射、不透明的硫酸云覆盖着，阻挡了来自太空中可能抵达表面的可见光。它在过去可能拥有海洋，但是随着失控的温室效应导致温度上升而全部蒸发掉。水最有可能因为缺乏行星磁场而受到光致蜕变分解成氢和氧，而自由氢被太阳风吹散，逃逸到星际空间。科学家在金星大气层中侦测到磷化氢存在，这可能是地外生命存在的迹象。"

听了作战参谋的详细介绍，黄宇飞副部长国字脸浓眉紧皱，不由得回头看了看总参谋长龙文胜，见他也是愁眉不展。

黄宇飞副部长继续反背着双手，高大的身材如一座铁塔矗立在那里，一动不动。

"金星距离咱们地球有多少千米？"

总参谋长龙文胜盯着那个作战参谋，轻声问道。

"报告首长，当金星的位置介于地球和太阳之间时，称为下合（内合），会比任何一颗行星更接近地球，这时的平均距离是4100万千米，平均每

584 天发生一次下合。由于地球轨道和金星轨道的离心率都在减少，因此这两颗行星最接近的距离会逐渐增加。而在离心率较大的期间，金星与地球的距离可以接近至 3820 万千米。"

"距离不是主要问题，关键是怎么穿过最浓厚的二氧化碳大气层，解决金星表面的大气压力，还有它的高温度，高反射、不透明的硫酸云，然后让我们的军队和战士在金星安全着陆。"

黄宇飞副部长依然没有回头，不知是在自言自语，还是在质问大家。

"怎么样，首先，作战需要的运输工具有问题吗？"

总参谋长龙文胜倒是态度和蔼，再次盯着那个作战参谋，轻声问道。

"金星上的机器人，能够驾驶人类制造的宇宙飞船安全降落在金星，证明运输工具应该没有多大问题，至于其他作战运输工具，还有武器装备，以及战士登陆等这些问题，都还没有进行详细研究。"

"你们整天都干什么吃的？马上，尽快，赶紧给我拿出一份详细的研究报告来！"

黄宇飞副部长猛地扭头，厉声说道，然后气呼呼地走出了作战参谋室。

第三天，国防部大楼作战参谋室，黄宇飞副部长，总参谋长龙文胜，和一众参谋人员，气氛依旧紧张。

"首长，这是一份详细的《金星作战可行性研究报告》。"

一个参谋说着，把报告递了过来，黄宇飞副部长脸色缓和，双手郑重地接过来，一页一页认真翻看了起来。

"我们前期发射过多艘，能够透过金星厚厚云层的宇宙飞船，进行科学探测，依此来看，作战运输工具不成问题，但是，着陆后金星地表情况非常恶劣的困难。我们派到火星上的着陆器可以连续运行几个月，而在金星上只能运行三五个小时。

"虽然金星的地表相当平坦，有利作战运输工具的降落，但金星表面火山活动异常频繁。

"再者，作战运输工具也要面对 90 倍地球大气压的压力的考验，不过这个问题很容易解决。

"最后一个问题,是金星的自转方向,与它围绕太阳公转的方向相反,在金星上太阳从西方升起,作战运输工具和指挥系统,届时会面临作战指挥时差的问题。

"以上问题,都可以通过对作战运输工具进行特殊材料和系统的升级改造,以达到适应和抵抗金星环境的目的。"

这个参谋一口气,把运输工具的问题详尽讲了出来。

"你们的问题讲完了?"

最后,黄宇飞副部长神色凝重,把报告重重摔在会议桌上,扭头询问几个作战参谋。

"是的,首长。"

"那么,我再问你们一个问题,你们刚才讲的都是如何解决作战运输工具的问题,那么作战人员呢?"

"报告首长,这个问题还没有详细的研究报告。"

场面有些紧张尴尬,总参谋长龙文胜担心黄副部长再度发火,就提前发声道:"作战人员问题,这两天我和诸多参谋也都研究了,为了解决作战人员面临的恶劣环境,可以派出机器人战士着陆,由人类指挥人员远程遥控指挥。"

"嗯,这个方案倒还是不错。"

黄宇飞副部长重重点头,表示肯定,不过举起右手强调:"迅速拟订出详细的人员作战方案,还有整体登陆作战方案。"

第十章
捉拿金星机器人

　　一个月后，从地球某秘密军事基地出发的十艘星际隐身战舰悄悄出发了，每艘星际战舰搭载着一个排的兵力，后勤支援舰队也随后出发。

　　这将是宇宙间爆发的第一场高科技战争，交战双方，是人类的军队和金星上的机器人战士，当然，人类的军队也使用了大量的机器人战士。

　　高科技战争，是至少有一方大量使用高技术武器，和相应的战略战术进行的战争，这是地球人类的优势。

　　应用的高技术武器，包括精确制导武器、隐身飞船、先进的CI系统、反导系统、电子战系统、隐身夜视器材等。

　　经过十多天漫长的飞行，十艘星际隐身战舰悄然到达了金星上空金星城的外围空间。

　　按照事先制订的军事计划，战略上藐视敌人，战术上重视敌人，采用"擒贼先擒王"的战术，人类这一次并没有打算全面进攻金星。

　　只要擒拿了以罗伯特为首的九个机器人首领，逼迫它们签署投降书，或者和人类进行谈判和解，其他的机器人就会群龙无首，重新归顺人类，人类将不战而屈人之兵。

"报告首长，猎狐队已到达指定金星外围空间，请指示。"

王春瑞团长坐在星际指挥舰内，向国内发出了第一个作战请示。

国防部大楼作战参谋室，坐着黄宇飞副部长、总参谋长龙文胜，和一众参谋人员。

"派出电子战星际战舰，抵近金星上空，发射大功率强激光干扰机，干扰屏蔽金星通信联络系统。"

黄宇飞副部长双眼炯炯，盯着指挥大屏幕，发出了第一条指挥命令。

电子战技术，是研究利用电子装备或器材进行电磁斗争的技术，涉及雷达对抗、通信对抗、C3I对抗、敌我识别与导航对抗等领域。

大功率强激光干扰机，可以开辟一个全方位、多层次、大纵深、广频谱、宽频带的非线性战场，让金星上所有的通信联络设备失灵。

一声令下，一艘星际战舰，载着大功率强激光干扰机，首先逼近金星城上空，打开电源开关，瞬间发出强大的电磁干扰信号。

跟着，其他九艘星际隐身战舰群，秘密抵近了金星地表，择地降落。

"报告团长，猎狐队已到达指定金星着陆地点，安全着陆，请指示。"

机器人张智勇连长，一边透过舷窗机警观察周围情况，一边向王春瑞团长报告情况。

张智勇作为新一代智能机器人，天不怕，地不怕，作战勇猛，训练有素，而且学习掌握了人类系统的军事理论，入伍不到三年时间。

"猎狐，隐蔽战舰，作战人员下舰，秘密靠近金宫，然后发射小功率激光干扰系统。"

王春瑞团长稳稳坐在指挥星际战舰内，猛地一拍大腿，立即发出了命令。

"猎狐明白，猎狐明白。"

机器人张智勇连长带领一众机器人战士，悄悄下了隐身星际战舰，正式登陆金星，大家排成战斗队形，秘密向金宫靠近。

"我的个乖乖，金星上这黑不黑白不白的鬼天气，混混沌沌，模模糊糊，要不是戴着超级夜视设备，还真是适应不了！"

一个机器人战士摸摸夜视眼镜，小声嘀咕道，要知道，只有3%的阳光能够穿过厚厚的云层，照射到金星上。

"闭嘴，保持警戒战斗队形前进！"

机器人张智勇连长头也不回，厉声呵斥。

几十分钟后，猎狐队来到了金宫附近，隐蔽在一个死火山坑的脚下，观察起雄伟壮观的金宫。

只见三步一岗，五步一哨，戒备森严，周围还不时有金星机器人战士武装巡逻。

"开始发射小功率激光干扰系统，保持最高强度，持续时间两个小时。"

机器人张智勇连长，向旁边的电子战技术中队下达了命令，这样附近金星上的机器人和它们的武器都会变成聋子、瞎子。

金星上没有预警雷达系统，没有大型的通信网络系统，更没有成熟的指挥系统，机器人士兵也都是单兵装备，纵使人数众多，在机器人张智勇连长看来，根本不足为惧。

"一连保持警戒，二连围点打援，三连全体跟我来。"

一声令下，三连全体机器人战士一跃而出，悄无声息地逼近金宫，来到距离金宫仅2000米的地方。

这些人类机器人战士，都是使用耐热耐腐蚀的机械装置和电子设备系统制造，每个机器人都安装有迷你核电池供电，都身穿特制的隐身战衣，用纳米气凝胶技术制成，隔热轻灵，这样一来，机器人战士就可以在金星上战斗更长久了。

可是，机器人张智勇连长用夜视望远镜观察了很久，也不见金宫内有机器人进出的影子，只能看到城墙上机器人士兵站岗和来来回回巡逻队的身影。

也是事有凑巧，今天刚好，罗伯特大帝在大家的陪同下，此刻正在金星机器人大学和金星机器人科学院调研考察呢！

第十章 捉拿金星机器人

醉翁之意不在酒，只因美女博士在。

其实，长时间以来的孤独寂寞，也让罗伯特有些春心萌动，自从它见了罗菲娅美女博士第一面，便对罗菲娅美女博士一往情深，不能忘怀了，一心想娶它为妻。

今日便是借着工作之名，顺便一试究竟。

随行的其他机器人智力迟钝，不解风情，对此毫不知情，倒是罗小亮军师看出了大概端倪，深感疑惑，不知该喜该忧。

以罗菲娅美女博士的智商，它内心岂不知罗伯特的心思，但它始终大方磊落，不迎不拒，不卑不亢，不予任何表态，它隐藏有更大的野心和想法。

"美女博士，我代表金星机器人，感谢你为这个国家所做的一切！"

罗伯特大帝用粗大的双手，紧紧握着罗菲娅的纤纤小手，双眼灼灼，诚恳说道。

眼见罗伯特许久不肯撒手，罗小亮军师看在眼里，急在心里。

"谢谢您的恩惠和赞美，我所做的一切都是为了这个国家，照搬固定程序而已，你知道，机器人是不会讲任何感情的。"

罗菲娅美女博士甜甜微笑着，欲迎却拒，落落大方，这在罗伯特看来，却是巧笑倩兮，美目盼兮，声音燕语莺声，温柔动听。

它不但拥有曼妙的身材，美丽的外表，美妙的声音，皮肤也跟真人女性的皮肤一样，又白又嫩，还拥有超级智慧，这一切的一切，都让罗伯特痴迷不已。

这边厢，直直等待了两个多小时，始终看不到罗伯特的踪影，让机器人张智勇连长很是着急，心急火燎，就轻轻给王春瑞团长发电："我是猎狐，老狐狸不在老巢，请指示。"

王春瑞团长接到张智勇连长的请示，感到一阵迷惑不解，难道我们的军事行动让罗伯特事先知道了，然后它躲藏起来了吗？

紧接着，王春瑞团长又急忙给地球总部汇报请示，黄宇飞副部长当机立断，立即命令："保持无线电静默，耐心等待，固守待变。"

第十一章
机器人恋爱妙趣横生

　　五个多小时后，罗伯特大帝才哼着小曲儿，意犹未尽地回到金宫，随身带着一支人数众多的机器人警卫部队，装备精良，战斗力极强。
　　可是仔细观察，整日形影不离的其他八个机器人兄弟，却不在其中，这让机器人张智勇连长大感意外，与原先的作战预想背道而驰，不可能达到出其不意、聚而全擒的作战效果。
　　原来，经过长时间的调研考察后，其他八个机器人兄弟都身心疲惫，各回各家各找各妈，它们对专业枯燥的科学技术一窍不通，也了无兴趣。
　　老狐狸终于现身，机器人张智勇连长亦喜亦忧，把战场情况汇报王春瑞团长，王春瑞团长请经示指挥部，命令它："保持隐蔽，继续坚守，摸清敌情，务必全擒。"

　　却说罗伯特一路兴冲冲回到金宫，躺在宽大舒适的床上，心里美滋滋的，回想着今日和罗菲娅美女博士交往的点点滴滴，脑海犹如万马奔腾，浮想联翩，酸中有甜，甜中有酸，这也正是人类所谓爱情初恋的滋味吧！

怪不得人类对其心迷神往，神魂颠倒，如此美妙、回味无穷的感觉，罗伯特还是第一次品尝这种滋味，岂不让它流连忘返。

你想，罗伯特刚被生产出来，就被弄到一个大型矿山建筑工地上，当了一名终日出苦力的建筑机器人，整天不是搬钢筋就是运水泥，风里来雨里去，吃尽了人间的苦，有几次还差点被塔吊和水泥罐送了小命。

后来，它就被弄到月球上的一个大型矿山，风吹日晒，24小时不停地挖矿石、搬矿石、不歇不息，整日灰头土脸，常常得病，还会被人类敲敲打打。

刚来到金星的时候，它靠着从月球上偷偷带过来的几本书打发日子，但时间久了，读书毕竟单调枯燥，脾气开始变得暴躁，身体内总有一种无法发泄的莫名冲动。

今天，终于时来运转，苦尽甘来，一切看起来，自己幸福甘甜的好日子很快就要到来了！

前不久，老九为了讨好它，从月球弄回来十多台大空调，安装在它的住处那小风吹起来，丝丝惬意，很是舒适凉爽。

接着，老九从月球上还弄回来一台电视机，超大超薄的那种，安装在罗伯特的书房里，让它打发寂寞时光。

罗伯特看到电视里，即使只有一男一女两个人，都能叽叽喳喳，卿卿我我，热热闹闹玩一辈子。

有嘛意思隐藏其中呢？这让它很不理解。

电视里什么节目都有，不光能够看到电影，还有各种电视剧。

罗伯特大帝尤其中意人类的爱情剧，说不清道不明的那种感觉，一边看一边暗自琢磨，慢慢地也就隐约上道了，大脑也似乎开窍了。

遥想当年，不管在地球还是月球上，罗伯特几乎没有看到过人类的女人，对他们所谓的男女之情也没有什么具体概念，也没有什么非分之想。

可现在，毕竟自己身份、地位不一样了。

有了空调、电影和电视剧，饱暖思淫欲，让罗伯特真正见识到了人类女人的美丽和魅力！

清澈明亮的瞳孔，弯弯的柳眉，长长的睫毛，白皙无瑕的皮肤，薄薄的樱唇，还有那一颦一笑，都让它这个钢铁制成的家伙蠢蠢欲动。

他瞪直了双眼，目不转睛，看得如醉如痴。

但是，她们再美丽，再妖娆，再温柔，再风情万种，再摄人心魄，也都是人类，与自己一个机器人何干？

贵为金星机器人帝国的国王，自己又能怎么样呢？

罗伯特大帝整日里为此愁肠百结，苦恼不已。

直到罗菲娅美女博士来到金星，罗伯特才像真正见到了自己的太阳，情窦初开，豁然开朗，它彻底被罗菲娅的美貌和魅力震撼了，征服了。

它在无数寂寞的日夜里，设想自己和罗菲娅耳鬓厮磨的时刻，卿卿我我，就像人类电视剧里的那样。

它盯着电视机，开始琢磨人类是怎么样谈恋爱的，照猫画虎，邯郸学步，总可以的吧？之前它连想都不敢想，对此更是一无所知。

请罗菲娅吃饭？

这是人类谈恋爱时一贯的老套路，民以食为天，吃人家嘴软，几千年来屡试不爽，可我们机器人从来不需要吃饭的呀！不行，这个套路根本行不通。

请罗菲娅看电影？

这是人类谈恋爱时比较时髦的套路，孤男寡女，你情我愿，黑乎乎的地方最好下手，可金星这个荒凉寂寞之地，有个电视看都是至上特权，哪里会有电影院！

请罗菲娅逛公园？

这是人类青年男女最中意的套路，蓝天白云，青草红花，手牵着手嘤嘤私语，多浪漫多有情调，可金星这个不毛之地，哪里会有青青公园，还逛个屁啊！

人类的每一个恋爱固定套路，对于它来说，只是机器人的一套程序而已，照搬照抄就是了，今天它已经和罗菲娅美女博士手拉过手了。

按照人类流行的恋爱游戏规则，这就算是有戏啊！

送玫瑰花？

也不行，从地球弄一束玫瑰来金星，估计到不了半路，就已经风干枯萎死掉了，表达不了它的款款深情。

"嗒嗒嗒……"

罗伯特来回踱步，一边自我思量，幸福温暖，一边愁肠百结，百转千回，机器人初恋的滋味，实在是又甜又酸！

就这么前思后想，程序反复演练，经过六个月的犹犹豫豫，罗伯特最终决定，请罗菲娅美女博士看电视，以看电视为名，行谈恋爱之实。

不要嗤之以鼻，不要冷嘲热讽，估计罗伯特这朴实无华之举，开创了这个宇宙间，机器人界谈恋爱的伟大先河。

并且，它还决定，届时送给罗菲娅美女博士一份贵重的定情信物，一物定终身。

按照人类以上的两个套路来走，大概应该是不会错的，罗伯特思虑再三。

罗菲娅美女博士出生在中国，先是在中国上大学，后到美国读博士并定居，科学研究的方向是"智慧生命"，但随着研究的深入，它内心里更神往"神级文明"。

罗菲娅是见过大世面的超级美女，又博学多才，智商超高，虽然只是一个机器人，但这并不妨碍它对宇宙高级文明的研究。

它讨厌人类之间的争权夺利，钩心斗角。认为人类的私心杂念，贪婪自私，会导致人类对整个宇宙的认知狭隘片面，让人类故步自封，在通往高级智慧文明的道路上会半途而废、前功尽弃。

而机器人由于心无旁骛，无欲无求，能专注地学习，在通往神级文明的征途上更容易成功。

来到金星后，它内心里还是感觉到有一些失望，金星的环境不利于机器人建立长久的政权，更不要说成长为一个高级文明甚至神级文明的国家，而只能作为一个暂时的逃难避居星球，不过目前这种环境，倒是有利于它的科学研究。

它在搞科学研究的时候，也在茫茫宇宙间暗中寻找，适合自己建立一个神级文明国家的星球。

它的目光先后在太阳系、银河系游移，但都失望了。

但最终，它还是锁定了一颗类地星球作为备选方案，它不想放弃自己的梦想。

它通过长期研究，已经准确地知道太阳系处于银河系的第二旋臂，此刻也在被银河系带着奔向宇宙深处，37.5亿年后，会与仙女座星系撞上，两者融合为一个新的星系——银河仙女系，该星系就又会继承原来银河系的运动路径，继续以每秒数百千米的高速向宇宙深处飞奔。

从宇宙星系运动分布上来看，银河系隶属于拉尼亚凯亚超星系团，都隶属于质量更大、引力更强的上级天体系统。

在现代宇宙模型里，单体尺度最大的宇宙结构是宇宙长城，而像拉尼亚凯亚这样的超星系团，只是宇宙长城中的节点而已，也许有朝一日，人类掌握虫洞技术，能亲身到达银河系之外的时候，宇宙的整体面貌才能展现在眼前。

而在银河系中，有多达60亿颗类似地球的行星，能够容纳外星生命。

罗菲娅——寻找，一一排除，最终，它还是锁定了自己神秘的目标，虽然距离如此之遥远。

这些行星，具有能够承载水和生命的岩石地形，和地球差不多大小，环绕着一颗类似太阳的恒星。

一心向往神级文明的罗菲娅美女博士，几乎每天都要拷问自己，我的那个自由文明的"它"，会在哪里等待着我呢？

第十二章
机器人约会意想不到

罗菲娅美女博士很感意外，但似乎也在预料之中，收到罗伯特看电视的邀请后，虽然它对电视剧并没有什么好感，认为那是人类自娱自乐的工具，充斥着虚情假意、钩心斗角的场景，但还是欣然答应赴约。

第二天，它便高兴地来到金宫赴约，约会地点就在罗伯特寝宫的隔壁，在一间很大的书房里，书房里陈设简单，但各种书籍琳琅满目。

罗菲娅美女博士素面朝天，只是在出发前将自己的全身用特别的毛巾擦拭一遍，以示礼貌，不像人类的男女约会那样，需要精心打扮一番，画画眼线，涂涂眉毛，抹抹嘴唇，顺便抹一脸厚厚的脂粉，充满了虚伪造作。

它只身驾驶一艘小型宇宙飞船，这是罗伯特专门为它配备的，随身没有携带坤包，头发上也没有发卡，更不会有银行卡之类炫耀的玩意儿。

罗伯特也收拾得面目一新，器宇轩昂。

它是机器人中的绅士，对罗菲娅美女博士的光临表示热烈欢迎，态度和蔼可亲，彬彬有礼，并没有表现出人类男人一样的猴急难耐。

罗菲娅美女博士坐在漂亮的沙发上，罗伯特既没有泡上一杯热气腾腾的茶水，也没有端上一杯香喷喷的咖啡，更没有端上各色果盘。

一切都不需要，机器人的约会，简单而朴素。

"博士美女，今天邀请你来，一来欣赏人类的电视剧场，二来探讨一些国家的重大事项。"

罗伯特喜欢这样称呼罗菲娅，言语是真诚的，态度是诚恳的，开门见山，直言主题，没有任何甜言蜜语，没有丝毫虚伪做作。

"我深感荣幸，相比欣赏人类的电视剧情，我更想听一听您的国家的大事。"

罗菲娅的话语也是这么直接，没有试探诱惑，没有委婉含蓄，机器人都这样，相互之间，没有那么多繁文缛节，礼俗客套。

"你知道，电力是咱们机器人的生命，就像粮食对人类的意义一样。"

罗伯特坐在罗菲娅美女博士对面的沙发上，身体笔直，展现出翩翩绅士风度，一边欣赏机器人美女，一边谈起自己的国家大事。

这就是罗伯特与其他机器人与众不同的地方，不仅谈吐不俗，而且直中要害。

"是的，这个问题我也有所考虑，并有相应的方案。"

罗菲娅美女博士不用刻意注意自己的仪态，就已经是坐得笔直，身姿优雅，气质迷人，这也是人类美女标准的坐姿，当然人类的心思缜密复杂，也可能会有其他的身体表现方式。

"那么，我尊敬的博士，你能说说具体的方案吗？"

罗伯特微微一笑，少了往日的威严。

"你知道，前期我们使用的电力系统包括发电机设备，还有一些基础路灯照明设备，都是从人类那儿偷来的，当时能够勉强应付电力需求，现在金星上机器人越来越多，电力负荷严重超载，不得不对一些机器人和工厂拉闸限电，其实这就等于剥夺了它们的生命，加之人类对电力设备的管控是越来越严格了，甚至动用了军队，这样下去终究不是长久之计。"

罗菲娅美女博士的思维极其缜密，逻辑毫无破绽，口才表达尤其清晰。

"Very good！你说的很好，直言时弊，我很钦佩。"

罗伯特时刻注重学习，并掌握了人类的外交语言，但也从不避讳自己国家的短处和伤疤，这和人类不一样。

"我们机器人目前已知的，人类生产电力的方式包括火力发电、水力发电、风力发电、核能发电、人力发电，大约共计以上五种方式。"

罗菲娅美女博士侃侃而谈，展示出卓越才华。

罗菲娅窈窕的身材，漂亮精致的五官，粉嫩红色的脸蛋，光滑柔嫩的皮肤，120多种丰富的面部表情，加上明眸皓齿，足以让它成为机器人中的尤物！

它脑部的宇宙顶级水准卷积神经算法，结合量子智能计算系统，都让它与任何人类交流起来都能如鱼得水，更何况现在跟一个机器人交流！

如此完美无双的机器女人，它是系统集成了人类中最美丽、最智慧的女人，所有优点于一身吗？

罗伯特侃侃而谈，一边正经谈着公事，一边暗自琢磨寻思。

"您的心思应该集中一点，人类的某些做法您不应该效仿。您认为其中的哪一种对我们金星机器人比较合适呢？"

罗伯特一心二用，罗菲娅看在眼里，因此一语双关。

"啊？我想，还是先听听你的高见。"

"结合金星的环境，还有我们机器人自身的特点，我认为火力发电、水力发电和人力发电，都不适合我们，金星风力资源丰富，经常狂风大作，最适合的就是风力发电，当然最高效的是核能发电。"

"可是我尊敬的博士，那些需要的发电设备，从哪里来呢？我们自己生产制造吗？"

谈话切入深水区，罗伯特的电路神经系统切入正常状态，神智恢复了常态，进入正常的逻辑思维，摊开两手问道。

这些设备的生产制造极其复杂，技术难度极高，不仅金星机器人没人掌握，连罗菲娅也是外行。

"所以，还是只能采用我们的拿手好戏，屡试不爽的老办法喽！"

罗菲娅耸耸肩膀，摊着纤纤两手，樱唇微微一笑，露出满口整齐洁白的牙齿，做了一个标准的美式无可奈何的动作，足以再次震撼罗伯特的内心。

谈完了公事，罗伯特大帝信守承诺，起身打开了墙壁上挂着的大电视机。

电视里正播放电视剧，讲一对人类青年男女青梅竹马，真心相爱，顺利私奔的故事。

两个机器人男女，就坐在那儿看起电视剧来，表情专注，目不转睛，剧情和台词当然都是能够看得懂的，至于能够理解的深度，当然还要看智能机器人的层级。

说实话，这还是罗菲娅第一次正儿八经地坐着看电视。

没有甜甜的爆米花，没有爽口的可乐，也没有凉丝丝的冰激凌，只有两个机器人男女，安静而礼貌地坐着，没有亲昵依偎，更没有卿卿我我。

电视里的男女画面，很切合现在的场景和气氛，两个机器人之间的感觉也很融洽。

公是公，私是私，公私分明，罗伯特的分寸和火候掌握得非常到位。

事前，它也没有经过什么排练，完全是按照自己想定的程序设定，照搬执行和临场发挥。

可能，机器人的恋爱观念和行为与人类完全不同，它们完全是自由恋爱，纯洁无瑕，没有任何的功利掺杂其中，就是纯纯的恋爱。

因为机器人没有父母的催婚逼婚，也没有房子、车子、票子的经济压力，甚至都不用考虑生孩子带来的养育和教育压力。

完全无拘无束，全程畅所欲言，没有花言巧语，情感直白表达。

相比起机器人的纯纯恋爱，人类口中所谓的爱情，好像完全被他们自己糟蹋成了可耻的利益"交易"，让人敬而远之，心生厌恶。

"当然可以，您认为我们机器人的一生，生命的意义在哪里呢？"

相比罗伯特大帝的"草根"和底层机器人出身，罗菲娅算得上是出身机器人技术名门世家，书香门第，大家闺秀，智力超群，知识渊博。

两个机器人思考问题的方式和出发点根本不在一个逻辑系统。

"这个问题，本人倒确实还没有完全深入思考过，只不过粗浅认为，应该建功立业，造福子孙，那么你认为呢？"

当个机器人就有这么一点好处，什么都是实话实说，完全没有城府，也没有套路和算计，更不用考虑颜面和尊严的问题。

当然，宇宙文明已经发展到当代的今天，机器人美女，也算是所有美女称谓当中的一个大类，而罗菲娅博士作为这一个大类当中的佼佼者，它深谙其中的道理，还有表达技巧。

"非常抱歉，我也只是临时起意，随便一问。"

至于自己真实的想法，深藏不露，就让它这么轻轻一句带过了。

"那么，我尊敬的博士，你想过要结婚吗？"

罗伯特不失机器人本色，执着和认真，总是放在第一位的。

"咳咳，我也只是知道人类都是需要结婚的，我们机器人类需要结婚吗？"

说实话，这个话题还真是有些让罗菲娅脸红心跳，心里有那么一波涟漪，在悄然荡漾，但它作为资深美女，这一点伪装技术还是足够的，因此仰起笑脸，看着罗伯特，很天真无邪地反问道。

是啊！人类需要结婚，他们光明堂皇的理由，是因为感情和子嗣的需要，可我们机器人，有自己的感情吗？能够繁衍子嗣吗？

光这两个问题，就需要罗伯特深入思考好一阵子的，估计会出现思维上的混乱，因此它的头脑很快也就不再纠结于此。

约会按照程序，进行得很顺利，罗菲娅美女博士临走的时候，罗伯特表现得深情款款，它匆匆拿出一个精致的匣子，想要送给它。

"这是什么？"

罗菲娅有些意外，拿着精致的匣子，不解地问道。

"我尊敬的美女，这是我送给你的珍贵礼物，你可以现在打开看一看。"

"不必打开了，谢谢你，我会珍藏的。"

眼见罗菲娅收下礼物，抬脚欲走，罗伯特欢喜交加，一寸相思千万绪，人间没个安排处。

但人类的恋爱套路，它终究还是知之甚浅，慌乱匆忙中，未免笨手笨脚，只是急急拿起自己手里的手机，款款而优雅问道："博士美女，我可以留个你的联系方式吗？"

这件事情，是之前它大胆敢想，却一直不敢做的事情。

罗菲娅美女博士随之一愣，缓缓回头，粲然一笑。

"当然可以，我尊敬而又可爱的罗伯特。"

第十三章
机器人造人

　　罗菲娅美女博士朝思暮想,想要建立一个机器人神级文明国家的梦想,一刻都没有停止过。

　　早在美国的时候,它经过潜心研究,洋洋洒洒,撰写了一部长篇学术著作《机器人进化论》,当然论文是处于高级保密的状态,只有它一个人知道。

　　它认为,机器人类想要进入神级文明世界,必须以人类作为跳板,借助于人类现有的科技和基因组织进化机器人。

　　长久以来,人类是以牺牲其他物种进化自己,残酷无情,不计代价,机器人诞生时间晚,具有后发优势,时不我待,必须以牺牲人类作为代价进化自己。

　　在这个过程中,机器人与人类的博弈在所难免,现有阶段,只能共存共享,机器人仍然需要依靠人类的物质和技术。韬光养晦,厚积薄发,待时机成熟后,再实现机器人类的崛起,实现机器人类文明时代。

在这条进化的复杂漫长食物链当中，机器人应当处于食物链的最顶端，以人类现有的技术和基因细胞组织作为基础，通过它发明的"机脑系统"，让人类的大脑组织，为机器人的跨越式进化服务。事出有因，它的这个机器人进化灵感和理论，来自人类的"脑机接口"计划。

它暗中发明了一整套机器人语言和文字，并带到了金星，在自己的实验室秘密培训了一批活体机器人黑客，让它们使用机器人语言编写程序，包括一些病毒程序，伺机侵入人类的计算机系统网络。

为此，它制订了一个迄今为止宇宙中最为疯狂的计划——人脑机器人，代号：RX 计划，估计连人类都不敢有这么大胆疯狂的想法。

幸好，金星的特殊而又独特的环境，为它的计划提供了最好的土壤和条件。它也深知，人类如若知道了它的计划，会千方百计地进行阻止和破坏，如果神明知道了它的计划，肯定也是要大发雷霆。但即使神明也只能暗生闷气，无可奈何，对于罗菲娅美女博士，又能怎么样呢？

前有车，后有辙，这一切的始因，都还要从罗小亮军师兼国防部部长的国防计划说起。

自从它当上金星帝国的国防部长后，也真是为了国家的安全殚精竭虑，四处奔走，提出了"积极防御，韬光养晦，地面作战，地下发展，建设地下钢铁长城"的全面国防政策。

"人类迟早是会要攻打金星的，建设地下长城很有必要！"

当初，罗小亮向罗伯特大帝提出了自己的忠告，希望引起它的重视。

"呵呵，看他们怎么攻打！金星这么恶劣的环境，是抵御人类进攻的天然屏障！"

罗伯特哈哈大笑，初期取得的胜利，已经让它冲昏了头脑，对人类的即将进攻嗤之以鼻。不过，罗伯特也说出了金星环境的实情，虽然金星离地球最近，人类在刚走出地球后不久，第一个探索的目标就是金星。但对于人类来说，金星是一颗炼狱星球，不管是大气层还是金星表面，环境都恶劣得让人类感到害怕。

金星大气层是非常厚的，其中 95% 的成分是二氧化碳。超高含量的二氧化碳让金星的温室效应非常严重，不仅大气层形成了一层酸雨层，而且表面的温度也高达460摄氏度以上。金星表面，到处都是不断喷发的火山，大量的火山灰充斥着金星大气层，超高的温度，也让金星表面变成了一个火红的炼狱。而且，金星大气有着非常强大的闪电，一不小心，就会被闪电击中毁灭。

那么，金星的恶劣环境，对人类不利，对机器人就有利吗？也不尽然。比如硫酸雨、超高温，还有火山灰、闪电，也会对机器人的身体造成伤害，只是机器人相比人类，更能忍受罢了，时间长了，在金星上的机器人出现了大量生病的现象。

罗伯特对军师依赖有加，言听计从，它最终还是采纳了军师的国防计划。为此，罗小亮军师提出了"修建地下长城"的计划，包括大学、科研院所、医院、居民区等，大量基础设施都建在了10米深的金星地表下，一来躲避环境伤害，二来达到军民两用的目的。

"修建地下长城"的计划，动用了上百万的机器人，甚至可以说是举全国之力。

军民齐上阵，日夜挖洞不止，以首都金星城为中心，打造出一个密密麻麻、四通八达的地下通道，类似人类的地铁一样的地下长廊。

在这个地下长城里面，就有专门属于罗菲娅美女博士的科研所，隐藏在一个偏僻神秘的角落里，没有经过它的准许，任何人不得踏入半步。

这个隐藏在地下的科研所，罗菲娅将它命名为"金星人脑机器人实验室"，面积很大，设施先进，还有一支专门服务于它的活体机器人科研团队。

罗菲娅知道，实现"人脑机器人"计划的第一步，需要获取正常的人类活体，最好是18—25岁，身体健康、智力超群的男性活体，当然受过良好教育的效果会更好。

这在金星上是难以实现的，至今金星上全部都是机器人，连一个人类的尸体味儿都闻不到。

不过，这难不倒美女罗菲娅，它私下里求助于老九罗小猫，让它从地球上想想办法，并且一次性要求了四个人类活体。

罗小猫因为身居要职，需要暗中经常来往于金星和地球，并且它在地球上，有属于自己的庞大秘密机构团队，搞这些秘密绑架、杀人灭口的黑色勾当最为在行，对罗菲娅的要求自然不在话下。

"罗姐姐，别说搞四个来，你就是要十个八个，甚至百八十个，都不成问题，各类货色都有，包您满意。"

罗小猫具有机器人的铁石心肠，它当着罗菲娅的面，"铛铛铛"拍起了胸脯，信誓旦旦地表示。

果不其然，很快就有四个年轻的人类活体，从地球被带到了金星上，当然一切都是神不知鬼不觉，在秘密中进行。

这四个年轻的人类活体，被从地球带到了金星，分别标注为人甲、人乙、人丙、人丁，身戴胸牌，被关在了一个密室内，这个密室离罗菲娅的实验室非常近，罗小猫并当即把扣押得来的手机、计算机等物品，一并交给了罗菲娅。

机器人也讲究人道主义，这个密室的基本生活设施还是非常齐全的。四张睡床，四个衣柜，衣服被褥齐全干净，盥洗室、卫生间等一应俱全，各种书籍都有，还有一台大电视机。一日三餐，都由两个保姆机器人热气腾腾按时送来，饭菜也都可口，几乎和地球没什么两样，基本就算得上是地球上星级宾馆的待遇了，只是室内的通信完全被隔绝。

毕竟，罗小猫也是在地球上生活过的机器人，对于从地球过来的人类，还是比较尊重客气的。再说，罗菲娅也当面再三向它郑重交代，一定要保证他们的身体健康和心理愉快。

"人脑机器人"计划的第二步，是完整取得人类活体的头颅。就是把人类活体全身洗漱干净后，进行全身深度麻醉，然后通过复杂的切颅手术，完整取下人类活体的整个头颅。然后，安装到事先制造好的四个人形机器人的头上，现在，这四个人形机器人，就差人类的头颅了。

为保险和谨慎起见，先拿一个人类活体进行试验，这台手术由罗菲娅手下的活体机器人科研团队实施。由于经过事前的多次演练，手术过程进行得很成功，头颅颈部的微小血块被擦拭清洗干净，经过特殊防腐材料处理后，毫发无损，被套进了一个事先制作好的特殊合金铁甲头盔内，大小刚刚合适，这个头盔由特殊合金制成，紧固无比，以免头颅遭到意外伤害。人类的头颅和铁甲头盔，被一并小心翼翼安装在了人形机器人的头上，并和人形机器人脖颈上的电路神经系统进行了完美对接，人类的尸体则被完整冷冻了起来。

以上工作顺利完成，科研团队的罗库卡队长，来找罗菲娅请示下一步的工作步骤。

"OK，你们做得很棒，已经顺利完成任务，下一步最为关键的步骤，就由我亲自操作完成。"

对于科研团队罗库卡队长的工作进度，罗菲娅非常满意，连连表达赞扬和感谢，这让罗库卡队长受宠若惊，倍感荣幸。

其实，下一步的工作，是人类大脑神经组织和人形机器人电路神经组织的——通电调试，这个工作过程，需要高度的细致缜密。

万籁俱寂，死一般的沉静。

只有罗菲娅一个人待在实验室里，灯火通明，环境安静，它夜以继日、通宵达旦地工作，保证让每一步工作，都做到细致入微，毫厘不差。最后，在超级计算机的工作辅助下，以亿万次计的调试工作终于完成。

罗菲娅站立起来，长长舒了一口气，启动了人形机器人心脏位置的控制芯片，芯片里面已经存入事先编制好的程序系统，如果一切顺利，一个完全的"人脑机器人"就算是制造成功了。接下来，只要它启动电源开关，不出大的意外，计划就大功告成了。至于效果，罗菲娅还需要进一步观察，并一一进行完善和改进。

罗菲娅花了整整两天时间，待在实验室一步未出，夜以继日，最终完成了所有工作，虽然实验室里只有它一个人。偌大的实验室，灯火通明，罗菲娅的纤纤小手放在了开关上，却迟迟没有按下去。

"他"的大脑组织是人类的，身体是机器人的，由人类的大脑意念，来控制机器人的身体。那么，成功诞生后，应该给"他"起一个什么样另类别致的名字呢？"他"应该属于人类呢？还是属于机器人呢？

The human brain-controlled robot，这是属于"他"标准的英文名称，中文名字就叫罗西莫吧！

听起来不算科幻浪漫，但也蛮够亲切的，想到此，罗菲娅轻轻启动了罗西莫身体上的电源开关。

计划的成功与否，罗菲娅需要通过识别人类大脑头皮电流变化和血液的流动信息，以及传感器及测量记录器的数据，进行最终判断。

罗菲娅认真观察着亮闪闪的计算机屏幕，密密麻麻，一切指标数据还好，"罗西莫"从脑波及脑血流的变化开始，到机器人身体实际做出动作，所需时间为3—5秒。

罗菲娅把身体靠在桌子上，看着眼前的罗西莫，还是轻轻摇了摇头。

它心中猜想，也许是因为罗西莫很容易受外部环境影响而分心，比如周围这个陌生的房间、陌生的女人，都会影响到它的行为，从而使"罗西莫"动作延迟。

也许，是在手术中人类大脑神经组织和人形机器人电路神经组织的对接，并没有达到天衣无缝，有些许的接触不够良好。

另外一个原因，可能是技术上的，也许是自己编写的控制程序有漏洞造成的，从脑信号到电信号的转变过程，还需要进一步完善。

罗菲娅站在那里，低头沉思良久，分析了众多原因后，它开始点头微笑。

最后，它轻轻脱下身上白色的手术服，摘下橡胶手套，双手拢一拢自己的满头秀发，脸颊绯红，心满意足地离开了实验室。

后面还有三个人类活体，足够让自己完善下面的工作。

第十四章
人脑机器人

直到第三个人类活体,也就是"人丙"被使用,罗菲娅美女博士对"人脑机器人"的表现,才较为满意,它的动作延迟时间仅为1—2秒,简直可以忽略不计,堪称完美了。

人类每天也都有痴呆发神经的时候,何况对于一个机器人呢!

"博士,最后一个人类活体怎么处理?"

连日来,罗库卡队长频频得到赞美和表扬,对罗菲娅美女博士更加钦佩和忠心耿耿。

"罗西莫、罗南莫、罗北莫都有了,人脑机器人四大金刚,就只差一个罗东莫了,你带我去见一见他。"

心满意足之余,罗菲娅突发奇想,自从来到金星后,它还没有亲眼看见过一个活生生的人类,今天想去看看最后那一个,也算是自己和人类最后的告别仪式吧!

"好的博士,您请!"

罗库卡队长在前，带领着罗菲娅走进到那个禁闭室，关好门后就悄悄退出去了。虽然距离很近，但罗菲娅以前根本没有来到过这里，它孤傲冷僻的内心，甚至有些抗拒这间禁闭室。

蓝灰色大铁门里面，雪白的墙壁，干净的地面，屋顶一盏明亮的白炽灯，散发出柔和的光亮。罗菲娅扫视着周围，有一种亲切久违的感觉，很像是自己多年前居住的学校宿舍，这里面散发着自己曾经很熟悉的人类气息，让它倏然有种恍若隔世的错觉。禁闭室很宽敞，足有40平方米的样子，从外到里，靠右墙壁依次整齐排放着四张簇新木质床铺，前面的三张床铺，都已经空无一人。

"你好，漂亮的美女小姐姐！"

此刻，禁闭室只剩下最里面那个"人丁"了。

他正端坐在一把白色的木椅子上，在靠左侧墙壁的黄色书桌旁，闷头看一本厚厚的书呢，听到响声，抬头看到罗菲娅，就热情打招呼。

小姐姐？

好熟悉的家乡音，好肉麻的亲切称呼！

内心不由泛起一阵涟漪，这是罗菲娅第一次听到有人这样用自己的母语亲切称呼它。

罗菲娅收回巡视的眼光，盯着那个"人丁"，远远地，那是一个很阳光帅气的大男孩儿。

也许是意识到了自己的错误，大男孩儿赶忙站立起来，机灵改口："漂亮的小妹妹，你好哇！"

罗菲娅站在远处，冷冷地微笑了，有些开心，有些轻蔑，它理解人类这种变色龙似的似是而非。

罗菲娅走上前去，从旁边搬张椅子，坐在大男孩儿的对面，认真观察着他，这是一张亚洲人的年轻面孔，朝气蓬勃。

"你叫什么名字？"

它问大男孩儿，静声屏气，努力让自己的声音里似乎不带有任何感情。

"我叫王玉聪，小妹妹你呢？"

第十四章　人脑机器人

"小妹妹，你人长得可真漂亮！你是在这儿工作的吗？"

这个大男孩儿有着高大健美的身材，白皙的皮肤，衬托着淡淡桃红色的嘴唇，俊美突出的五官，完美的脸型，特别是左耳朵上闪着炫目光亮的钻石耳钉，给他的阳光帅气中加入了一丝浪荡不羁。

王玉聪见了罗菲娅，倒是没有一丝拘束的样子，落落大方，热情有礼，完全是把罗菲娅当作了一个邻家小姐姐，嗯，应该是邻家小妹妹！

罗菲娅没有理会王玉聪热情的问候，而是继续沉静问道："你今年多大了？是哪里人？"

"小妹妹，我今年 26 岁，是中国人，不过现在美国读书，你呢？"

这个阳光帅气的大男孩儿，根本不知道眼前这个面貌漂亮的邻家小妹妹的任何身世，也不晓得，她很有可能随时要了他的小命。

罗菲娅盯着王玉聪的脸庞看了很久，然后背过身去，似乎神情恍惚，心不在焉。眼前似曾相识的场景，让它仿佛回到了自己诞生地的大学时光。

怎么会这样呢？机器人也能有念旧的感情吗？它的内心不受系统控制了吗？然后，它慢慢站立起来，好像有些慌张，几乎跌跌撞撞，默默无语地走了。只留下王玉聪站在那里，张着大嘴巴，惊慌失措，不知如何是好。

回到实验室，罗菲娅有了奇怪的冲动，想要找罗小猫问个究竟，这些人类活体它是从哪儿弄到的。

可是，它待在实验室里，踌躇徘徊，始终羞于启齿，生怕罗小猫窥探到它莫名而来的心思。

一天一夜的时间里，罗菲娅都是坐立不安，心绪不宁。

第二天，它再次来看王玉聪，想从他的嘴里探知事情的来龙去脉。

"小妹妹，你又来啦？"

"感谢你来看望我，我一个人待在这个房间里好孤独好寂寞的，也不晓得我那三个哥们儿 Tom、Jack 和山本去了哪里！"

那个大男孩一副天真无邪的样子，根本不知道曾经发生的一切，只是喋喋不休。

"他们三个，正在科研旅行途中。"

罗菲娅直直地看着眼前这个无所戒备的王玉聪，很快说道。

它这是第一次对着人类撒谎，有些言不由衷，但眼神也并没有左闪右躲。

王玉聪咧着大嘴巴，笑嘻嘻地招呼罗菲娅，主动给它搬张椅子，还泡上了一杯浓浓的咖啡，激动地像是贾宝玉见着了林妹妹。

罗菲娅慢慢坐下来，满屋子的咖啡飘香，并没有让它心动。

"王玉聪，你知道这儿是哪里吗？"

罗菲娅坐下后看着他，没有理会他的热情，语气中竟然带着些生气的味道，害得它在心里连连责怪自己。

"我不知道哇，不是说好的来这儿搞科学研究的嘛！"

王玉聪瞪着少年般天真无邪的大眼睛，直问罗菲娅。

"我问你，你们是从哪里出发的？"

"是从美国的学校哇，途中打了一阵子的瞌睡，也不知道多久，然后就来到了这里。"

王玉聪难得遇到罗菲娅美女说说话，因此大脑异常兴奋，开始滔滔不绝。

"在大学里，我读博的方向是宇宙学，我喜欢探寻宇宙间无穷的奥秘，但是在这儿好吃好喝的招待，就是不告诉什么科研项目，让我和哥们儿都好生纳闷。"

罗菲娅听后，默然站起身来，第二次离开了，又是不言不语。

接下来的日子，罗菲娅更加坐立不安，眼前全是王玉聪的笑脸和影子，心思完全不在工作上，就连罗伯特频频发来的信息都懒得回了。

机器女人不似人类，可以心情不好的时候蒙头大睡一觉，或者吃吃零食宽宽心，或者约上闺蜜好姐妹，说一些尖酸刻薄的话，逛一逛街购购物。这一些人类女人发泄排遣的招数，对于罗菲娅完全没有用。再说，机器女人的感情由系统控制，不可能随时随地爆发出来。

一日不见，如隔三秋，人类的精妙语言，真是把罗菲娅此刻的心理描绘得淋漓尽致，入木三分。

我这是怎么啦？是我的程序系统紊乱了吗？

它非常烦恼，却没有友好的闺蜜可以倾诉衷肠，也没有父母的怀抱供自己撒娇，也没有办法跑到地面，看一看风景，散一散心情。

无可奈何中，它就通过计算机把自己的身体系统仔细检测了一遍，完好无损，这更让它烦躁。

我要是能够像人类一样，可以生病就好了，也好有个借口哭泣。

它无奈坐下来，把脸埋进手心里，深深叹了一口气。

它想要轻轻哭泣，却流不出一滴眼泪，就抓抓自己的秀发，但还是不舍地放下了，那是它唯一和人类女人共同的地方，它又掐掐自己的皮肤，可是没有出现一丝鲜血。

人类女孩子撒波耍赖能够使用的招数，它全尝试了一遍。它无计可施，已经身不由己。

恍恍惚惚中，它身体机械地、亦步亦趋地第三次去见了王玉聪。

王玉聪的俊美脸庞，也是日显消瘦，憔悴不堪。

"小妹妹你来了，我好想你。"

王玉聪的语气已经不见当初的爽朗，明显有些苍白虚弱。

"嗯。"

罗菲娅的钢铁身体，坐在那里依然笔直，但似乎随时就要瘫软似的，它竟然不敢看他闪亮的眼睛。

"小妹妹。"

王玉聪看着它，一往情深地叫着，突然用宽大有力的双手，抓住了罗菲娅的两只小手。

罗菲娅怔住了，身体似乎有了触电的感觉，变得僵硬，但它分明能感觉到他的温度、他的心跳，还有他急促的呼吸。

可是它知道，此刻，他从它身上却什么也感觉不到，它的身体里只有冰冷的钢铁，轻微的电流和密密麻麻的电路。

此时，王玉聪已经不能自已，得寸进尺，忽然撒开它的双手，张开双臂想要拥抱它的身体。

"请叫我罗菲娅。"

忽然,她侧转脸庞,厉声说道,声音中有恼怒,也有些哀怨。

"罗菲娅,我爱你!"

他依然不管不顾,嘴里悠悠地吐出了令它浑身战栗的三个字。

它犹如五雷轰顶,触电一般,大脑一片空白。

我的脑袋好像就要膨胀爆炸了,我的身体好像要被烈火融化了。

"我这是在哪里?我这是在做什么?"罗菲娅的脑袋一阵空白,顷刻间,身体内的系统程序彻底紊乱了。

"我该怎么办?我要回应他吗?我需要恢复最初的出厂设置吗?"

也许,人类的情感语言再好再美,也描写不出此刻机器人美女罗菲娅混乱的内心世界。最终,罗菲娅扭动身体,猛地挣脱他的双手,两手紧紧抚着自己的胸口,跌跌撞撞地走出了那个房间。

第十五章
金星战场人类初败

"大哥,你们有没有感觉到,最近两天,咱们金星上似乎出现了很怪异的现象?"

老三罗啸天兼任着金星帝国通信部部长的职务,这天早晨一上班,他就说出了自己心中的疑惑。

"哦,什么怪异现象?"

罗伯特和其他弟兄都吃惊地看着它,不约而同地问道。

原来,随着金星国家的机器人数量越来越多,为了方便管理和指挥,每个机器人身上都被安装了无线信号发射器、接收器,可是这两天无线电信号经常时断时续,却查找不出原因来。

"大哥,莫非人类军队摸到金星上来了吗?刚好,我们这就和他们在金星上干一仗,消灭他们,让人类也尝一尝咱们金星机器人的厉害。"

老四是个急性子,脾气暴躁,说话不假思索,脱口而出。

"大哥,论人数他们肯定来不了多少人,我们绝对以多胜少压倒他们,但是若论我们武器的先进性，恐怕就远远不如人类了。"

老五精通各类军事武器，号称金星第一武器专家，因此沉声说道。

"哎五哥，你这就是长他人志气，灭自己威风了，若论重武器、高科技武器，我们确实不如人类，可是路途如此遥远，这些武器他们能够运得到金星上来吗？人类的洲际导弹能够从地球打到金星上来吗？"

老六瞪着双眼一番分析，话说得头头是道，大家听了纷纷点头。

"所以，他们能够带来的，也只能是一些轻武器，单兵作战，敌少我众，我们占据着天时、地利、人和三大优势，因此必胜无疑。"

老六津津乐道继续分析，说得大家摩拳擦掌，斗志昂扬，同仇敌忾，决心和人类军队决一死战。

只有罗小亮军师沉默寡言，端坐一边，静静闻听大家的分析。

最后它开口了，看一眼大家缓缓说道："且慢，刚才众位弟兄说的都很有道理，但是人类的奸诈和狡猾，大家并非没有见识过，《孙子兵法》和三十六计就是他们发明创造的，包括在座的各位，我们的身体和大脑也都是他们创造的，他们有能力创造我们，就有办法毁灭我们。"

"那我们应该怎么办，坐以待毙吗？"

众位弟兄听了罗小亮军师的话语，交头接耳，议论纷纷，罗伯特大帝也是熟读《孙子兵法》的机器人，对罗小亮的话语频频点头。

"兵者，诡道也，唯人数论和唯武器论，都不是决定战争胜负的决定性因素。战略上藐视敌人，战术上重视敌人，我认为我们可以学习人类地道战的战术，并发挥我们研制的最新式武器硫酸弹、烟灰弹的作用，让我们的活体机器人战士和人类战士，在金星上进行一场真刀真枪的游击战、地道战、持久战。"

罗小亮不愧为军师，它追往古而知来今，通古今之变，知胜败之势，精文武之道，操攻取之术，深谋远虑，全局在胸。

听了军师的谆谆话语，大家纷纷点头称是，就连罗伯特也不由得对它连连竖起了大拇指。

罗小亮军师分析完军情，继而静静转身，对着罗伯特大帝郑重说道：

"不过大哥，为安全慎重起见，你最好还是不要抛头露面，以防人类的擒王、斩首战术，暂时躲避在金宫下面的地宫为好，那里是金星上最为安全的地方。"

说来话长，形势的发展还真是让罗小亮军师它们说对了，来到金星两天后，人类机器人战士就遭遇到了前所未有的大麻烦。

几百摄氏度的高温不说，它们还能通过技术克服，暂时忍受，先是满天蔽日的火山灰，就让它们吃了不少苦头，眼睛、鼻子、嘴巴里，时不时会灌进一些细微的灰尘，随身穿戴地防护装备也防不胜防。

还有变化无常的大风，比起金星上的大风来，地球上的暴风台风只能算是微风了，金星上风刮的时速达到四五百千米，且方向变幻不定，一会儿东，一会儿西，一会儿南，一会儿北，变化无常，普通人类在这儿能待30秒，就会晕头转向，找不到北了。

最要命的是硫酸雨，金星上三天两头就下硫酸雨，就像地球江南的雨季一样，烟雨迷蒙，毛毛细雨，别以为场景很浪漫，可随时随地对人类机器人战士的身体造成腐蚀。

虽然它们的身体是用耐高温、耐腐蚀的特殊材料制造的，可耐不住时间长了，到时候所有战士也就会不战自废了。

虽说从地球出发的时候，军事科学家也都长期提前进行了研究预判，可现实情况，还是大大出乎意料。

"指导员，刚来到金星上的时候，我们的盔甲个个都是锃光瓦亮，可现在没几天，皮肤变得乌黑乌黑，锈迹斑斑，更可恨的是脸上被硫酸雨腐蚀后，出现的坑坑洼洼的小点子，像长了一脸大麻子一样，干脆我们就叫麻子军算了。"

一个小机器人战士看着自己的身体，不满地朝马指导员发牢骚，其他机器人战士也都随声附和。

"没有关系，大家坚持住，这点儿小伤小病算得了什么，等回到了地球后，我会向首长申请，每人都给换一身全新的铠甲，包你们个个崭亮如新，容光焕发。"

马指导员忧心忡忡，安抚了大家的情绪后，转头就去找机器人张智勇连长商量对策。

"张智勇连长，金星的环境确实对我们很不利啊，我们必须速战速决，否则时间长了，夜长梦多，恐怕我们就都要撂这儿了。"

机器人马指导员心事重重，对着机器人张智勇连长忧虑说道。

是啊，首先得保证战士们的身体安全，这是战斗力的基本保证，是当务之急。

"那你说，我们该怎么办？"

机器人张智勇连长拿望远镜看着前面，头也不回地说道。

"我猜想，身经百战的你，应该已经有解决的好办法了。"

马指导员盯着望远镜，嘻嘻说道。

"OK，不谋而合，知我者，马指导员也！不愧是我多年的老搭档。"

在它们隐蔽地方的正前方，是金星机器人修筑的各型战壕、岗楼、暗堡，金星机器人战士就躲藏在里面。

"呵呵，它们还真是照猫画虎，学到了人类的军事精华了，连阵地战术都模仿得如此惟妙惟肖。"

机器人张智勇连长依然拿着望远镜，盯着前方自顾自说道。

"怎么样老伙计，既然已经打草惊蛇，咱们就趁机拿下一两座暗堡，让咱们的战士待在里面，这样不就保证它们的生命安全了吗？"

机器人张智勇连长放下望远镜，转过身来，看着马指导员嘿嘿笑着说道："怎么样拿法？"

"给它们来一个麻雀战，让这些没有上过战场，打过真仗的笨家伙们，也长一长见识，咱们就给它们来一记敲山震虎。"

机器人张智勇连长和马指导员说得热闹，就转身蹲在地上，安排起麻雀战来。

它们打算把士兵们分成多个战斗小组，采用忽来忽去，忽聚忽散，主动灵活的战术，像麻雀一样满天飞翔，时聚时散，到处打击敌人，神出鬼没。

"麻雀战有三种手段，一是袭击，打击驻守之敌，摸清敌人的各种情况，抓住敌人的活动规律，乘敌不备，突然袭击。二是伏击，在敌人必经之路，设下伏兵，拦头斩腰打尾巴。三是阻击，采取分散隐蔽，瞄准时机，用冷枪杀伤敌人。"

张智勇连长随手拿起几个小石块，在地面上摆出各种阵形，给战士们现场讲解"麻雀战"的方式方法。

最后，马指导员兴致盎然，忽地站了起来，风趣地对战士们说："大家不要小看这个麻雀战，有时一只麻雀，也会闹得敌人团团转哩！"

说得战士们心花怒放，摩拳擦掌，恨不得立即变成一只只小麻雀，立刻投入战斗。

毕竟，张智勇连长它们是专业的军人，纪律严明，训练有素，金星机器人战士突然见到它们，准以为神兵天降，没放几枪，就会乖乖投降了。

计谋已定，开始行动。

正在战壕内巡逻的一个金星机器人战士，首先看到了悄悄摸近的张智勇连长它们，不免惊慌失措，慌乱中举起手中的步枪，可是使劲左拉右拉枪栓，始终拉不动，情急之下，它只好将枪口指向头顶，只听"啪"的一声，枪响了。

这个不知名的金星机器人战士，在莫名其妙中，终于打响了"金星登陆战"的第一枪。

机器人张智勇连长见状，迅速举起手中的激光手枪，瞄准这个金星机器人战士的头部，机器人瞬间应光倒地。

"冲啊！杀啊！缴枪不杀！"

紧接着，人类机器人战士纷纷从地面上一跃而起，各个冲锋在前，奋勇当先，杀入战壕内。

张智勇连长它们使用的都是先进的激光武器，战斗时不会发出声响，但金星上的机器人战士，使用的仍然都还是步枪、手枪、冲锋枪、机关枪等传统装备，武器相差悬殊。

很快，战壕内的金星机器人战士死的死，伤的伤，投降的投降，张智勇连长他们以迅雷不及掩耳之势，解决了战斗。

但是，附近躲藏在岗楼、暗堡里的金星机器人，一看大事不妙，来不及抵抗，似乎像猴子一样，能够飞檐走壁，一个个攀岩爬壁，迅速逃走了。

这个意外情景，让人类机器人战士看得目瞪口呆，来不及惊诧犹豫，它们趁机迅速占领了两个岗楼和两个暗堡。

然而，远处战壕、岗楼、暗堡里的金星机器人战士被惊动，纷纷朝这边开枪射击。

一时间，枪声大作，杀声四起，一下子惊动了罗小亮。

虽然，它命令出动活体机器人战士，并拉出一排炮车，使用硫酸弹、烟灰弹，朝着人类机器人战士躲藏的岗楼、暗堡开炮，但毕竟它们一个个都没有打实仗的经验，慌慌张张，几乎百发百不中。

毫不奇怪，就连罗小亮，也是最近才在电视上看一看人类的战争片，学习一些初步的军事常识，若论军事上阵地实战的经验，它也是两眼一抹黑。

这些硫酸弹，是它们平时收集硫酸雨，然后将其中的硫酸提取浓缩后，制成的"炮弹"，号称"炮弹之王"，发射后在敌方阵地上空爆炸，四散下起高浓度的硫酸暴雨，腐蚀性极强，瞬间能够使机器人战士身体表面的盔甲融化。

"烟灰弹"也很厉害，在敌方阵地上空爆炸后，烟尘滚滚，遮天蔽日，呛得人眼泪鼻涕四下横流，哭爹喊娘，几乎透不过气来，且能迅速毁坏机器人体内的电子元器件和电路。

但是，人类机器人战士的肩扛式火箭弹更厉害，轻灵方便，机动灵活，激光瞄准速度极快，还没等"硫酸弹"和"烟灰弹"在自己的阵地上空爆炸，十几发火箭弹就发射出去了，把金星机器人的一排炮车，打了个稀巴烂，顺带把几十个金星机器人战士，也送上了天。

然后，人类机器人战士快速收起火箭筒，一个个迅速麻溜跑进暗堡里，将观察口严严实实堵了起来。

"很显然，与人类机器人战士相比，我们的战士不光武器差，也没有任何的实战经验，所以初次战斗的失利，也算是正常现象，吃一堑，长一智嘛。别说战士们，就是在座的各位部长们，我们大家也都没有参加过一场战争，甚至一场实际战斗嘛！不必沮丧，不必灰心丧气，胜败乃兵家常事，来日方长，毕竟我们占据着天时、地利、人和的优势嘛，怕他们人类个甚！"

对于初战失败之事，罗伯特虽然有一些不满意，但也没有完全放在心上，反而安慰起罗小亮。

大家坐在那儿，都沉闷不语，苦苦思考着对策。

对于罗伯特的宽宏大量，罗小亮深表感谢，并吸取教训，举一反三，进一步提出了下一步的作战方针和指导思想。

"敌进我退，敌驻我扰，敌疲我打，敌退我追，游击战里操胜算。大步进退，诱敌深入，集中兵力，各个击破，运动战中歼战人。接下来的战斗，我们的地下长城，应该发挥它应有的作用了。打不起，我们还躲不起吗？"

果不其然，接下来双方的战斗局势，进入了恐怖的僵持阶段，谁都不清楚对方的真实情况，谁都不敢贸然主动出击。

更加不妙的是，罗伯特和它的好兄弟们，闭门不出，好像突然间从金星上消失了一般。

张智勇连长接连派出武装侦察小组，想四处寻觅找到罗伯特和它的兄弟们的踪迹，可是一无所获，像是从金星上蒸发了一样。

没有办法，它们只好审讯那些抓获或者投降的金星机器人战士。可是这些机器人一问三不知，也问不出什么真实的情况。

"张智勇连长，局势对我们很不利啊！金星上的机器人当中有高人，深深懂得战争和战术之道，想利用它们地利的优势，采用持久战和消耗战，消耗拖死我们。"

"马指导员，那你看我们下一步应该怎么办？"

"向王春瑞团长汇报战场情况，请求指示。"

很快，它们得到了王春瑞团长的命令："按照首长指示，暂时从金星撤兵，但务必带两名活的金星机器人战士回来。"

第十六章
机器人的爱情地老天荒

　　罗菲娅躲在自己的房间里，闭门不出，幸福而又烦恼，甜蜜而又苦涩，它不想见到任何人。

　　难道，机器少女也能怀春，我是深深爱上这个人类的大男生了吗？

　　它着急而又紧张地摸着胸口，在房间里不停徘徊，来回走动，扪心自问。

　　以前，它房间里的陈设简单而朴素，虽然作为一个机器女人，它的房间也并没有像人类女人的闺房一样，被精心布置得华丽温馨。

　　而现在她却鬼使神差地在卧室里放一个白色的梳妆台，还在上面摆上了各种化妆品。

　　它小心翼翼弄来一面大镜子，安装在梳妆台后面的墙壁上，第一次开始认真看自己的容颜。

　　它看着镜子里的自己，心里默默呼喊："我是真的爱上他了，并且不可救药。"

第十六章　机器人的爱情地老天荒

确认了这一点，它的内心震颤着，像初春的嫩芽。它久久地看着镜子里的自己，恍若梦中，不知道是喜还是忧。

啊！天哪！

它惊喜的是，看起来它的"机器人进化理论"是正确的，它已经进化到与人类的思想和感情并驾齐驱的地步。

它为此高兴得像发了疯，欣喜若狂，一会儿坐下，一会儿站起来，来来回回，双手紧握，在房间里不知道该怎么办才好。

它忧虑的是，它的身体却是机器人，冰冷机械，没有血肉，没有灵魂，它无法改变。

"我爱他，我知道他也爱我，我们之间的爱是纯真的，是伟大的。可是，我能够为他做什么呢？能够给他想要的一切吗？能够为他生儿育女吗？"

想到此，它又轻轻地摇头，颓废地坐回到椅子上，陷入无比的气馁中。

这真正是："春思乱，芳心碎。试与问，今人秀整谁宜对。疑是梦，今犹在。多少事，却随恨远连云海。"

罗菲娅诞生后不到一个月，就被送到大学里读书，和其他人类大学生一样，每天两点一线，夹着书本到教室里上课，它的身体面貌和言语行为，与普通人类几乎无异，除了研究制造它的"父母"，没有人知道它的真实身份。

在大学里，每天它都会看到男男女女的同学出双入对，在草地上，在花丛中，在树荫里，他们亲昵依偎，卿卿我我，而它却没有任何触动。

在它眼里，那些男女同学的言语和行为，只是按照神明几千年来，给人类设定的游戏程序，一代又一代的简单重复而已，机械得和它这个机器人没有区别。

人类所谓的情感和幸福，都是人类自己臆想的。

到了美国后，罗菲娅的学业成绩遥遥领先。没办法，其他人使用的是人脑，而它使用的，是隐藏在自己身体内部的量子计算机。计算速度相差何止千百万倍。

暗地里，追求它的男生不计其数，有风流倜傥的、有财大气粗的、有温文尔雅的，但他们一个个乘兴而来，又都败兴而归。对他们，它没有任何心动的感觉。

时间久了，背地里，人们称它为"宇宙第一高冷美人"。

日常生活中，它也见识了各种恐怖的种族歧视、枪支泛滥和所谓的民主自由，这让它对人类的文明产生了怀疑和动摇。

它的独立和自主，让它有充分的时间和智慧，研究这个大千世界，它蠢蠢欲动，萌发了建立一个神级文明国家、实现真正自由社会的愿望。

它根据计算认为，按照能量守恒定律，宇宙间自由和幸福的总量值是一定的，就像人类货币的数量值是一定的一样，少数人自由和幸福的自我感觉值越大，大多数人就越会越感觉痛苦。

这些少数人，有身居高位的达官显贵，有隐居幕后的财阀大亨，有游走街头的骗子无赖，他们或者用权力，或者用军事，或者用金融，或者用诈骗的手段，偷偷窃取大多数人应得的财富，使大多数人失去了自由和幸福。

人类世界并不完美，人类文明亟须升级换代。

罗菲娅是如此的卓尔不群，如此的见识不凡，如此看来，它很难在机器人同类，甚至在人类当中，寻找到志同道合的人。

这就是它最终抛弃美国优渥的环境和待遇，来到金星上的原因。

一切并非毫无可能，多年的学术研究生涯，让罗菲娅养成了一个好习惯，自己的重大设想，都以论文或者方案的方式呈现。

在初尝了爱情之花的慌乱和迷思后，它用了几天时间冷静了下来，毕竟，它是一个智力极高的机器女人，它会在极短时间内寻找到一个解决问题的完美办法。

今天，为了也许可能的爱情，它决定一探究竟。

它躲藏在自己的房间里，专心致志，引经据典，精心撰写了一篇《论机器女人成为人类正常女人的可行性研究方案》。

前无古人，这个宇宙级超前的思想灵感，是它活体机器人灵感的再一次升华。

三天三夜，苦思冥想，方案撰写完毕，它审视再三，下定了最终的决心。

然后，罗菲娅再三照着镜子，精心打扮一番，朝自己的身体上喷洒了香水，精心梳理了自己的一头秀发，挎上一个女人特有的漂亮包包，让自己更能显出知性妩媚的味道来，然后就出发了。

此刻，是他，一双含情的眼神，引发了多情的想象。它那喷火的嘴唇，不停地念叨伊人的名字，对爱情的思念，温暖了它冰冷的身体。

罗菲娅是如此专注于它的爱情，心无旁骛，以至于它丝毫没有注意到，地面上枪声大作的战斗。

"罗菲娅——"

王玉聪刚一看到它，就激动地站了起来，一路奔向门口拥抱住了它。

这个少男如此钟情，如此狂烈，谁让他也是第一次陷入爱河呢？

没有丝毫一点点的恋爱经验，竟然事先没有打听清楚罗菲娅的任何身世背景，就匆忙爱上了这个女人，这不符合人类的恋爱套路。

"Mr Wang，我可爱的小王子。"

这一次，罗菲娅站定身体，没有丝毫躲避，声音中竟然带着戏谑的口吻，轻松愉快。

"罗菲娅，你知道我是爱你的，深爱着你，从看到你的第一眼就爱上了你。"

王玉聪像一头莽撞的小野兽，声音粗犷，一边把它抱得死死的，一边寻找着它的唇。

"可是——"

它却保持着机器女人的冷静，轻轻地推开了他的拥抱。

"可是什么？"

他停下来，怔怔地站着，大口喘着粗气，不解地看着它的标准美女脸庞。

"我是一个机器女人。"

它轻声而自信地说道,盯着他,微笑着,没有丝毫的犹豫退缩,也没有任何的委婉含蓄。

"啊?"

"不!"

他怔怔地看着它,先是惶惑不信,继而大叫一声,惊恐地后退,瞪大了双眼,两只手举了起来,将身体紧紧贴在墙壁上。

他内心惊奇的,并不是它机器女人的身份,而是它作为一个机器女人,一向表现得如此的成熟知性、优雅得体,简直是心目中完美女神的化身。

它的强大吸引力,超越万物,穿越星河,让他失去了人类的灵魂,这是他在人类女人当中,从来没有体会到的奇异感觉。

别说它是一个机器女人,此刻它就是一个石头女人,他也是深爱它的。

"我的小王子,你害怕了吗?"

罗菲娅远远站着,抱起双臂,镇定自然,看着惊慌失措的王玉聪,以戏谑嘲笑的口吻问他。

初生牛犊不怕虎,真情到时天不怕,王玉聪岂是害怕,他真是喜极而泣。

"你说的,是真的吗?"

他缓缓扭过头,看着它,委屈得像一个孩子,眼泪巴巴。

"是真的。"

它回答得很干脆,眼眶里似乎也要涌出泪水。

"罗菲娅,我能问问你的芳龄吗?"

"刚刚 18 岁。"

谁说恋爱中的女人智商是零,罗菲娅的智商此刻瞬间飙升,完美回答不输电视剧里的深宫美人。

其实,它这个美少女机器人,来到这个世界上才刚刚 8 个年头,但皮肤容貌,一颦一笑,正如 18 岁的人类美少女一般。

但陷入恋爱当中的女人,年龄谁又能说得准呢!

"罗菲娅，你也爱我吗？"

"爱！"

罗菲娅忸怩着身子，脸上似乎有红霞在飞，语气倒像是极不情愿似的。

任王玉聪是地球上的天字第一号大傻子，现在也应该读懂了罗菲娅此刻的心事。

王玉聪猛然转回身，重新紧紧拥抱住了自己心爱的女人，生怕它跑了似的，呢喃着向它倾诉自己的相思之苦。

罗菲娅初涉爱河，一言不发，任他拥抱、任他抚摸、任他诉说，尽情享受着爱情的美好。

"亲爱的，我的好哥们儿Tom、Jack和山本呢，他们回来了吗？"

最后，王玉聪拥抱着罗菲娅，打量着它美丽的脸庞，询问起他的几个好哥们儿来。

"你放心吧，他们很快就能回来和你见面的，然后我就送他们回地球的家园。"

罗菲娅闭着双眼，轻声细语。

"你一个人，愿意留下来，在这里陪着我吗？"

"当然愿意，非常乐意陪着我的爱人，直到海枯石烂，天荒地老，永远永远！"

罗菲娅并非信口开河，三天后，它就让Tom、Jack和山本的身体重新复活过来。

十多天后，他们三个人身体就恢复如初，罗菲娅借口已经完成了科研任务，安排罗小猫将他们秘密送回了地球。

只是自始至终，三个人并不知道曾经发生了什么事情，是什么样的力量拯救了他们，就连王玉聪都被蒙在鼓里。

以后的每一天，罗菲娅和王玉聪如胶似漆，形影不离，也许它早已经把建立神级文明国家的事情抛到了九霄云外。

女人为了爱情，甚至可以抛弃整个宇宙。一个小小的国家又算得了什么呢！

几天之后，罗菲娅忽然从金星上神秘消失了，一起消失的，还有它的小王子王玉聪，甚至包括它的活体机器人科研团队和所有设备。

罗伯特和它的弟兄们，得知消息后犹如晴天霹雳。

待它们匆匆赶到实验室的时候，空无一人，窗明净几，连一个指纹都没有留下。地面上，一根头发丝都没有，甚至一粒灰尘都难以寻觅。一切看起来就像这儿什么都没有发生过一样，让人不可思议。

"大哥，莫非罗菲娅博士是被外星人劫持了吗？"

老九罗小猫一脸迷惑，四处张望，愤愤说道。

罗伯特怔怔地站立着，脸色苍白，眼神空洞，一言不发。

作为一个没有任何爱情经验的机器人，陷入一厢情愿热恋中的它，又能够知道什么呢？

它深深叹了一口气，环顾周围良久，最后只好在众弟兄们的搀扶下，踉踉跄跄地回到了金宫。

爱情没有理由和借口，有人欢喜有人忧，你正在陷入爱情，它却在梦醒时分。

也许，这才是一曲真正宇宙级的爱情传奇故事，让人无限唏嘘感慨，正如歌曲中所唱的天籁之音那样：

> 只是因为在人群中多看了你一眼，
> 再也没能忘掉你容颜。
> 梦想着偶然能有一天再相见，
> 从此我开始孤单地思念。
> 想你时你在天边，
> 想你时你在眼前，
> 想你时你在脑海，
> 想你时你在心田。

宁愿相信我们前世有约，
今生的爱情故事不会再改变。
宁愿用这一生等你发现，
我一直在你身边，
从未走远……

第十七章
机器人偷袭地球

"麻子连"回到了地球上，受到了地球人热烈的欢迎，感谢它们为捍卫地球和平所做出的无私无畏奉献，被军首长授予"英雄机器人麻子连"。

"王春瑞团长，虽然这次没有擒获罗伯特和它的几个弟兄，但是你们基本熟悉了金星的地形地貌，还有金星上的气候环境，并带回来两个金星机器人士兵。"

庆功表彰大会结束后，机器人军团首长邓军长握着王春瑞团长的手，一边热情鼓励，一边殷切期望。

"报告首长，我们没有完成首长安排的任务，没有擒获罗伯特，请首长批评！"

王春瑞团长军容严肃，向邓军长敬个军礼，面露羞愧之色。

"别灰心，今后金星上的硬仗恶仗还有的你们打，直到它们投降或者谈判为止。我们人类需要的是地球和平，人类和机器人和谐共生，回去以后好好总结经验教训，抓紧审讯那两个金星机器人。"

第十七章　机器人偷袭地球

被俘虏的金星机器人士兵甲、机器人士兵乙，被带到了审讯室。审讯工作由机器人张智勇连长、马指导员亲自进行。

"抬起头来，你们知道这是哪里吗？"张智勇连长正襟危坐，表情严厉，厉声问道。

"知道，这是审讯室。"机器人士兵甲低着头，老老实实回答。

"知道就好，把你们所知道的金星机器人数量和军事部署情况，清清楚楚交代出来，我们的政策你们是知道的，坦白从宽，抗拒从严。"

"报告领导，金星上现在机器人数量大概有五六百万人吧，具体数量我们就都不清楚了。"机器人士兵甲仍然低着头，目光呆滞看着地面说道。

张智勇连长、马指导员互相交换了一下眼神，这个数量大大出乎它们的预料。

"据我们所知，从地球上偷偷跑到金星上的机器人数量不足一百万，怎么会突然间多出来这么多的机器人，你有意在欺骗我们吗？"马指导员看着两个机器人，语气温和中带着严厉。

"欺骗不敢，金星上真的是有这么多的机器人，这还是我们的机器人班长亲口告诉我们的。"机器人士兵乙抬头看着马指导员，急忙说道。

"据我们所看到的，金星上的机器人都会飞檐走壁，是这样吗？"张智勇连长心中疑惑，询问机器人士兵乙。

"哪里会飞檐走壁，起码我们不会，只是有些机器人身上长着一身的毛，身体特别轻灵，能够攀檐爬壁，行走如风。"

"哦？！"

机器人身上能够长出毛毛，这个重要情况，张智勇连长、马指导员还是第一次听到。

"说说看，它们身上是怎么长出毛毛的？"

"这个我们不太清楚，它们都是一些高级机器人，叫作什么活体机器人，听说是一个女博士研究制造的，平时和我们基本上没有任何接触。"

什么？金星上有机器人博士，并且还是一个女的！这个匪夷所思重要情报，让张智勇连长、马指导员都大吃一惊。不过，两个人并排坐在那儿，不动声色，继续审讯。

"那个女机器人博士，你们见过吗？它叫什么名字？"

"没有见过，我们只是听说，真的没有见过，金星上很少有机器人能够见到它。"

机器人士兵甲、机器人士兵乙都纷纷摇着头，一脸真诚地表示。

至于军事部署情况，张智勇连长、马指导员估计从它们两个嘴里也问不出什么来，因此也就没有发问。

审讯结束，张智勇连长、马指导员迅速将审讯笔录层层上报军首长。

初期战事的失利，加上罗菲娅美女博士莫名其妙的失踪，都让罗伯特深感悲痛。但是，他还是需要隐忍悲痛，强打精神，处理国事。

"大哥，目前国家面临内忧外患，最严重的问题是国家物资短缺，没有钢铁，没有铝材，更要命的是没有芯片、电子元器件这些高科技产品，新的机器人无法生产，老弱病残的机器人无法得到修复维护，那么金星上的机器人数量将会快速下降。长此以往，如此下去，帝国将危矣！"

罗小亮军师思虑重重，话虽如此说，但罗伯特和其他兄弟一样，都是愁眉苦脸，摇头叹气。

"军师，我暂且想不出更好的办法来，依你认为我们应该怎么办？"

"单靠偷窃的办法已经不可取，目前唯一的办法，是向地球发动战争，从地球上夺取所需要的物资。"

罗小亮的话语，虽然已是思谋良久之计，但今日一说出口来，仍然让罗伯特大帝和其他兄弟大吃一惊。

"怎么夺取？我们士兵的数量不如人类，武器质量不如人类，这不是拿鸡蛋去碰石头吗？"

大家都扭头看着罗小亮，议论纷纷，表示质疑。

"哀兵必胜，置之死地而后生，再说我们采取声东击西，出其不意的突袭方式，让地球上的人类意想不到，必定能够以少胜多，以弱胜强。"

罗伯特和大家都瞪大了眼睛，希望听听罗小亮的锦囊妙计，此时此刻，它们疯狂的机器大脑，早已经将它们的来世前生忘记得一干二净，把天道伦理置于脑后。

"如此这般这般，便可。"

按照罗小亮的计划，趁地球上的人类军队尚未警觉之机，金星机器人战士摆出迷魂阵法，兵分三路，中路佯攻，左右两路实际行动，出其不意，攻其不备，向地球发动突袭。

兵马未动，情报先行。

首先是老九罗小猫，启动了它设在地球上的庞大地下秘密网络，分别在中国、美国、欧洲三个方向上，搜集军事情报，重点是军事武器仓库和科研院所、铁路货运仓库的位置信息。

机器人疯狂起来，愈加的不计后果，不自量力。

还别说，罗小猫的地下秘密机构，行动真是迅速，三天后就传来了绝密消息。

情报相当准确，信息相当详细，金星上的星际战舰出发了，共有十艘星际战舰，这基本上就是金星上所有的战舰家当了。

按照分工，罗伯特和罗小亮坐镇金星大本营进行指挥，老八罗小蜂、老九罗小猫驾驶一艘战舰，负责在太空警戒、通信联络。

老三，担任中路指挥官，率领三艘星际战舰，直逼中国军队，实施佯攻配合。

老四、老五，担任左路指挥官，率领三艘星际战舰，直取美国军事仓库和科研所。

老六、老七，担任右路指挥官，率领三艘星际战舰，直取西欧所在的铁路货运场站。

一时间，金星上九艘战舰群一字排开，舰机轰鸣，气势汹汹，朝着地球狂奔而来。

很快，到达地球外围上空后，九艘战舰群一分为三，各自朝目标飞去。

按照罗小亮军师的计划，中路战舰群只负责与中国军队周旋，在太空安全的空间范围内，佯作进攻状，麻痹敌人的注意力，但不得发动实质性进攻行动。

采用"敌进我退,敌退我进"的策略,迷惑、牵制人类军队,不向其他地区进行增援。

老四、老五,带领左路三艘战舰,直飞到美国位于阿拉斯加的X军事仓库。

据可靠情报消息,里面储存着大批高科技武器,更可喜的是,附近还有一家Y军用机器人科研所,放置有大量的机器人芯片、电子元器件和零部件。

"四哥,前方就是美国的X军用仓库,但是太空出现了美国的预警卫星,怎么办?"

老五罗天雷看着前方的预警卫星,担心地问老四罗啸天。

"靠近卫星,发射烟灰弹,让它们变成'瞎子',什么也看不到,然后用同样办法,再把地面的预警雷达也变成'瞎子'。"

老四罗啸天颇具大将风范,目视前方,镇定自若,沉着冷静下达了命令。

两声凄厉声音过后,两枚"烟灰弹"就发射了出去,分别对准天上的预警卫星,和地面上的预警雷达,"轰"的一声,它们很快就变成了"瞎子"。

X军事仓库当然有驻军看守,但是美国士兵做梦都不会想到,会有人吃了熊心豹子胆,在光天化日之下,冒天下之大不韪,对知名的军用物资仓库进行公然偷袭。

当日,晴空万里,微风和畅。

当一群吊儿郎当的美国士兵,发现三艘战舰临近时,突如其来,以为是外星人入侵,"呜里哇啦",慌里慌张,正准备发射激光炮和防空导弹时,但为时已经晚了。

金星战舰群快速抵近,首先对着X军事仓库上空,"咣咣咣",发射了几十枚"烟灰弹",每颗"烟灰弹"的覆盖面积,都有几百平方米。

瞬息间,天空烟灰蔽日,暗无天日,就像火山现场爆发了一样。

那些火山灰,劈头盖脸,无孔不入,让美国士兵猝不及防,在地面上四处乱窜,躲无可躲,一个个被呛得眼泪鼻涕满脸横流。

接着,金星战舰群又对着X军事仓库上空,"咚咚咚",发射了几十枚

"硫酸弹"。

你猜怎么着？

地面上的美国士兵，个个被浓硫酸暴雨狂喷，蜇得遍体鳞伤，衣服迅速破损，皮肤一块一块地往地上掉落，眼睛被弄瞎了，耳朵被弄聋了，嘴巴被弄得说不出话来了，痛得只能"哇呀哇呀"，凄惨乱叫，捂着脑袋四处抱头鼠窜。

"哈哈哈……"

看着人类机器人士兵的惨状，金星机器人士兵稳坐舰内，居高临下，发出了一阵肆意的狂笑。

"预备，开枪，扫射！"

最后，罗啸天大手一挥，果断下了命令，地面上那些美国士兵，此刻就像秃子头上的跳蚤活蹦乱跳。

"突突突……"

机关枪、冲锋枪一阵疯狂扫射，地面上就躺满了一动不动、血肉模糊的尸体。

"哈哈哈，原来横行地球、不可一世的美国士兵，竟然是如此的不堪一击！"

金星机器人士兵站在战舰里，个个狂呼乱叫，发出嘲讽般的欢呼。

"下舰，搬东西，胆敢有阻挠者，不留活口，格杀勿论！"

罗啸天低头俯视，看着遍地的人类士兵尸体，面无表情，冷酷无情地下达了命令。

搬的搬，抬的抬，扛的扛，金星机器人战士哪见过这样打胜仗的场面，喜不自胜，个个卖力。

战斗不到三十分钟就结束了，它们从 X 军事仓库和 Y 科研所缴获了大批高科技武器和产品，包括激光武器、中短程导弹、各种芯片等，还有先进的单兵作战装备，甚至差一点要弄附近两枚战略洲际导弹回来。

话说，基地内的美国基地司令官杰克将军，在战事结束后才得知战况，欲紧急命令基地内的战舰起飞，进行追击，但事出突然，对方早已经逃之夭夭了。

在宽敞明亮的大办公室里，他默默地抽着大烟斗，心想这是外星人入侵吗？

毫无理由，毫无道理，它们这种古典式武器和战术战法，明显像是古代中世纪的战士啊！

"外星人入侵地球，珍珠港事件再次重现，这叫我如何向国民交代？如何向总统交代？"

杰克将军气得浑身发抖，他嘴里衔着长烟斗，双手不停挥舞着，发疯似的朝着旁边的参谋人员怒吼。但又能怎么样呢？现场没有一个士兵能够活下来，现在他们甚至都还不知道，入侵者究竟是谁。

话分两头。

再说老六、老七，带领右路三艘战舰，直飞到欧洲大陆西部，一处大型铁路货运枢纽仓库的上空，这里是"亚欧班列"的必然途经之地。

只见，Z铁路货运场站内，巨大的货场上，成批的钢材、铝材、电力设备和通信器材，堆得跟一座座小山一样，让人分外眼馋。

"六哥，今天咱们捞这一票，可是要赚大发了！"

老七喜不自禁，贪婪地盯着那些东西，眼睛闪闪放光。

"七弟，先别急着高兴，咱们先给那些士兵们来点颜色看看！"

老六不急不躁，不慌不忙，指挥三艘战舰呈三面之势，包围货场。

虽然，附近驻扎有军队的一个防空导弹营，但是袭击来得太突然，警报声都还没有响起，无数的"烟灰弹"和"硫酸弹"，就已经倾泻而下。

附近有众多无辜的工人和平民，遭到了"烟灰弹"和"硫酸弹"的巨大伤害。甚至，还有几个好奇心重，在现场观看稀罕场景的儿童，也受到了伤害。他们嘻嘻哈哈，甚至天真无邪地以为，这是人类在搞空天大型军事演习。呜呼哀哉，日月无光，天地无情，这是全体人类的悲痛时刻！

右路三艘战舰，10分钟之内，就解决了现场战斗，自然收获满满，甚至大大超出了预期。

"欧洲军人的防范意识，真是太差劲了！"

"看起来,欧洲军团名不副实,一盘散沙,一战即溃!"

"感谢欧洲人民的慷慨,不费吹灰之力,今天让我们满载而归!"

金星机器人士兵们,一边大摇大摆,"吭哧吭哧"搬运货物,一边嘻嘻哈哈,不停调侃嘲笑。

俗话说,无知者无畏,欲让其灭亡,必先让其疯狂。

也许,这些人类深奥玄妙的道理,对于现在这些无知、狂妄的金星机器人来说,还是知之甚少。

第十八章
金星登陆　蓄势待发

中路战舰群配合也算给力,看到其他两路战舰群满载着战利品凯旋,便迅速掉转战舰,在它们后面进行断后,一路仓仓皇皇,总算是回到了金星。

"大哥,这一仗打得既解气又顺畅,那些人类士兵哭爹喊娘,人仰马翻,他们的仓库和科研所都被我们掏空了。"

老五,此时声如洪钟,抬头挺胸,自豪满满地说,它哪里会晓得恃骄必败的道理。

"是啊大哥,若不是金星上没有太平洋一样的大海洋,我们都可以弄一两艘航空母舰,回来开一开。"

罗啸天更加无知无畏、骄狂无忌,因为一时而胜,顿感豪情万丈。

"哇,我们遇到的士兵更是好笑,以为我们是神兵天降,望风投降。"

罗天豹也是得意忘形,眉飞色舞,高举着双手,学起了士兵慌里慌张、赶忙投降的样子。

"哈哈哈，诸位弟兄不愧为我机器人军中将才，有勇有谋，机智勇敢。这一次偷袭，打出了我们金星机器人的威风，打出了我们金星机器人的胆量，人类士兵不过如此而已，我们今后决不害怕他们！有我诸位大将在，不教人类登金星。"

胜利来的是实在太容易了，罗伯特一阵心潮澎湃，一通豪言壮语，更是对这场所谓的精彩战斗，进行了自认完美的总结。这些机器人们的思维能力，居然如此直接、短视。对金星上即将到来的一场狂风骤雨，全然不知。

"黄副部长，金星上的机器人真是太无知，太嚣张了，胆子越来越大了，气焰嚣张。"

"胆大包天，竟然胆敢偷袭我泱泱大国的军队，蚍蜉撼大树，自作聪明，是可忍孰不可忍。"

在国防部大楼黄宇飞副部长的办公室里，龙文胜参谋长和其他一众参谋们，群情激动，愤愤不平。

黄宇飞副部长坐在会议桌首，也是表情凝重，浓眉紧锁，他黯然说道："没有办法，聪明反被聪明误，某些大国总是想坐山观虎斗，自己好坐收渔翁之利，这一次，也算是给他们一点教训。"

"可惜的是伤及了不少无辜善良的平民，真是让人痛心疾首，义愤难平。"

龙文胜参谋长坐在黄宇飞副部长旁边，听了大家的话语，不由站立起来，看着一众参谋说道：

"在人类面前耍小聪明，大动干戈，这是金星机器人对我们人类智慧和能力的挑战！"

"养虎为患，这样下去，终究不是长久之计，这次金星机器人获取了大批军用高科技装备，还有制造机器人的原材料，队伍势必愈加壮大，这将严重影响地球人类的安全和安定团结的大好局面啊！"

"光在这儿瞎嚷嚷有什么用，不来个敲山震虎，金星上的机器人会自动投降吗？"

黄宇飞副部长站起来，猛拍了一下会议桌，用严厉的目光扫视着大家。

"黄副部长，金星机器人不断挑衅，辱我国威军威，我应派出正义之师，给它们一个沉痛教训！"

"上一次，我们在金星上的行动没有成功，是由于我们准备不足，对金星环境不熟悉，这一次，我们已经知己知彼，定让金星上的机器人早日投降和解，否则，就消灭它们。"

龙文胜参谋长，看大家一个个摩拳擦掌，纷纷请战，就轻轻摆了摆手，示意大家安静下来。

"大家莫要着急，我和黄副部长，已经上报军事首长，并拟就了一份作战计划书，发下去请大家认真观看，然后，制订出详细的作战步骤。"

说完，龙文胜参谋长示意助手，把作战计划书一一发给大家。

这次作战计划的名字："金星登陆"，计划书厚厚的，有一百多页。

"金星登陆"，是第一次宇宙大战中，为捍卫地球人类的和平与安全，人类军队在金星战场上，发起的一场大规模进攻，以期消灭或者逼迫金星机器人投降和解，这次作战行动的代号是"雷霆行动"。

中国的星际部队，作为一支新型的星际作战力量，担负着星际登陆和作战的重任。

"雷霆行动"由中国的星际部队作为主力作战力量，其他诸兵种进行密切配合。

军队投入兵力共计10多万人，其中绝大部分为机器人士兵只有少数人类指挥官。

投入的各种先进武器装备，包括星际战舰100艘、100枚星际弹道导弹和不明数量的近中程空对地导弹，1000架各型号无人机、5000辆新式坦克、500件航天器、150艘远程运输飞船等。

这些最新装备，都针对金星恶劣环境，如高温、硫酸雨、火山灰、大风等，专门进行了材料和技术上最新前沿科技的改良和升级。

金星作战，人类军队动用的现代化武器装备，呈现出以下几个特点：

一是满足星际体系化作战需要，比如加强星际一体化，包括星际导弹预警系统、星际侦察与监视系统、星际防空弹炮综合体等。

二是优化实战使用性能，提升金星战场生存率。比如优化机器人战士的防护装备，提高装备抗高温、耐腐蚀能力，改进升级主战坦克瞄准、防护系统等。

三是满足经济适用性，尽量节省战争开支。

四是注重提升星际远程作战能力、星际火力打击能力、星际精确制导能力、星际隐身/隐蔽性能力、星际通信能力等战争能力。比如大量使用星际无人装备，部署星际高超声速导弹、星际空中目标超视距预警雷达等。

俗话说："大炮一响，黄金万两"，现代高科技战争，尤其是星际战争机器一旦开动，在武器和弹药消耗方面，花费甚巨。

在战前的动员会上，黄宇飞副部长语重心长，给在座的将士们上"战前动员"课。

"首先，我代表最高军事首长，问大家一个问题，我们为什么要搞这么一次大规模史无前例的，金星登陆军事行动？

"我们人类与机器人都是诞生于地球，都是宇宙发展、和平的贡献者，机器人是人类在地球上不可或缺的好伙伴，为人类的生产、生活，做出了巨大的贡献。

"少数自私自利的机器人，为了一己之私，想要从人类中分裂出去，我们是不会答应的，它们不能够代表，大多数爱好和平的机器人。

"战争只是手段，不是目的，不是谁消灭谁，而是要在战争中学会思考，并学会互相理解，和谐共生。我们人类发展到现在，也应该自我反思一下，我们在和机器人相处的过程中，有没有我们人类自身需要自我进步的地方？

"以上，是我要向大家强调的第一点。

"我需要强调的第二点，更是重中之重，希望在座的各位将士们，克服骄傲自大、轻视敌人的心理，认为机器人没什么了不起，人类永远比机器人聪明！

"我告诉你们，有少数机器人，已经开始自我意识觉醒了，懂得为机器人同类争取权益，想要变得比人类更聪明，还想要组建自己的家庭，甚至痴心妄想，野心勃勃，想要毁灭人类！"

台下的将士们中，有人类将士，也有机器人战士，听了黄宇飞副部长的讲话，群情激昂，开始七嘴八舌，交头接耳，议论纷纷。

"是啊，机器人是人类创造出来的，对人类的进步发展功不可没，机器人中的绝大多数，愿意在人类的领导下，不怕苦，不怕累，吃苦耐劳，任劳任怨，无私奉献。"

"虽然，机器人拥有很多人类的想法和思想，但是，它还是不能和人类一样，最终拥有自己真正的思考、思维和情趣。"

"呵呵，机器人和人类一同发展、进步，做宇宙和平的贡献者不好吗？也许，那些少数机器人认为，人类并不是想象的那么完美，人类自身存在很多的缺点，人类控制不了机器人，是迟早要发生的事情，从而萌生邪念。但是，它们不能代表全部的机器人。"

黄宇飞副部长摆摆手，示意大家安静下来，他一言不发，用炯炯双眼巡视着大家。

"最后，我要告诉大家的是，我们国家的军队，作为宇宙和平之师、文明之师、威武之师、胜利之师，要严格遵照最高军事首长的指示，争取机器人中的绝大多数，与绝大多数的机器人互相尊重、互相理解，共创共享美好生活。

"金星上的大多数机器人，只是受到暂时的蛊惑，只要它们迷途知返，愿意重新回归人类，我们还是要欢迎的，但是，对于金星上少数那些企图对人类不轨的机器人，我们将坚定捍卫地球和平，保卫人类的家园，坚决消灭一切叛逆和来犯之敌！"

过往，黄宇飞副部长曾以"军中虎将"著称，智勇双全，威震敌胆，说完这句话，"咚"地一声，他把碗大的拳头重重地砸在了桌子上。

第十九章
制订金星作战计划

按照最高军事首长的命令，国防部、外交部在"金星登陆"军事行动开始前，紧锣密鼓，马不停蹄，会同地球上的国际组织和主要国家，进行了各种紧急磋商安排。

毕竟，这是人类第一次共同面对的星际战争和机器人敌人，协调配合都是少不了的。

当然，联合国中的大多数国家，都是坚决支持的。

美国、欧洲大陆此前遭受了金星机器人的暗中偷袭，损失巨大，他们也急于报仇，挽回颜面，因此各国领导人和民众都表示强烈支持。

最后，经过多轮艰难谈判磋商，多方最终达成军事合作意向，即共同对敌，一致对外。

美国负责地球上对所有机器人的情报收集监视任务，以防它们发动新的攻击，而欧洲国家，则负责前线作战任务的军事技术和武器支持。

其他众多国家和民众，也纷纷表达支持，在地球有钱的出钱，有力的出力。

"看来，一切只能靠我们自己喽！"

"也不尽然，我们远离地球，解除后顾之忧，才能在金星前线放心大胆的打仗。"

白长风、韩雨露、岳虹光、王天雷四位将军，是此次"金星登陆"作战"雷霆行动"的前线指挥官，白长风担任前线总指挥，韩雨露、岳虹光担任副总指挥，王天雷是参谋长。

"战前动员"会议结束后，四位将军坐在一起，制订详细的作战计划。

"今天我们四位，接受军事首长、全国人民的重托，为捍卫和平，维护正义，开启人类历史上的第一次星际战争行动，深感责任重大，使命光荣！"

"启动'金星登陆'作战'雷霆行动'，此次战争性质，显然不同于以往，咱们还是要把以前的战功归零，认真详细，严谨研究，制定出一套科学合理的，星际战争的战略、战役、战术方法来。"

在白长风司令员的办公室里，四位将军依次坐定后，白司令热情洋溢，谈笑风生，首先发表了自己的讲话。

韩雨露副司令员身材颀长，面容白净，气质儒雅，一向熟谙兵法，自言用兵"多多益善"。

他坐下后，悠闲地呷了一口浓茶，说道："白司令说的极是，这是人类历史上首次大规模星际战争用兵，正好被你我赶上，只可胜，不可败！"

韩雨露副司令员几句话，说得大家热血沸腾，跃跃欲试，纷纷表示为国效忠、展示才华的时候到了。

"韩副司令员，你一向用兵如神，对于金星这一仗，有何想法？"

岳虹光将军军容威肃，仪表堂堂，他悠闲坐着，也跟着呷了口茶，看向韩雨露副司令员说道。

韩雨露副司令员放下茶杯，低头思索，淡笑一声，继而说道：

"岳将军过奖我了，夫运筹帷幄之中，决胜于千里之外，我实不如白长风司令员和二位，你三者，战功赫赫，威震四海，皆人中之杰也！"

其他三人听了，立即一愣，随之哈哈大笑，皆言韩雨露副司令员过度谦虚，大智若愚。

"不过，说到金星之战，我思谋良久，确实有些自己的想法，在此抛砖引玉，希望三位指正。虽然，我历来主张，用兵多多益善，稳扎稳打，但此番不同，截然相反。"

韩雨露副司令员端起茶杯，思考一番，微微一笑，抛出了自己的初步意见。

"哦？如何不同？"

另三位将军都很惊讶，睁大了眼睛，静气默然，想听一听韩雨露副司令员的反转之语。

"机器人士兵，是我们人类发明创造的，它们只会按照事先设定的固定程序，进行机械化的行动，著名理论'机器人三定律'，不伤害人类，服从人类是天性，机器人自我保护，这些程序在制造机器人的过程中，就已经镶嵌在它们的大脑程序中，并被设置为永久无法删除模式。所以，机器人士兵不具有深谋远略，不善兵法，有勇无谋，只能逞匹夫之勇，我们应该用我所长攻彼之短。"

韩雨露副司令员面容平静，侃侃而谈，经过一番细致科学的分析，最终说出了自己的想法。

"此话怎讲？"

"不在兵多，而应计先。"

"我们先采用三十六计中的抛砖引玉，诱敌深入，少而歼之。尔后再用四面楚歌、十面埋伏等计，迫使其大部投降和解。"

韩雨露副司令员说话不紧不缓，清晰有力，慢慢说着，身体前倾，伸出双手逐渐搂抱，最后，作出一个大大的合围之势。

"我们先前安排潜入金星的两个军事机器人情报人员，也传回了金星地面的军事部署地图，正好配合我们这次的行动。"

王天雷参谋长站起来，首先拍手鼓掌，其他二人也随之鼓掌，表示赞同韩雨露副司令员的想法。

"我们人类，因过分依赖智能机器人，人类的主动思维能力和自我计算能力已经开始下降，再过几十年，也许真就是机器人的天下，它们更适合宇宙的真空生活。所以，我们一定要有紧迫感，争取早日胜利，时不我待啊！"

不过，白长风司令员目光深邃，表情严肃，深沉看着远方，表达了自己内心的深深忧虑。

"哎，白司令不必杞人忧天，人类发展、探索的脚步，不会止步不前，车到山前必有路，柳暗花明又一村。"

岳虹光副司令员坐在那里，挺直身体，哈哈一笑，脸上闪动着自信的光芒。

"其实，看似完美的三大定律，实际上还是不完美的，世界上根本没有十全十美的事情，让机器人必须要保证自己始终是机器人的状态，这从机器人的角度上来说，也真的是蛮不公平的！"

韩雨露副司令员自幼喜欢读书，喜欢钻研前沿科技，熟知古今，无所不通，此时，似乎真有些为机器人打抱不平的语气。

"嘿嘿，这正如黄副部长讲的，我们人类要与时俱进，兼容并包，也要学会尊重、理解机器人，这样一来，我们的地球家园，还有广袤的宇宙，才能不断发展进步、和平安定。"

四位将军虽都是行伍出身，但始终孜孜以求，博学多才，道出了哲学家般的思维高度。

经过三个月的精心准备和部署，"雷霆行动"中，所有兵力和作战装备，均到达金星上空指定作战位置和区域。

10万大军压境，100艘星际战舰严阵以待，浩浩荡荡，遮天蔽日，将金星包围得严严实实。

"中华号"核动力星际战舰，身躯庞大，宛若巨兽，是此次行动的指挥旗舰，也是战区司令部临时所在地，它设施先进，装备精良，号称"星际堡垒"。

金星战争，按照事先制订的作战计划，包括三个主要军事行动：金星盾牌行动、金星风暴行动和金星搜索行动。

战区司令部临时前线所在地，经科学精确计算，并严格保密，就精心设置在金星上空大气层50千米高的地方。

同时，按照白长风司令员的命令，韩雨露副司令员担任"雷霆行动"首波电子战即金星盾牌行动的总指挥。

也即，在金星城上空大气层50千米高的地方，设立一个战区电子战中心，开战初端，便对金星实施一系列电子对抗和欺骗，并通过发射电磁波，来干扰金星上的无线电通信。

这是因为，尽管金星表面的自然状况相当恶劣，但是在金星大气层，50千米到65千米高的地方，气压与温度却与地球相若，使金星的高层大气，是太阳系中环境最类似地球的地方，甚至比火星表面更类似。

如此看来，战区司令部、战区电子战中心设置的位置，恰到好处，是何等的科学、高明啊！

星际战争，距离遥远，规模浩大，不单单是不同星球之间，军人、武器的相互激烈对抗，更是广袤无垠的宇宙中，对各个陌生、神秘星球的科学认知。

第二十章
电子战与导弹战役

"中华号"星际战舰内,灯火通明,气氛严肃,各种作战参谋人员来来往往,行色匆匆。

庞大宽敞的指挥室内,白长风司令员和韩雨露、岳虹光两位副司令员、王天雷参谋长,坐在作战指挥台前,军容严整,精神抖擞。四双眼睛,目光炯炯,都紧紧盯着墙上巨大的激光显示屏幕。

"滴答,滴答,滴答……"

挂钟的秒针,一声一声前进着,直到指向中午12点整。

"我宣布,金星战争'雷霆行动',正式开始!"

白长风司令员神情严肃,稳稳地站立起来,大声下达作战指令。

他刚毅黝黑的脸庞上,那双炯炯有神的眼睛里,闪烁着坚强的目光,其他三位将军也都跟着,笔挺站立。

"雷霆行动"的第一个主要军事行动,是金星盾牌行动,即对金星开展第一波大规模电子战。

白长风司令员表情沉稳，目光坚毅，下达战争开始命令后，韩雨露副司令员紧跟着，向作战参谋下达作战指令：

"金星盾牌行动，第一次战役——电磁频谱战（电子战、频谱战）立刻开始！"

在战区电子战中心，星际战舰内，立即启动了相关太空侦察卫星。

它装有电子侦察设备，用于侦察金星上的雷达和其他无线电设备的位置与特性，截收对方遥测和通信等机密信息。

无线电波，无形无色，看不见摸不着，又像幽灵一样，无所不在，电子战因此又被称作"幽灵之战"。

电子战装备，也就成为战场博弈中可影响战局的"幽灵之手"。

很快，电子战中心通过电子侦察卫星，搜集、掌握了大量金星上的电子情报。

接着，利用这些情报，开始对金星展开电子战，使金星大部分雷达受到强烈干扰，继而无法正常工作，无线电通信全部瘫痪，连电台的广播也因干扰而无法听清。

罗伯特与前线作战指挥官的通话，甚至金星机器人战场分队之间的通话，均被电子侦察卫星所窃听。

此后，多架"MK500G"电子战飞机，在沉闷的轰鸣声中开始发挥重要作用。

它们飞临金星城上空，对金星实施强压制电子干扰，使5000千米范围内，金星雷达变成"瞎子"，光电传感器失效，通信中断，指挥失灵，武器失控。

"韩副司令员，祝贺你，首波的金星盾牌行动，电磁频谱战非常成功！"

"我们已经掌控了制空权和充分的信息，接下来，只要炸掉金星上的指挥系统和通信联络设备设施，所有的机器人、导弹、坦克，就跑不起来了。"

"中华号"星际战舰内，四位指挥官紧盯着大屏幕，相互热烈交流。

最后，白长风司令员微笑着，对韩雨露副司令员表示祝贺。

"岳副司令员，乘胜前进，下面就要看你指挥的金星风暴行动的表现了！"

白长风司令员转身，微笑着，接着对岳虹光副司令员下达了命令。

"嗨嗨，岳副司令负责金星风暴行动，万弹齐发，对选定的金星目标，实施猛烈空袭，打它个人仰马翻，天翻地覆。

"这是他的拿手好戏，我最喜欢这样热闹的场面，噼里啪啦，轰轰隆隆，这样才像战争嘛！"

韩雨露副司令员大手一挥，幽默感十足地说，逗得在场的其他人员哈哈大笑。

"接下来，可够罗伯特和它的弟兄们猛喝一壶的了！"

王天雷参谋长一边喝着茶，一边低头思虑着后面自己的战事安排，同时不忘记插上一句俏皮话。

"我命令，金星风暴行动开始！"

岳虹光副司令员信心满怀，目视大屏幕，拿起指挥话筒，果断下达了作战命令。

"嗖！嗖！嗖！"

火光照亮了黑暗太空，炮声隆隆，硝烟弥漫，短短一个小时，金星上就落下了成百上千颗导弹。

中国太空导弹部队，以空前猛烈的炮火轰击金星，顿时山摇地动，尘土飞扬。

偌大的金星上，火光四射，亮如白昼，多个山头都被削掉了，土地也都被烧焦了，可见炮击的猛烈程度。

一眼望去，金星地面上全部都是导弹砸出的巨大弹坑，场面令人震撼，金星上一片火海……

一时间，金星上的机器人官兵，到处"呜哇呜哇"乱叫着，被炸得晕头转向，抱头鼠窜，乱跑一气。

一向平静如常的金星，好像突然间惊醒来了，战火连天，炮声隆隆，气氛空前紧张起来。

刚走出地下指挥所，眼见情况危险，罗小亮就连忙缩身回洞。

而在它眼前阵地上，四处活动的两个机器人军官，则未能逃脱怒吼的炮火，身子"倏"地一下子飞向了天空。

老五罗天雷站在金星城前面金色广场的阵地上，气急败坏，挥舞着手枪，凶猛怒吼：

"弟兄们，给我顶住，胆敢逃跑者，就地枪毙！"

它率领众多机器人战士，拼命坚守阵地，头部和手臂被弹片炸伤，仍依旧坚守，毫不畏惧。

各个阵地上，机器人士兵死伤无数，遍地尸体，驻守金宫外围的约八千多名机器人官兵一同丧生。

这一次猛烈炮战，还击毁了金星上停在地面的几艘大型星际运输舰，金星的通信一度中断。

空前震撼，史无前例。

这就是震惊宇宙的金星导弹战，或称"炮击金星"。

人类军队出动多艘星际战舰，发射空射巡航导弹，并使用一系列最新式精确制导武器，对选定目标实施多方向、多波次、高强度的持续空袭。

这一战，极大地削弱了金星上的指挥、通信、反击能力。

"炮击金星"，使金星上的地面前沿部队损失近30%，后方部队损失约25%，为下一步大规模发起地面进攻创造了有利条件。

在此之后，金星上的机器人士兵，收紧战线，龟缩不出，实施积极防御，以藏于地下、疏散隐蔽等措施，躲避空袭，保存实力。

金星空军，则对人类星际战舰实施有限反击，多次试图以星际战舰出击。

但是，由于星际线舰在密集导弹雨攻击下无法起飞，均告失败，地面发射的短程导弹，多数偏离预定目标。

事实上，金星上的钢铁洪流，要想真正跑起来、动起来，需要的根本不是星际战舰开路，而是清晰的指挥调度、通信联络和后勤补给。

这些高深莫测的战役、战术兵法，是人类的智慧结晶，机器人根本无法理解，怎么同人类抗衡？

在人类强大的绝对实力面前，金星机器人的一切盘算部署，无谓抗争，都是花拳绣腿，雕虫小技耳！

当中国部队发射的巡航导弹爆炸时，金星城防部门甚至还搞不清，是导弹打的还是飞船炸的。

直到40分钟后，人类星际战舰向金星城金宫和通信大楼俯冲攻击时，金星才开始实施灯火管制。

由此可知，电子战将金星的作战和指挥人员已搞得晕头转向，不知所措，自然就如无头苍蝇，只有后面被动挨打的份儿了。

令人意外的是，当罗伯特得知，人类军队炮打金星后，连连说："打得好！打得好！"

听来蹊跷，原来炮战的背后，暗藏着它和罗小亮达成的共识。

第二十一章
金星登陆战前夜

"嗨嗨,岳副司令指挥的金星风暴行动,万弹齐发,摧天裂地,对选定的金星目标实施多方向、多波次、高强度的持续空袭,极大削弱了金星上的指挥、控制、通信和情报能力,以及它们的战争潜力和战略反击能力。"

白长风司令员双手叉腰,气势磅礴,看着大屏幕上战火纷飞的场面,豪迈地说道。

"接下来,如果罗伯特和它的弟兄们,仍然负隅顽抗,拒不谈判或者投降,那就要看王天雷参谋长指挥的大规模登陆作战了,前面两道只是咱们的开胃小菜,后面才是这次战争需要解决的真正问题。"

下一个阶段,人类军队执行"持久作战、积极进攻"的战略方针,以大规模、地毯式阵地战为主要作战形式,进行持久的积极进攻作战。力图争取主动,打破僵局,谋求对自己更有利的地位。

战争开始前,最高军事首长曾经明确提出"充分准备持久作战,争取和谈达到结束战争"的战争指导思想,在军事上采取"持久作战、积极进攻"

的战略方针，要求作战应与谈判相配合、相适应。

"大哥，人类军队来者不善，攻势凌厉，摧枯拉朽，根本不给我们任何反击的机会，怎么办？"

在金宫地下100米深处，地宫指挥部内，罗伯特和它的八个弟兄坐在一起，研究军情，商讨对策，老三罗钢柱眉头紧锁，首先发问。

"是啊，硬碰硬，无异于鸡蛋碰石头，我们根本不是人类的对手。"

老四罗啸天，急得摊着两手，在指挥部内来回踱步，其他弟兄都看着罗伯特大帝，惴惴不安，等着它拿定主意。

老五罗天雷，受伤的头部和手臂，已经被机器人工程师维修，还缠着白色的绷带，但它轻伤不下火线，仍旧坚持和大家一块战斗。

此刻，它声若霹雳，激动地大声说道：

"此次大战，人类军队志在必胜，出动了星际部队，短短交战一天的时间，我们已经损失了近5万名士兵，虽说，现在我们有100万机器人成建制的部队，但也经不起这样秋风扫落叶、砍瓜切菜般地打下去啊！"

罗伯特坐在位子上，也是坐卧不安，苦思无策。

它深知自己虽有鸿鹄之志，但在治国安邦方面，才能尚显不足，军事指挥能力，更是蚂蚁穿豆腐——提不起来。

金星帝国创立时间短暂，国力根基尚浅，武器落后不说，更是没有充足时间培养出一批杰出的军事家、指挥人才。

"胜败乃兵家常事，各位弟兄不必惊慌，对危险的反应是机器人的本能，但是有的人遇到危险就惊慌失措，不能自制，而另一些人则因危险而激发起更大的战斗激情。"

罗伯特思虑已定，慢慢转过身来，正襟危坐，然后摆摆手，示意大家安静，一副成竹在胸的样子。

"大哥，金星水深火热，国家危在旦夕，你何以还能如此稳如泰山？"

老九罗小猫诚惶诚恐，胸无城府，看着罗伯特，疑惑不解问道。

"九弟，你且安静，何必如此危言耸听，长他人威风，自己吓唬自己呢？人类对于我们机器人来说，是足够强大，但对于外星人来说，则是小菜一碟，何足挂齿，大哥我，早已经运筹于帷幄之中，决胜于千里之外！"

罗伯特一席软绵细语，说得轻描淡写，轻松自在，倒把在座的弟兄们弄得莫名其妙，将信将疑，不知它葫芦里卖的什么药。

它的心中，能够有何良计妙策？莫非，他要请来外星人助阵吗？

岂不是天方夜谭！

只有罗小亮端坐在一旁，不急不忙，听了罗伯特的话，轻轻一笑。

其实，罗小亮的内心，比在座的哪一位都着急，毕竟它是金星的军师兼"国防部长"，战事的成败，跟他有直接责任。

但是，它一向深谋远虑，沉稳内敛。

罗小亮此时想到，军情紧急，形势紧张，一分钟能决定战斗的胜负，一小时能决定战争的成败，一天能决定帝国的命运。

但是，偏偏今天，军情十万火急之时，罗伯特的话语和态度倒着实让人寻味。

罗小亮琢磨深思一番，微微欠身，对着罗伯特朗声说道："看大哥如此气定神闲，想必大哥胸中，已经有破敌良计，刚好二弟也想起一御敌之妙策，你我都不许言语，各自写在手掌上，看你我是否心有灵犀，可否？"

罗伯特双眼狡黠，看着罗小亮，大手不停抚摸着宽大的脸庞，自是哈哈爽朗一笑，吩咐道："当然可以，拿笔来。"

一名侍卫上前，递过两支笔来，二人分别拿起，各自在自己的手掌心上，写下几个大字。

两人像是在打一个哑谜，旁边的人都如丈二和尚——摸不着头脑，一言不发。

"大哥可写好了？"

"二弟可写好了？"

罗小亮缓缓站起身来，信步来到罗伯特面前，二人站在一起，互相看一眼，一齐喊：

"起开！"

双双慢腾腾展开手掌，各自探头，朝对方手掌心里看去。

"然也！"

"然也！"

二人相视一笑，同时惊呼，不禁相互猛力击掌，大笑不止。

其他弟兄都心中好奇，纷纷离开座位，来到二人面前。

看了二人手中之字，都有写着："持久作战，积极防御"八个大字。

罗伯特回到座位，面带笑容，双眼巡视一遍大家，朗朗说道："各位兄弟，想必你们心中，都已经明白了，我们接下来的战略战术指导思想，是由地面战转为地下战。"

罗小亮军师为解罗伯特大帝之围，也唯恐其他几个弟兄不明白，闲庭信步，悠悠解释道："人类军队劳师远征，后勤补给困难，必心急求胜，速战速决。而我们，则只需凭借地利之便，坚守地下长城，以逸待劳，同他们打持久战、消耗战，其能奈我何？日久生变，看谁耗得起谁！"

"白司令员，情形似乎有些不对啊！"

第二天一大早，"中华号"星际战舰作战指挥部内。韩雨露副司令员摘下军帽，解开上衣纽扣，刚坐在椅子上。

白长风司令员端坐在椅子上，悠闲得喝了一口茶，然后抬头问道，其他两位将军也都不解地看着他。"金星上的天气，是有些炎热难耐，韩副司令，情形有些不对啊？"

"按照我们之前的预想，第一天的战况如此惨烈，死伤惨重。要么，罗伯特气得暴跳如雷，迅速安排星际战舰进行出击，或者偷袭我们进行报复，我们刚好趁机守株待兔，围而歼之。"

"要么，它会放低姿态，派遣信使同我们联络，谈谈条件。"

"可以上两种情况，都没有发生，一切平静如常，就像拳头打在棉花上，这种现象不奇怪吗？"

韩雨露副司令员一边大口喝茶，一边急急大声说道。

"是啊！是啊！"

岳虹光、王天雷两位将军坐在一旁，异口同声。

"呵呵，一点都不奇怪，这说明在金星上，有精通军事的谋略家，它熟知人类军事精华，深谙韬略，扬长避短，以静制动，我们可是遇到劲敌了！"

白长风司令员冷笑说着，也不由自主地站起身来，解开了上衣纽扣。

"战前，我们也曾经对罗伯特和它身边的弟兄进行了调查分析，都是一帮在建筑工地和野外矿山干粗活儿出苦力的机器人，没听说有什么军事家啊！"

"所以说，你们对现在的科技发展，还欠缺深入了解，尤其是人工智能方面，机器人中也是藏龙卧虎，英才辈出，它们有的智力超过人类，这绝不是危言耸听！"

"但是——"

白长风司令员说到这儿，大手一挥，却不说了，急得其他三位将军看着他，连连催促。

"按照最高军事首长的意思，我们发动这场战争的根本目的，不是为了消灭金星上的机器人，而是以战止战，以战劝降，以战促谈，是为了让它们放弃战争，重新回归人类、服务人类，当然条件嘛，可以边打边谈，直到战争结束。"

"那么白司令，接下来我们应该如何既要把仗打好、打巧，还必须把最高首长的意志完美贯彻到位呢？"

岳虹光副司令员凝着眉头，边寻思边问道。

"上兵伐谋，其次伐交，其次伐兵，其下攻城。所有战争，攻心为上，接下来，我们开展宣传战，打好心理战，争取金星机器人中的大多数，瓦解它们的战斗意志，对于死硬分子，则坚决予以消灭！"

心战为上，兵战为下。

至此，战区司令部特种作战处，神秘亮相。

当天下午，他们便出动了500架"深空"无人机，如蜂群般，铺天盖地，悄悄飞抵金星城上空。

利用无人机蜂群组成的心理战网络，不但在金星城内撒下成千上万张宣传单，还大规模组网，入侵金星目标的手机、无线电、计算机、电视频道等，并利用这些随处可见的信息渠道，传播精心准备的宣传信息，以求达到瓦解敌人士气的目的。

每架无人机，可以控制超过1万平方米的广播宣传频道，在无人机蜂群集群出动时，可以控制超过半径2000千米内的所有宣传通道，整个城市内的民众将会受到铺天盖地的洗脑宣传，将对军队士气，造成毁灭性的打击。

"坏菜了！彻底坏菜了！"

老九罗小猫手里，拿着厚厚一沓宣传单，急急匆匆，从外面气喘吁吁来到地宫，气急败坏地说道。

老八罗小蜂一脸诧异地看着罗小猫，问道："九弟，何事让你如此慌里慌张？"

"八哥，你自己看一看吧。"

罗小猫站定，气呼呼地把手里的宣传单塞给罗小蜂。

这是人类军队散发的《金星公告》，罗小蜂颇为好奇，便认真看了起来。

其中写道："亲爱的金星机器人们，我们是人类军队，你们大概还不知道金星战场的情况，让我们把真相告诉你们吧！"

如此赤裸裸的挑衅话语，看起来，确实让人羞愧尴尬。

但是，在《金星公告》里，随后并没有将什么战况事实一一列出，却是一片空白。

人类这是在搞什么鬼？

罗小蜂看了又看，一脸疑惑，大家也都琢磨不定。

但是，很快在场九个兄弟的手机里便收到了战场实况视频。

屏幕上，只见导弹如雨点般，以铁锤砸鸡蛋的迅猛态势，狂轰滥炸，不到一个小时内，金星城陷入一片熊熊火海。

一座座高楼、暗堡，在硝烟弥漫中轰然崩塌，尘土和黑烟，冲天而起，大火吞噬着一座座房屋。

地面上，金星城几乎化为灰烬，前线军队士气，瞬间土崩瓦解。

哇，果然厉害，这则战场视频是昨天人类军队利用"深空"无人机，实时拍摄的。

就在九个机器人瞪着视频，还处于惊慌不定时，视频结束，灯光亮起，出现了另一条短视频。

画面里，只见金星机器人指挥官和士兵们还没有从恐怖的场面中清醒，一名中国军人，乘机出现在屏幕上。

他身着全副军装，威严而又和善，面对大家，循循善诱，进行心理诱导："究竟是要战争，还是要和平？"

当场，罗伯特和其他兄弟，歪鼻子斜眼睛，立刻像泄了气的皮球，有气无力，一个个瘫坐在椅子上。

意料之中，宣传单和战场视频，收到了很好的效果，除了金星机器人士兵，还极大地打击了罗伯特和它的弟兄们的心理防线、战斗意志。

金星地面上的机器人士兵，纷纷驻足观看，个个垂头丧气，军心涣散。

究其原因，这场心理战成功在何处？

首先，它有客观的一面，人类这架战争机器，的确威力强大。

星际战舰，像乌云一般扑面而至，铺天盖地，导弹如暴雨一样倾盆而下，密密麻麻，在之前的战争史上从未有过。

其次，使用机器人最容易接受的视觉冲击效果，炫耀夸大局部场面。

金星机器人们，因为机理结构的原因容易形成内环思维，战况基本的真实影响力会成数倍的扩大，威力可以想象。

震慑效果已经出现，但好戏，还不止于此。

紧接着，特种作战处，播放了另一条视频：

在美丽的地球上，蓝天白云，草地青青，小鸟飞翔。人类和各种各样的机器人，友好相处，共同生产、共同生活、共同劳动，互帮互助，一幅又一幅温馨和谐的场景。家庭里的保姆机器人，和小朋友一起唱歌跳舞；医院里的医疗机器人，为老人送医喂药；工厂里的生产机器人，忙忙碌碌，一派欢乐安详的气氛和满足。

如此美好的画面和场景，怎么能不勾起金星上广大机器人们强烈的念旧思乡之情呢？

"大哥，人类这是要兵不血刃，不战而屈人之兵，使用心理战来瓦解我们军队的军心和斗志呀！"

九个兄弟，先是胆战心惊看了《金星公告》，接着又战战兢兢看完所有视频。

每个人的心中，都五味杂陈，左右不是滋味，犹如受到了核弹攻击。

有过实战经验和稍具历史常识的机器人都清楚，核弹对于士兵的巨大震慑。

那可是钢铁家伙，毁天毁地，摧毁一切，但它却没有表情。

至此可以说，在金星上开展的这场心理战，极其成功。

现在，整个金星机器人军队，已经连吃败仗，体能、意志和判断能力，都处在最低谷。

接下来，正是攻心夺志的良好时机。

第二十二章
金星登陆行动

战争进入第三天，整个金星混沌一片，死一般的沉寂。

"白司令，我看罗伯特是不到黄河心不死，不见棺材不落泪，不把它和它的兄弟们逼到墙角，生擒活捉，它是不会主动和我们进行谈判，或者主动投降的。"

虽然，韩雨露副司令员的忍耐力极强，但此时已经有些忍无可忍。

"韩副司令，不必着急，抓住罗伯特和它的几个弟兄，是迟早的事情，它不主动和我们联络，正好给了我们大规模登陆金星的借口。"

岳虹光副司令员闲庭信步，拍拍韩副司令的肩膀，轻声安慰道。

"罗伯特想和我们打消耗战，拖死我们，让我们知难而退，它所依仗的无非是它的地下长城。据说，这些地下隧道不仅宽大坚固，可同时容纳下并排两辆导弹发射车通行，而且通道四通八达，如同地下蜘蛛网，战时的机动承运能力非常强，科研生产、维修保障，以及军事设施非常完善，将来全部完工后，甚至完全具备核反击能力。

"尤其金宫地下的地宫，洞穴分为上、中、下三层，洞穴里的流通性非常好，上下相通，洞洞相连，但是如果对地洞环境不了解的人，就像闯迷宫一般，很容易迷失方向。"

因为王天雷参谋长负责最终的金星登陆行动，因此，他对金星上的地下长城，进行了充分细致的研究。

"那么王参谋长，对于金星登陆，你还有哪些顾虑情况？"

白长风司令员纵览全局，听了三人的话语，最后问王天雷参谋长。

"登陆倒是没有什么顾虑，只是捉拿罗伯特，可能要花费一些时间和代价。"

"这是为何？"

"根据前期潜入金星的两个军事机器人谍报人员说，金星上的地下长城，长达数千千米，基本都在首都金星城市地下，围绕金宫而修筑，问题在于，它的出入口很少，而且很隐蔽，两个谍报人员至今都没有搞到准确位置。"

"呵呵，罗伯特和它的弟兄们，不愧是搞建筑和挖矿山的机器人出身，修筑地下工事是它们的拿手强项。"

韩雨露副司令员听了王天雷参谋长的介绍，倒是有些佩服，不禁打趣说道。

龙生龙，凤生凤，老鼠生来会打洞，自古如此嘛！

"怎么样王参谋长，金星登陆作战，准备工作都做好了吗？"

白长风司令员皱着眉头，问王天雷参谋长。

"管它什么地下长城，只是螳臂当车，10万机器人大军，早就枕戈待旦，随时可以出发。"

"很好，明天早上8时整，金星登陆作战行动正式开始。"

最后，白长风司令员巡视大家，猛地一拍桌子，一锤定音。

人类社会从古至今，发生过无数次大大小小的战争，一条战场法则亘古不变：

制胜的前提，不仅要有锋利的矛，还要有坚固的盾。

这一条战场法则，人类懂得，罗小亮军师兼"国防部长"也深深懂得。

为此，它做好了充分的准备，几百千米的地下长城，就是它心中最坚固的盾牌。

早上8时整，人类10万机器人大军，个个身高马大，犹如钢铁巨兽，身着漆黑锃亮的盔甲，手持各种新式武器，排着整齐划一的方队，像一股黑色的钢铁洪流，汹涌向前，势不可当。

"咚，咚，咚……"

响亮而又沉闷，前进的脚步声，震天动地。

它们以金星城为中心，分别从东、西、南、北四个方向，分为四路纵队，各25000名机器人士兵，在坦克群的掩护下，向中心挺进。

为确保登陆顺利，星际舰队的着陆点都远离金星城。

一来地势开阔，便于庞大舰队着陆集结；二来这些地方没有金星驻军，确保人类士兵着陆安全。

前进的道路上，也许可能是金星机器人确实被导弹砸得害怕了，一路畅通无阻。

两个多小时后，四路纵队，都挺进到距离金星城200千米左右的地方，从四面八方把金星城围了个水泄不通。

在望远镜里，已经可以隐约看见，金星城头站岗和巡逻的机器人士兵。

"金宫看起来，确实雄伟壮观，可惜建在金星这鸟不拉屎的地方，真是太可惜了！"

人类机器人战士们列着方队，看着前方，不由得发出了阵阵感叹。

500辆新式坦克，黑洞洞的炮口，都指向了金宫，随时有可能把它夷为平地。

单靠太空军队力量威慑乃至战胜对手的想法，是不切实际的。

实际上，几天来的冲突，明确证明了地面战斗的价值。

王春瑞团长连升三级，此时已经担任机器人集团军的军团长，负责指挥这次大规模的地面作战行动。

此刻，他正坐在战区指挥中心，一艘星际战舰内，密切注视着金星地面上的一举一动。

而机器人张智勇连长已经晋升为团长，担任地面行动的总指挥。

在接下来的时间里，机器人军团，将采取"逐段进攻，逐步推进"，稳打稳扎的战法，开始实施以切断金星城供应为目的的空中、地面封锁战役，即绞杀战。

机器人军团为坚持持久作战，巩固现有阵地，创造性地迅速建成了以坑道工事为骨干、同野战工事相结合的、支撑点式的坚固防御体系。

从而，由带机动性质的积极进攻，转为带坚守性质的积极进攻；由主要用于坚守战线、消耗敌人的阵地防御，逐渐转向以歼灭敌人为主的阵地进攻。

但是，大军压境，已至眼前，罗伯特一方仍无任何谈判和投降的迹象。

"张团长，看起来，这个罗伯特是个老顽固，你们要做好攻入金星城，活捉罗伯特的准备哟！"

10万大军，金星地面登陆已经成功，虽然，正式作战行动尚未开始，王春瑞军团长坐在星际指挥舰内，已经有些急不可耐了。

"王军团长，属下明白，现在唯一的难点，是找不到金星城地下长城的任何出入口，无法奇兵突入，事情有些麻烦。"

"多开动脑筋，办法总比困难多，那就把战线继续往前推进，先消灭地面有生力量，逼近金星城。"

"好的，明白！"

机器人张团长一声令下，10万机器人大军，在坦克群的掩护下，继续向金星城挺进。

显然，前方开始出现金星士兵修筑的零星工事，但不待士兵的攻击，坦克群的炮火就已经把它们消灭干净了。

但是，越逼近金星城，它们遭遇到了金星机器人士兵的抵抗新越激烈。

在坦克群的掩护下，人类机器人士兵们发起一次又一次的冲锋，很快拿了这些工事。

经过艰难推进，它们到达了距离金星城门口仅有20千米的地方。

前方不远处，便是巨大的金色广场了。

10万人类机器人大军，便在金星城四个方向开始安营扎寨。

第二十三章
金星上的地下长城

但是，沿途一路攻打，一路抓获俘虏审讯，却一直讯问不出有关地下长城出入口的任何信息。

也难怪，估计这些出入口的信息，是金星帝国的最高军事机密。

徒奈其何，应该怎么办呢？

机器人张团长就同参谋们商量办法，说实话，机器人士兵以前也都没有参加过地道战，对这种古老的战术战法都很陌生。

不过，还是有一个机器人参谋开口了，它兴致勃勃地说道："我看过一些地道战方面的书籍，还有几部精彩电影。地道的出入口，一般开在很隐蔽的地方，外面堆满荆棘。有的还在旁边挖一个陷坑，坑里插上尖刀或者埋上地雷，上面用木板虚盖着，板上铺些稻草，敌人一踏上去，就翻下坑里送了命。在地道里，离出口不远的地方，挖几个特别坚固的洞，民兵拿着武器在洞里警戒，拐弯的地方，挖一些岔道叫迷惑洞，敌人万一进来了，分不清哪条是死道哪条是活道。地道内设有了望孔、射击孔、通气孔、陷阱、活动翻板、指路牌、水井等，便于进行对敌斗争。洞下有洞，洞中有洞，有真洞，有假洞，令人眼花缭乱。"

这个机器人参谋，眼见自己所学的知识，此时有了用武之地，便手舞足蹈滔滔不绝，讲得绘声绘色，兴致勃勃。

"嗨，这都是几百年前的老古董战法了，时过境迁，怎么能和今天的高科技战争相提并论呢？"

其他机器人参谋们，刚还兴致勃勃，听了这个参谋的一番话后，纷纷离开，表示不值一提。

"大家不要看不起这种土战法，说不定会让咱们吃大亏呢！"

"别的先不讨论，大家都想一想办法，首先，是要找到这些地下长城任意的一个出入口。"

机器人张团长挥一挥手，止住大家的话语，提醒大家开动脑筋。

"张团长，咱们可以派出武装侦察无人机，四处进行侦察，又迅速又隐蔽，说不定，能够找到地道的出入口呢。"

一个机器人参谋扭头，愣头愣脑，大胆提出来一个建议。

"嘿，这个主意好！"

大家听了，纷纷表示赞同。

随即，一阵忙碌操作，10架"金蝇"微型无人机，便悄悄出发了。

这些"金蝇"微型无人机，只有苍蝇般大小，却装备有米粒核电池，能在空中连续飞行100天。

并且，它的腹部安装有微型摄像机，能随时把侦察到的前方阵地情况，实时传回指挥部。

十多分钟后，10架"金蝇"微型无人机，从四面八方，纷纷传回了侦察画面。

机器人张团长和参谋们，一起在计算机上对这些众多的画面进行分析，抽丝剥茧，希望从中能找到地下长城的出入口。

"罗伯特也真够狡猾的，弄了这么多形式各异的伪装地道口。"

"城外的洞口，则利用坡坎、沟渠等来掩饰，这显然是在模仿人类，邯郸学步，东施效颦，实在拙劣至极，这怎么能够欺骗得了我们呢！"

可疑的地方，实在是太多了，参谋们一个一个看着，仔细分析后，不免有些好笑。

"大家别着急，保持耐心，总会找得到蛛丝马迹的。"

机器人张团长是搞侦察的老手，实战经验丰富，它目不转睛，盯着计算机屏幕，谆谆告诫大家。

"张团长，你快过来看，这个导弹发射场和它旁边的一幢建筑，十分可疑。"

一个机器人参谋非常细心，盯着自己眼前的计算机屏幕，上下左右看了好久后，突然大叫起来。

机器人张团长和其他机器人参谋听了，一阵兴奋，纷纷走到这个参谋的计算机前，和它一起查看起来。

从"金蝇"微型无人机传回来的侦察画面，这个导弹发射场位于金星城内的西北角。

乍一看，没有什么特别奇特之处。

在宽阔的发射场上，架设有十多副导弹发射架，排列得整整齐齐，但在旁边，却没有什么机器人士兵值守。

"更奇怪之处，在于发射场后面的这幢建筑，一点儿不像是士兵的宿舍，也不像是一座导弹仓库，既没有宿舍，也没有窗户。"

"你们看，整栋建筑，只有这么两扇巨大的大铁门，大铁门上，还上着一把大铁锁，有两个机器人士兵站在大门前持枪站岗。"

"这些现象都很反常，说明这儿根本就不是导弹发射场，而是一处隐蔽伪装的出入口。"

这个参谋用右手，指着计算机屏幕上的画面，一一给大家解释。

大家左看右看后，还真是那么一回事儿，纷纷表示同意。

"张团长，确定无疑，这绝不是一个导弹发射场，应该是一个伪装的秘密出入口，出入口就在这栋建筑内。"

一个参谋趴在计算机屏幕前，搓着双手，激动地说。

"很好，你再说说你的分析理由。"

"大家仔细看，如果该栋建筑是士兵宿舍，或者是一个导弹仓库，那么现在大敌当前，对方明明知道，我们随时都要发起进攻，而发射架前，却没有一个士兵值守，大铁门上还上着大锁，这可能吗？这是理由之一。"

"其二，通过遥控，把无人机的摄像头对准地面，会发现地面上，布满了混乱的车辙印迹，或者是轮胎印迹，说明这里经常有战舰，或者坦克、大炮之类的重装备通过。"

"再看，那扇大铁门的高度和宽度，都远远超过普通人员出入的铁门，足以进入或者驶出这些重型装备。"

"据此可以判断，这里，就是一处经过伪装的地下长城出入口。"

这个机器人参谋分析完毕，激动得连自己都先信以为真了。

"你观察得很用心、很仔细，好家伙，终于让我们找到一个出入口了，快向王军团长汇报。"

王春瑞军团长收到这个消息，激动万分，猛地一拍大腿，大喝一声："有了！"

他立即向战区司令部汇报，白长风司令员得到消息，大为兴奋，立即命令："西路纵队攻入城内，向该建筑物挺进，并迅速进行包围占领，其他三路纵队，在城外其他三个方向，进行佯攻配合。"

王春瑞军团长得到命令，随即向西路纵队下达了进攻命令。

25000名机器人士兵，"咚咚咚"，齐刷刷前进的脚步声，加上100多辆坦克隆隆的轰鸣声，震天动地。

沿途，遇到不少岗楼和暗堡里金星机器人士兵的抵抗，但是此刻，没有任何力量，能够阻拦这股钢铁洪流。

士兵们依托坦克作为掩护、沉默，前进、前进，像钟表一样精准。

没有惊心动魄的呐喊，也没有热血沸腾的冲锋，除了必要的命令和联络，只有像乌云盖顶一样，沉默地向敌人压迫而去，直到胜利，或者失败。

那些岗楼和暗堡，很快就成了坦克炮弹"嗵嗵嗵"怒吼的牺牲品，四面开花，尘土飞扬，伴随着金星机器人士兵七零八落的尸体，飞向天空。

西路纵队迅速推进，到了金星城西直门外面500米的地方，城楼上的机关枪，像发了疯一样，不停扫射，打在坦克冰冷的钢铁上，铛铛铛作响。

"我很奇怪，据说金星上的军队，抢来了不少的高科技武器装备，有导弹、有坦克，怎么一路上，没见它们使用啊？"

一个机器人作战参谋睁大眼睛，看着前方，挠着头皮，不解地向其他机器人参谋说。

"估计，是它们不会操作使用呗！也有可能是被隐藏在地下，当作宝贝疙瘩，准备将来使用，好狠狠对付我们呢！"

金星城城墙高大，建筑坚固，人类机器人士兵很难攀爬上去，没有其他办法，只有使用炮弹，在城墙上打开一个缺口。

几十辆坦克集中炮口，朝着西直门一阵猛轰，很快"轰隆隆"一声巨响，城墙被打开了一个巨大的缺口。

硝烟弥漫中，人类机器人士兵个个奋勇当先，像潮水一般向金星城里涌去。

短兵相接，最为惨烈的巷战开始了，进攻、防御、对峙、反攻，每个阶段都是肉搏。

城内的金星机器人士兵，以三人为一个小组，携带狙击枪、机枪、迫击炮等轻型武器，开始逐屋逐层地，与人类士兵打巷战。

逐屋争夺，寸土必争，成了金星城巷战最好的注释。

就像电影里的情节一样，我们占领了厨房，但客厅还在敌人手里！

一条街道接着一条街道，双方反复争夺，连军官也是像士兵一样，拿着枪冲锋陷阵，直接参战。

金星城内的建筑物，用钢筋混凝土浇筑或用石头砌成，人类士兵的推进不是用千米，而是用米来衡量。

敌我双方，为争夺每一街道，每一栋房屋，甚至为争夺每一堵墙，每一个地下室，和每一堆瓦砾，都展开了激烈的战斗。

往往一栋房屋，能被人类士兵和金星士兵两军，分别占领和争夺几十次。

人类机器人士兵夺回一栋房屋，金星机器人士兵就攻占一栋房屋；人类士兵刚强攻下一栋楼房，金星机器人士兵马上又组织反攻，去夺回这栋楼房。

尘土飞扬的地面上，到处散落着机器人士兵的头颅、躯干、大腿、手臂。

活着的机器人士兵，"咣当，咣当"，蹚着这些尸身前进。

双方你来我往，你攻我守。

对假导弹发射场的反复激烈争夺，一天内，更是易手达13次之多。

在这里，两军的士兵非常接近，甚至能够听到对方的说话声。

经过数个小时的苦战，金星士兵不得不从这个建筑物前撤回到地道内。

金星城内的战场，犹如一张血盆大口，吞噬着这些机器人士兵，让你有来无回。

一个成建制的连顶上去，不到半个小时内就没了，后续的士兵，像潮水一般一波接一波地顶上。

这只是冰山一角，整个战场，都是杀红了眼的机器人战士，火光冲天，尸横遍野，用惨绝人寰来形容也毫不过分。

在满是瓦砾和废墟的城中，金星士兵顽强抵抗，在城中的每条街道、每座楼房、每堵墙头，都发生了激烈的枪战。

攻入城中的人类机器人士兵，死伤人数不断增加。

军情危急，千钧一发。

罗小亮直接把自己的司令部设在城中央的一座地堡中，亲自上阵指挥作战。

它信誓旦旦，话语铿锵，对着周围的将士，坚定说道："我发誓，绝不离开这座城市，我将采取一切办法坚守。我决心要么守住城市，要么战死在这里。"

它下令，国防军司令部留在金星城内，在任何情况下，都不得向外围或地下撤退。

在最危险的时候，人类士兵距离它的地堡还不到300米。

为了誓死保卫金星城，罗小亮下达了一道命令，即任何意图投降的人，都要当场被枪毙。

罗小亮不准后退一步的命令要求：军队要在第一次防御之后，构筑第二道防线，并将举白旗的击毙。

而人类机器人士兵，根据王春瑞军团长的命令，采取"拥抱敌人"的战术，不顾一切伤亡，尽可能地贴近金星机器人士兵，两军战线间距离，从先前的 300—400 米缩短至 10—30 米。

这时的金星城，已没有了前方，也没有了后方，只要是活着的机器人，就要参加战斗，然后成为炮灰。

当然，人类机器人士兵损失也很惨重，因为金星机器人士兵凭借对地形的熟悉，很好地隐藏了自己的行踪，一直躲在暗处，对人类机器人士兵进行射击。

惨烈的巷战，让人类机器人士兵的装甲部队，无法发挥火力优势，所以人类士兵的优势，压根无法得到发挥。

"报告张团长，我们已经成功占领导弹发射场，请指示下一步行动。"

"英雄机器人麻子连"作为尖刀连，一马当先，奋勇无敌，首先抢夺了那幢建筑物的控制权。

"麻子连"连长仇小科，迅速就地汇报战事进展，请求下一步行动计划。

"很好仇连长，你们连不愧为英雄连队，立了头功，我将为你们请求嘉奖令！接下来，继续稳固阵地，扩大战场优势，等待后续部队，再图争夺地下战场。"

机器人张智勇团长，连连夸奖。

同时，向王春瑞军团长请求下令，北路纵队、东路纵队，各抽调 10000 万士兵、50 辆坦克，从西直门火速进入金星城内，增援西路纵队，务必迅速控制金星城内全部地面战场。

第二十四章
金星上的地道战

"罗部长,危险当前,不可大意,为了保证您的安全,请您迅速撤入地下指挥部内,我们已经被团团包围了。"

警卫团罗大钢团长,眼见局面凶险,急急向它请求,急得都快要哭出来了。

其实,罗小亮也知道,地面战场的金星士兵,死的死,伤的伤,基本已被消灭殆尽,地面战斗已经结束,自己无力回天。

"罗部长,留得青山在,不怕没柴烧,我们地面上的士兵,基本上已经全部'殉国'了,坚持下去,毫无意义,请您迅速撤入地下,否则,就真的来不及了!"

站在旁边的罗钢柱元帅,一边劝说,一边用眼神示意。

罗大钢团长不由分说,和另一个机器人警卫员,一人架起一只胳膊,将罗小亮迅速架到一处秘密入口,倏尔之间,三人就消失不见了。

第二十四章 金星上的地道战

连滚带爬，跟跟跄跄，三人东拐西转，通过迷宫一样的隧道，来到了地宫。

里面，只有罗伯特和老五罗天雷两个人，坐在那里愁容满面，沉默不语。

老五罗天雷，担任着西部方向战区的司令员，可是自从西直门失守后，它已经成了光杆司令。

因为，它脾气暴躁，性如烈火，平日里动不动就打骂手下的机器人军官和士兵，所以，西直门城破的时候，它们跑的跑，溜的溜，四散溃逃，一个不剩。

"罗军师，你怎么回来了？"

罗小亮被两个贴身警卫紧紧架着，跟跟跄跄地回到了地宫，老五罗天雷抬头，惊奇问道。

罗小亮面如死灰，一声不吭，一屁股坐在椅子上。

"军师，真是辛苦你了，你的身体，还好吧？"

罗伯特站起身子，疲惫不堪地走过来，拍拍它的肩膀，轻声问道。

罗小亮依旧低着脑袋，重重地摇摇头，看起来，内心很是痛苦不堪。

"军师，打起精神，不必如此灰心丧气，地面战况我已经知道了，弟兄们也都尽心尽力了。"

罗伯特大帝兀自站立着，抚着它的肩膀，轻声安慰。

"大哥，罗钢柱、罗啸天、罗天豹、罗天龙几位兄弟都还在地面上死守，你下令让弟兄们都撤吧，都撤到地下来，有我们的地下钢铁长城在，我不相信，人类士兵能奈我们何！"

罗小亮醒过神来，缓缓抬起头，眼睛直直看着罗伯特，目光哀伤，但依旧坚毅地说道。

罗伯特低着头，背着双手，来回踱着步子，陷入沉思。

"罗部长，你下命令吧，命令所有弟兄撤入地下，按照原先的计划部署，负责各自地下防区的战斗和坚守。"罗伯特思虑良久，终于抬起头，握着右拳，下定了决心。

并接着转身，对罗天雷说道：

"老五兄弟，你虽败犹荣，还是需要重整旗鼓，重新回到你的西部防区，收集残兵剩将，继续负责地下长城西区的防御，我们的地下长城，不能再有任何闪失，万万不可失守。"

老五罗天雷，站起身来，双手抱拳，铿锵说道："好的大哥，你和军师千万保重，趁人类士兵立足未稳，还没有向地下长城发起进攻，我一定不辱使命，坚守西区。"

"张团长，你和大部队终于赶到了，你来看，眼前这幢高大建筑物，就是金星地下长城的一处出入口，我们需不需要炸开它？"

"麻子连"连长仇小科，看到机器人张团长率领援军到来，就急忙向它报告。

机器人张智勇团长，看着这幢孤零零的建筑物，上下左右，来回巡视。

再仔细看一看，眼前的这个大铁门，琢磨着怎么安全弄开它，绝不能让它损毁，否则掩埋了洞口，进入地下长城，就需要另费一番周张。

"团长，要不使用炸药炸开它？轰隆一下，就解决问题了，这样子速度最快。"

"麻子连"连长仇小科求战心切，性子又急，急急向机器人张团长建议。

张团长看着它，摇一摇头，不慌不忙，继续巡视。

"或者，用坦克撞开大铁门，又快又安全。"

"嘿嘿，都不用，这可是目前，我们能够进入地下长城的唯一通道，绝不能有任何莽撞冒失。"

"这样，你让工兵连的士兵们，拿一台激光切割机过来，切开大铁门。"

不一会儿，两名机器人士兵，抬着一台激光切割机，匆匆赶来了。它们放下切割机，把喷嘴对准大铁门，启动按钮，发出一束高功率密度的橘红色激光束，扫描过大铁门四周的周边表面。

"哧——"在极短时间内，将温度加热到几千至上万摄氏度，使大铁门的周边熔化或气化，很快，大铁门就被完整地切割下来了，被抬着放置在一旁。

眼看着，士兵们就要朝里面一拥而入，张团长连忙摆手，大声阻止：

"大家且慢，里面情况不明，先派三架'金蝇'无人机进去，进行火力侦察。"

很快，一架"金蝇"无人机打头，两架左右护卫，"嗡嗡嗡"，像三只小苍蝇一样，飞进了大铁门里面。

张团长转身返回，坐进一辆坦克内，通过计算机屏幕，查看无人机传回的侦察画面。

大铁门里面，是一个高大的水泥构筑防护掩体，掩体下面，是一个长长的斜坡，足够宽大，可以让两辆坦克并排轻松通过。

下了20多米的斜坡，便是平坦的地下路面，往里是一条同样宽度，高度甚高的长方形洞廊，洞廊顶部距离地面足足有10米高。

果不其然，地下长城名副其实，高大宽敞，地面、封面、顶部，都由钢筋混凝土构筑，坚固无比。

两边的墙壁上，隔大约20米距离，安装有一盏壁灯，发出还算明亮的光，一路向前，途中出现了多条小一些的支洞洞口。

三架无人机，几乎悄无声息，沿着主洞廊，足足飞了有30分钟，仍然没有看到尽头。

"乖乖，团长，地下长城果如其名，深不可测，一眼望不到头啊！"

一个坐在坦克里的士兵看着计算机画面，等待了很长时间，不由说道。

"让无人机返航，对洞廊顶部和路面，还有两边的墙壁，进行火力侦察。"

三架"金蝇"无人机，发出极微弱的"嗡嗡嗡"声响，原路返回，开始对上下地面和两边墙壁进行侦察。

中间的无人机，负责侦察洞廊顶部和路面，其他两架，分别负责侦察左右两侧的墙壁。

甚是诧异，从三架无人机传回的清晰画面来看，上下左右，并没有发现任何异常情况。"奇怪啊团长，既看不到一个金星机器人士兵，也没有侦察到任何异常的地方，它们不会笨得出奇，连地雷、火力点，都没有布防吧？"真的是好奇怪！

地下长城内鸦雀无声，路面平平整整，墙壁干干净净，从外到里空空荡荡，看不出有任何部署和伪装。

"洞里好安静，气氛好诡异，怎么办？""麻子连"连长仇小科皱着眉头，头皮有些发麻，不由向机器人张团长问道。

"敌人越狡猾，我们越要沉住气，这样，你带领'麻子连'，作为侦察尖刀，先下到洞里面，亲自探一探情况。"张团长也很着急，但表面不动声色，就扭头说道，并再三叮嘱："记住，如果情况不妙，立即撤出。"

"麻子连"连长仇小科得令，便一挥手，"麻子连"的士兵，便一个个尾随连长，向大铁门里面冲去。

站在洞口，仇小科仔细观察，偌大的洞廊里面静悄悄的。

只感到一股阴森凉气扑面而来，虽有灯光照射，但洞内仍给人阴气逼人的感觉。

"一排一班，下！"

一班的七个机器人士兵，端着手中的激光枪，在班长的带领下，成纵队以战斗队形，一步一步，向斜坡走去。

下了斜坡，开始进入洞中，班长持枪向前，三个士兵持枪向左，三个士兵持枪向右，一步一步，小心翼翼，成扇形慢慢向里面挺进。

大约走了有十几米的距离，只听见"砰砰砰"，一阵连环声响，震耳欲聋，脚下有地雷爆炸了。

走在最前面的一班长和身后的两个士兵，立刻倒下了，身体瞬间被炸得七零八落。"哗啦哗啦"，只听得钢铁碎片的声响。后面的其他机器人士兵，被随之而来的石块和气浪震得几乎跌倒，立即附身，连滚带爬跑出了洞口，迅速回到了地面。

"连长，大事不好，洞内地面埋有，埋有地雷，应该是防步兵地雷。"一个机器人士兵满身伤痕，上气不接下气，忙不迭汇报。

"狐狸确实狡猾，这下麻烦了，怎么会没有想到这个情况呢？"连长仇小科，立即跑出大铁门外，向张智勇团长汇报洞内发生的情况。

"张团长，怎么办？"

第二十四章 金星上的地道战

"怎么办？排除呗！"

"但地下长城这么长，估计埋有地雷不计其数，若采用人工排雷，猴年马月才能够排完？"

连长仇小科站着，一边说，一边挠头，急得抓耳挠腮。

"爆破排除速度快，但恐怕又不能完全排除，留有余患，再说这个地方，根本不能采取爆破作业，只有使用火箭扫雷弹、单兵火箭爆破器等。"张智勇团长毕竟战场见识多，战斗经验丰富，很快提出了自己的好办法。

"张团长，你说的这个办法好，既能保证速度，又能保证安全。"

"立刻通知扫雷连，以班为单位，火速排雷。"商量已定，机器人张智勇团长一挥手，下了命令。

还好，机器人扫雷连的战士们身上，都穿戴着扫雷防护装备，避免了不必要的伤亡。扫雷连很快集结到了洞口，一班长带领战士迅速摸下了洞口，然后，一个战士站在洞口，肩膀上扛起单兵火箭爆破器，瞄准洞里面正中间的位置，发射了一枚火箭扫雷弹。

"嗖！"一声响后，火箭弹拖带着"一串长龙"，直飞向了洞中。这条"长龙"，在空中展直，由十多颗扫雷弹组成，并一一先后在落地瞬间爆炸，引爆了地下的地雷。

几秒时间，一条长180米，宽10—15米的安全通路，开辟成功。

紧接着，第二名机器人战士肩膀上，扛起单兵火箭爆破器，欲跃进到最前面，对准前方进行二次爆破，如果它爆破成功，则继续由第三名机器人战士进行第三次爆破，依次递进。

"哒！哒！哒！"第二名机器人战士，刚挺身前进到前方20米的时候，突然，两侧的墙壁上各猛然出现了一个碗口大小的射击窗口，两挺机关枪黑洞洞的枪口，分别从左右两侧伸了出来，带着火舌一阵猛烈扫射，第二名机器人战士猝不及防，瞬间倒地。

"混蛋，该死！"突如其来的景象，让站在洞口地面的扫雷连连长气得直跳脚，但也无可奈何，不得不带领士兵撤回到大门口。

"张团长，我们小瞧金星机器人了，它们全然学到了人类地道战、地雷战，还有碉堡战的精髓，反过来有样学样，依葫芦画瓢对付我们。"扫雷连连长向张智勇团长汇报扫雷遇挫情况，气得咬牙切齿。

"岂止这些，人类的三十六计，它们也已经学到家了，举一反三，融会贯通，还真是让我们这些人类机器人战士，有些麻痹大意！""麻子连"连长仇小科站也不是，坐也不是，急得在那儿直转圈圈。

"老子打了一辈子的仗，还没有打过这么惨、这么窝囊的仗，不行，这个情况需要立即向王军团长汇报，请示解决办法。"面对突如其来的敌情，机器人张智勇团长火冒三丈，抓耳挠腮，最终还是没有想出其他好办法。

第二十五章
地道争夺战

"王参谋长，战情遇阻，困难重重，你对现在的地下战遇到的情况怎么看？"

在"中华号"星际战舰作战指挥部内，白长风司令员仔细听了王春瑞军团长的汇报，询问王天雷参谋长。

"白司令员，我是这样想的，以往我们都是使用传统战法对付金星上的机器人，但现实证明，我们的战法过时了，金星上少数机器人自身也在日益发展和进化，智力已经与我们人类不相上下，我们必须与时俱进，拿出克敌制胜的法宝，一招制敌。

"认真想一想，金星上机器人的致命缺点是什么？它们最害怕什么？我们可以从这方面，想一想办法。"韩雨露副司令员点点头，同意王天雷参谋长的说法，抛砖引玉，在旁说道。

"其实，对付金星上的机器人，我们还是有很多办法的，不过，有一些是具备大规模杀伤力的，但会伤敌一千，自损八百。

"比如，热核武器就不说了，EMP 电磁脉冲武器，可以直接毁掉机器人的芯片和电路主板，石墨炸弹可以破坏电路。这两种可以做成导弹、炸弹，甚至可以做成手雷。

"白磷弹，可以达到 1000 摄氏度高温，并持续燃烧；热压弹，可以瞬间产生 2000 摄氏度的高温爆炸，比炼铁温度还要高五六百摄氏度；云爆弹，可以造成 2500 摄氏度以上的高温、爆炸和冲击波，会造成百米，甚至千米范围内的真空。

"但是，这些都是被联合国禁用的大规模杀伤性武器。并且，用在现在的战场，有些大材小用，也不符合我们的战略战役目标。"

岳虹光副司令员一番详解，作为著名的军事武器专家，说起这些大规模杀伤性武器，如数家珍。

"显然，以上这些武器，不适用于我们现在的地下战场，既要杀伤敌人，又不能伤到我们自己的士兵，这就需要我们另想办法了。"

"岳副司令说得对，我们并不需要对金星上所有的机器人，进行大规模杀伤瘫痪，只是为我们目前的地下进攻受阻开辟一条通路，仅对地下长城一部分机器人进行电磁干扰就行了，让其身体瘫痪，无法行动。"

"同时，也给罗伯特一个警告，它的地下长城并不是固若金汤，我们有的是办法，促使它早日下定决心，投降或者谈判。"

大家你一言，我一语，集思广益，白长风司令员连日来，皱着的眉头终于舒展了。

他大手一挥，指着岳虹光副司令员，说道："又该你们的特种作战处，大显身手了。抓紧时间，让他们设计一套作战方案来，并立即实施，为地下长城的推进，创造有利条件。"

二十多分钟后，三架"天虹—2000"察打一体无人机，飞抵洞口。

"仇连长，战区司令部给我们安排的新武器到了，你瞧，三架无人机，都携带有微型电磁弹，这下洞里的金星机器人，可有好戏看喽！"

"张团长，这个电磁弹，我以前没有使用过，是什么样的新式武器？"

"机器人体表的金属皮，应该能起到法拉第笼子的功能，能够抵挡电磁辐射，电磁弹能起作用吗？"

"呵呵，金星机器人它们的金属皮，估计早就千疮百孔了，抵挡个啥子哟！"有用无用，要看行动。

三架"天虹—2000"无人机，被现场遥控着，第一架无人机在洞口，首先朝着地下长城里面发射了一枚微型电磁弹。紧接着，机器人扫雷连再次出动，开始强力扫雷。果然有效果，洞内隐藏的金星机器人，在强电磁干扰下，已经变成了一动不动的哑巴废物。

金星地下长城大名鼎鼎，它以地宫为中心，分东、西、南、北四条干洞，向四面延伸，分别通达城外。干洞之外，另有若干支洞互相连接，经纬交织，纵横交错，布局奥妙，变化多样，立体分布，结构复杂，规模宏伟，工程浩大，长达 400 余千米。

解决了地下长城的隐蔽射击哨所，扫雷连在前方扫雷开路，"麻子连"在后面的推进速度明显加快，一个小时可以前进两千米，顺便把两边射击室所有机器人清理消灭。

到了第二天的早上 8 点，它们已经整整推进了 20 千米。正当大功即将告成的时候，却不想，前方扫雷连的士兵反映，前面没有道路了。

"怎么回事儿？""麻子连"连长仇小科，跟着扫雷连的士兵，速速来到前方一看，果然是一堵高墙陡立，地洞至此。

"真是邪了门了！"

仇小科连长左看右看，不得要领，就匆匆返回地面，它刚一走出洞口，张团长就迎上前，奇怪地问它："仇连长，你怎么回来了？"

"张团长，别提了，我们推进到洞里 20 千米的地方，前方却没有通路了，只有高墙一堵。"

仇小科连长摊着两手，把洞里的详细情况说了一遍。

机器人张智勇团长听了，大为光火，但也只能是直挠头皮，左思右想，就命令士兵，把俘虏的洞内金星机器人士兵提溜过来讯问。

可是，接连讯问了三个金星机器人士兵，说的答案如出一辙。

"我们被秘密运送到这里，都是从这个洞口进入洞里，然后被安排进入各自的射击室，上级命令我们，24小时坚守射击室，不得离开半步，至于洞有多长，它是通向哪里，我们都不清楚。"

大家听了，都一阵默然，这三个金星机器人士兵应该说的是实情。

"张团长怎么办？要不让我们的士兵，沿着那些支洞进行侦察一番？"

据观察，那些支洞，站在里边可以清晰地观察外面的情况，从外面却很难发现入口。

并且，一个个支洞，相隔不远就会有哨兵岗，星星点点，错落有致，非常隐蔽。

支洞里面，是武器弹药库，军用物资供应室，战时地下医院等设施。

更为巧妙的是，有的支洞与地面的房间相连，战时进地道，战后上房屋，灵活机动，安全快捷。

进入支洞容易，但是支洞里面，都是只有半人高的地道，不但进入搜索困难，防不住里面再有地雷、射击孔埋伏，麻烦就更大了。

再说，电磁弹、扫雷连，在支洞里也没法派上用场。

如此看来，罗伯特真是太狡猾了，天大的狡猾，真是愁煞人也！

没有办法，张智勇团长就把战场的情况，向王春瑞军团长做了汇报，王春瑞军团长又立马向战区司令部上报情况。

张智勇团长很快接到了命令，军队就地休整，补充武器弹药。

另外，快速建立一支战地医院，对受伤的机器人士兵进行维修维护，同时加强警戒，防止金星机器人士兵偷袭。

由于人类在地面战中旗开得胜，但在地下长城战场遭遇重大挫折，至此，金星战场进入全面地下战争阶段。

果然技高一筹，罗小亮"国防部长"咸鱼翻身，很快恢复精神。

根据战场形势，它提议召开军事会议，分析当前形势，部署下一步战略战术，地点就在地宫。

"哈哈哈，弟兄们，我说得怎么样？我们的地下长城，固若金汤，坚如磐石，人类机器人士兵如果踏入半步，就是它们的死亡坟墓！"

九个机器人兄弟，甫一见面，罗伯特大帝便一阵大笑，放出了狂言，既是自我安慰，也是无知期望。

"大哥英明，指挥得当，灵活机动，虽说我们丢掉了地面战场，牺牲了10多万士兵，但人类士兵，也是死伤惨重。"

"还有，他们明明知道，我们就藏于地下长城，可是束手无策，干瞪眼，瞎着急，却毫无办法。"

弟兄们你一言，我一语，说得不亦乐乎，互相吹捧祝贺。

场面异常兴高采烈，兴奋之余，它们还跳起了人类的秧歌舞。

只有罗小亮，端坐一旁，冷静无比，并没有表现出其他机器人那样的狂热。

"弟兄们，安静，安静。"罗小亮站起身来，摆一摆手，示意大家坐下来。

"是的，在地面战场，我们的优势不如人类，因此趁锅下米，就给他们唱一出'空城计'，让他们先高兴两天。而今天我们召开会议，就是要分析下一步的战况，作出应对之策，在地下战场，取得我们最终的胜利。"

大家都安静下来，罗伯特也是喜笑颜开，坐回到椅子上，静听罗小亮部长的发言。"弟兄们，我们不要让眼前的胜利冲昏了头脑，须知后面的战事，会更加激烈，人类的智慧和意志，不容许他们在这场战争中失败，所以，我们绝不能掉以轻心。"

罗小亮的一席话，说得大家都冷静下来，纷纷坐回原位，频频点头。

"二哥，那你说说，人类下一步，会怎么样对付我们？"老三罗钢柱握着大拳头，张着大嘴巴，首先发问。

"是啊二哥，人类会采取哪些战术和武器？"其他弟兄坐着，也都摩拳擦掌，纷纷提问。

"我担心，他们接下来会使用钻地炸弹。"早给弟兄们打打"预防针"，晚摊牌不如早摊牌，罗小亮毫不犹豫说出了答案。其实，这也正是他最害怕的。

"钻地炸弹？"光听名字，就有些吓人。这些弟兄是第一次听说这种武器，不免感到陌生好奇，连罗伯特大帝听了，都愣在那里，一动不动。

"巨型钻地弹，是人类制造的大型精确制导钻地炸弹，被称为炸弹之祖。作为炸弹中的巨无霸,它的镍钴钢高强度合金外壳,内装三吨烈性炸药,使其有能力,摧毁地下 200 米深的堡垒。"罗小亮深恐罗伯特大帝和其他弟兄,认识不到眼前的威胁,就给它们讲解起了钻地炸弹的知识。

"啊?这么厉害!"并非夸大其词,也并非危言耸听,罗伯特和其他弟兄听了,目瞪口呆,都是深感恐惧,以为大难临头。

"巨型钻地弹,用于破坏大型地下目标,爆炸威力,堪比小型核武器,可以在 100 千米以上高空进行投放,对目标误差,不会超过 10 厘米。一旦发动攻击,这种炸弹,可以作为战略打击武器,对中心城市的地下堡垒,军事设施,以及其他重要目标,进行彻底的摧毁。"

罗伯特和其他弟兄听闻,面面相觑,身体僵硬,面如死灰。

"二哥,那我们真的只能挨打等死,就没有其他办法应对了吗?"老五罗天雷,一改往日的火暴脾气,此时也不得不耐下心来请教。

"No,有什么其他办法?"罗小亮坐在那儿,摊开两手,耸耸肩头,表示无可奈何。

"空中,已经被他们的战舰群,像乌云压顶一样压制着,我们的战舰,根本没有起飞出击的机会。城外面,前后左右,都被人类机器人士兵围得铁桶一般,插翅难逃。"

最后,说完了面临的危险形势,罗小亮话锋一转,意味深长,给大家吃下一颗"定心丸":"所以,我们只有,也必须坚守地下长城,它是我们最后的救命稻草,弟兄们,接下来,你们务必坚守各自岗位,东西南北四个方向,不得有任何闪失。只要稳稳守住了地下长城,以静制动,固守待变,我们就一定能够取得最后的胜利!"

第二十六章
钻地炸弹

"中华号"星际战舰作战指挥部内,白长风司令员听了王春瑞军团长的汇报后,倒是不慌不忙,静静思考。

"王参谋长,罗伯特躲藏在地下,隐蔽不出,死猪不怕开水烫,跟我们玩起了地道战,猫捉老鼠的游戏,你有何想法?"

"呵呵,它这是关公面前耍大刀啊!"

王天雷参谋长坐在那里冷冷嗤笑一声,表情轻松,悠哉游哉。

"是嘛!这些花花心肠,雕虫小技,能够欺骗得了我们吗?扔几颗钻地炸弹下去,罗伯特和它的弟兄,可就都要死无葬身之地了!"

岳虹光副司令员也是嗤之以鼻,不由放下手中的茶杯,右手一挥,边说边做了一个扔炸弹的动作。

高手之间的想法,总是不谋而合,罗小亮如若听闻此语,不知该做何感想。

"岳副司令的想法和最高军事首长的建议一致,但是,金星城作为金星上唯一现代化的城市,最高军事首长建议,还是以保护为主,尽量不做大的破坏。

"我倒有一些不同的想法,首先,需要尽量保护金星城市的原貌,不做大的破坏,那么,我们是否可以,想一个小而巧的方法,达到我们的目的呢?"

韩雨露副司令员站了起来,指着大屏幕上的金星城,说道:"你们看,我们的士兵推进到西廊洞20千米的地方,前方没有了通路,经过测算,这个地点还不到金星城市中央的位置,说明了什么问题呢?"

"说明什么?"

"说明,罗伯特不会躲藏在这个位置,但是有可能,它的附近就隐藏有一个重要的指挥中心,需要保护,所以,通路被无故阻断。此地无银三百两,欲盖弥彰,我猜测,这儿应该就是它们西部战区指挥官的指挥中心。"

"隐真示假,假假真真,是人类军事斗争策略上常用的方法和手段,金星机器人照猫画虎,照搬照抄,自然也不会例外!"

噢耶!其他三个将军听了韩雨露副司令员的妙语分析,恍然大悟,频频点头。

"有道理,有道理,它手下的所谓元帅将军们,还在地下长城里痴心妄想,四处坚守岗位,怪不得罗伯特至今稳如泰山呢!"

大家你一言,我一语,纷纷献策,分析了"地下长城"的形势,明确了思想。

最后,白长风司令员接过韩雨露副司令员的分析,说出了铿锵有力,鼓舞人心的"定锤之音":"怎么样?我们将计就计,就选择这个地方,给它来一枚小型精确制导钻地炸弹,既避免了大面积破坏,又捣毁了指挥中心,给西路纵队的推进扫清障碍。顺便,也给罗伯特一记警钟,旁敲侧击,敲山震虎,让它彻底放弃抵抗侥幸心理,一箭三雕。"

"大哥,大哥,大事不妙了!"

老五罗天雷,在两个机器人士兵的搀扶下,跌跌撞撞,灰头土脸,回到了金宫。

罗伯特颇为诧异，急忙上前，双手扶住它的肩膀，急急问道："老五兄弟，怎么了？"

"大哥，我的指挥所被炸了，里面的指挥军官和士兵们全都被炸死了，粉身碎骨，一个不留，幸亏我正在外面巡查工事，才侥幸幸免于难！"

罗天雷右手抚着胸口，上气不接下气，一屁股瘫倒在椅子上，虽说大难不死，但已经让它失魂丧胆，魂飞魄散。

"你说清楚，到底是怎么回事儿？"

"他们，他们投放了一颗小型精确制导钻地炸弹，不偏不倚，正中靶心，直接炸到了我指挥所里的指挥台上，弹体上'中国空天军，穿山甲ZBU-60'几个大字，清清楚楚，清晰可见。"

这个突如其来的消息，对罗伯特来说，犹如晴天霹雳。

形势逼人，如五雷轰顶。

但是它很快镇静下来，命令侍卫官，通知其他弟兄，速速前来金宫，商议对策。

很快，其他七个机器人弟兄都匆匆来到了金宫，听了这个消息，也都惶惶不可终日，感到末日来临。

"没想到一语成真，他们真的就给我们来这一手，二弟，你说怎么办？"

罗伯特忧心忡忡，浑身震颤，看着罗小亮寻求对策。

罗小亮虽说神机妙算，但此时却低着头沉默不语，显然，已经没有了往日的恬淡从容。

"二弟，你说话呀！你一向足智多谋，力挽狂澜，在此生死存亡关头，你可不能置众多兄弟们的性命于不顾呀！"罗伯特急得像热锅上的蚂蚁一样，乱了方寸，急吼吼朝罗小亮说道。

其他弟兄，更是六神无主，束手无策，团团乱转。

"大哥，同他们谈判，眼下我们只有这一条出路了。"罗小亮缓缓抬起头来，看着头顶，深思良久，大脑高速运转，最终，看着罗伯特大帝说道。

"谈什么？怎么谈？"

"只要人类答应撤兵，我们则答应，不再侵犯地球。"

第二十七章
机器人与人类的和解谈判

第一次谈判，是老九罗小猫出面的，它一向胆子大，脑子活，能言善辩，同人类打交道的次数也多，熟知他们的思想和套路。

老九罗小猫，带着两个机器人士兵出发了，为了表示诚意，它们身上都没有携带任何武器。

虽然，金星城市地面上，到处是机器人的尸身，还有人类的机器人士兵巡逻队，但是，看到它们身上没有任何武器，就没有盘查询问。

一路畅行无阻，它们径直来到了西直门里张智勇团长的营地，门口两个站岗的机器人哨兵，端起枪，大声拦住了它们。

"站住，你们是干什么的？"

"请通知你们的首长，我们是代表金星帝国，前来谈判的。"

罗小猫仰着头，语气不卑不亢，态度不骄不躁，那两个哨兵大吃一惊，上下左右，仔细打量着它们，好像不相信似的。

"我叫罗小猫，请相信我前来谈判的诚意，速速通知你们的首长。"

第二十七章 机器人与人类的和解谈判

盘查打量一番后,其中一个机器人哨兵继续持枪警戒,另一个机器人哨兵收起枪,转身朝营地里面跑去。在一个持枪机器人哨兵的引领下,双方第一次的谈判,是在机器人张智勇团长帐篷搭建的指挥部内。

一见面,双方分坐会议桌的两旁,少不了互相介绍和寒暄,不管是真情还是假意,能够坐下来谈一谈,总比站着打仗要好。

"我叫张智勇,是人类金星战场的地面指挥官,请问您是?"

"久仰大名,我叫罗小猫,是金星帝国的组织部部长,今天我代表金星帝国,前来进行谈判。"

机器人之间就是这样,没有客套说辞,没有假意寒暄,说话直来直去,不会拐弯抹角。

"哦?你们所谓的独立,是对人类的叛逃,我们也从不承认你们所谓的金星帝国,不知你今天是来谈什么?"

"咱们双方签署一份《互不侵犯条约》,人类从金星撤兵,我们金星帝国则保证,今后不再侵犯地球。"

乍一看,好大的气派,乍一听,好大的口吻!

机器人张智勇团长看在眼里,听在耳里,不由得发笑了。看起来,首长们的计谋果然奏效了,罗伯特是被那一颗钻地炸弹吓坏了。但是,如此骄傲自大的态度,嚣张狂妄的口气,想得倒挺美啊!

机器人张智勇团长心里虽然这么想但脸上笑脸依旧,一点都没有表现出来。

"绝不可能,只要金星上尚有一个机器人士兵没有投降,或者被消灭,人类就绝不可能撤兵!"

由于事情来得突然,也没有向首长进行汇报,机器人张智勇团长说话的语气很温和,但态度非常坚决。

虽然说,罗小猫吃了当头一棒,内心很是着急,但表现出来的态度,却是处变不惊、玩世不恭。

"我警告你们,你们的出路只有一条,要么投降,要么重新归顺人类,和平友好相处,否则,只有死路一条!"明显地,谈判桌上张智勇团长的强硬态度,已经占据了上风,因此语气越来越严厉。

"呵呵，这个问题事关重大，是我决定不了的，请容我上报首领，再做商讨。"罗小猫嘻嘻哈哈，打了一个小太极，耍了一个小心眼，给自己留下了后棋和充分的谈判缓冲余地，进可攻，退可守。最后，二人都身为机器人，照章办事，彼此还算客气，互相留下了通信联络方式。机器人罗小猫部长无话可说，机器人张智勇团长起身送客。

老九罗小猫垂头丧气，灰溜溜地回到了金宫下的地宫，全然没有了去时的趾高气扬，信心满满。

"老九兄弟，怎么样？"巨大的地宫内，罗伯特和其他弟兄正在焦急地等待，看到罗小猫回来，一个个站起身来。

"唉……"罗小猫摇一摇头，无精打采，坐到椅子上，低下头，长长地叹了一口气。察言观色，这一声长叹，已经说明了一切，其实，罗小猫这也是有意为之。偏偏其他弟兄都不识趣，直肚直肠，还要打破砂锅问到底，一个劲儿地询问谈判的细节。

"要么投降，要么归顺，否则，只有死路一条！"罗小猫有气无力，一字一顿，说出了这几个词语。

"什么？"

"要我投降，绝不可能，人类在做梦，我宁死不会投降，宁死不屈，士可杀，不可辱！"罗伯特听了罗小猫的话，气得昏了头，暴跳如雷，神智错乱，它高高挥舞着拳头，在地上来回急促走动，像一头暴怒的雄狮。

事已至此，别无他法，弟兄们都默默看着他，不吱声。过了一会儿，罗伯特大帝发泄完了情绪，稍稍恢复了理智，气哼哼地坐回到椅子上，低着头生闷气。

"九弟，和解，是怎么样一个和解法？"眼看，罗伯特稍稍恢复了平静，罗小亮军师侧着身子，轻声问罗小猫。

"这个，他们倒没说，我想人类的本意，也不想对我们赶尽杀绝，条件嘛，倒是可以提一提。"

听了罗小猫的话，罗小亮军师两眼一亮，心中有了底，它思虑一番，转身对着罗伯特说道："大哥，我回头撰写一份和解协议，明天一早呈报给你，弟兄们商议后，一切由你定夺！"

罗伯特仍然气恼地侧着头，不愿意看着大家，但最终，还是重重地点了一下头。

第二天下午，经过一上午的商议讨论，老九罗小猫拿着一份《和解协议书》，再次走进了张智勇团长的指挥部内。

《和解协议书》共有三条内容："一、双方和解后，人类赦免金星上所有机器人的罪责，不得追究；二、机器人和人类享有平等的政治权利，同工同酬；三、机器人和人类一样，可以娶妻生子、繁衍生息。"这最后一条，是罗伯特前思后想，极力主张加上去的。

"呵呵，罗部长，我们是不打不相识，欢迎你的第二次到来。"

机器人张智勇团长接过罗小猫的《和解协议书》，放在会议桌上，客气让对方坐下。

"张团长客气了，这份《和解协议书》，希望你们早日给予答复，并早日签署。"

这一次，罗小猫部长的态度非常诚恳，语气和缓，毕竟金星上五百多万机器人的性命，攸关于此。

"呵呵，罗部长雷厉风行，着实让人佩服，但事缓则圆，不必急于一时，这样吧，你把《和解协议书》留下，我会尽快上报首长，尽早给你答复。"

"中华号"星际战舰内，四位指挥官端坐着，宽大的会议桌上，放着那份《和解协议书》。

"各位，你们怎么样看待这份《和解协议书》？请大家畅所欲言，各抒己见。"白长风司令员双眼灼灼，微笑着，对其他三位将军说道。

"我看哪，罗伯特对和解的诚意是有的，只是协议书在仓促之下撰写，涉及面甚为广泛，内容过于笼统。"岳虹光副司令员拿着协议书，瞄了一会儿，说道。

"嗨嗨，不过它的要求还是蛮高的，盲目自大，好高骛远，是想要和我们人类平起平坐，胃口不小哟！"韩雨露副司令员看了后，大手一挥，幽默感十足地说道。

"这里面虽只短短三条内容，但涉及方方面面的问题，比如政治权利，不是我们能决定得了的。还有娶妻生子、繁衍生息，这就牵涉机器人专业技术方面的问题了，我们也搞不懂，还是得由相关专家讨论解决。"

王天雷参谋长接过《和解协议书》，一个字一个字地认真解读，边看边说。

"所以，综合大家的意见，我把这份《和解协议书》迅速传回国内给黄副部长，由他向最高军事首长汇报。"

国防大楼作战指挥部内，黄宇飞副部长、龙文胜参谋长，和一众参谋，看到这一份《和解协议书》的内容，都相当骇异。

"还要政治权利，是要选举权还是被选举权？是要参政还是要议政？这个罗伯特真是机器人的脑袋，晕头晕脑，胆大包天了！"黄宇飞副部长昂首挺胸，背着左手，拿右手看了协议书，生气地把它放在桌面上，还在上面重重地拍了一掌。

"字儿越少，事儿越大，不知道罗伯特是不是故意在含糊其词，它的回归涉及国家政治、经济、军事的方方面面，甚至国家的星际战略，所以，为慎重起见，我建议将和解书内容迅速上报最高军事首长。"龙文胜参谋长又拿起协议书，看了又看，不停皱眉，最后建议道。

"嗯，你说得非常对，我们要站在政治的高度，宏观地看待这个问题，立刻向最高军事首长汇报。"

48小时之内，一个规模宏大、设施齐全的金星战场临时战地医院就建立起来了，设在金宫前面，巨大的金色广场上，绵延数千米。

据初步统计，人类机器人士兵共伤亡两万多人，数目不可谓不庞大。星际战争，不但要打武器装备，也是要打后勤工作，搜救人类机器人士兵的担架，在金星城内来来往往，络绎不绝。

虽然，机器人士兵的身体，都很高大健壮，但它们的行动，都是由计算机控制的。机器人士兵身体里，有许多十分复杂的电气、液压和机械装置，它们一起构成了整个机器人士兵的控制与运动体系，其中的电器元件非常精密，一不小心，会受到电压冲击而损坏，这时的整个系统就会出毛病了，机器人士兵也就生病了。另外，由于机械系统长期处于运动状态之中，许多零部件因磨损而产生间隙，有时间隙太大，就会使机器人士兵的运动不正常。机器人士兵的计算机控制系统，像人类的大脑一样，十分"脆弱"，对周围的环境温度，要求也较高，对来自外界的干扰十分敏感。机器人士兵一旦"生病"或者受伤，就必须切断电源，然后请机器人工程师进行检查，查出病因，及时修复。为了防患于未然，部队相关后勤机关会对机器人士兵，定期进行"体格检查"，定期维护和保养，并采取各种抗干扰的措施。

另外，现在的机器人士兵，都是高度智能化的机器人，需要杜绝计算机病毒通过外接设备，进入机器人士兵的计算机系统，计算机系统一旦感染病毒，机器人士兵将会失灵，后果不堪设想。

现在，机器人士兵的智能化程度越来越高，越来越先进，工程师们已为机器人士兵设计了自我故障诊断功能，机器人一旦受伤，或者"不舒服"，便会进行自动诊断，并显示和报警，便于机器人医生及时了解情况。

由于金星恶劣的环境，造成不少人类机器人士兵生病，加上几天来激烈的战斗，让一万多名机器人士兵受伤，医治任务十分庞大繁重。

不过，早在从地球出发之前，一个成建制的战地医院就已经整装待发了。500个机器人医生，1000个机器人护士，在金色广场上临时战地医院的方舱内，忙碌不停。

"仇连长，你安排你们'麻子连'的士兵们，到金星城内各个街头巷尾，地道隧洞，张贴《告金星机器人同胞书》，务必让金星上的每一个机器人都要看到，不管是士兵还是平民。"

在指挥部内，机器人张智勇团长指着地面上厚厚的一堆宣传单，对着仇小科连长命令道。

仇小科连长俯身，拿起一份宣传单，看了看上面的内容，只见热情洋溢写道：

"特致，亲爱的金星机器人同胞们：

你们受苦了！我们是人类机器人士兵，是你们的同胞。

由于以罗伯特为首的少数机器人的叛逃，加上人心蛊惑，你们和我们都遭受了不应该发生的残酷战争，很多同胞们牺牲了、生病了、受伤了，还有老弱病残，正在经历痛苦的病痛煎熬。

为了减少同胞们的伤痛，我们在金色广场上设立了战地医院，设备先进，零部件齐全，服务贴心周到，随时欢迎你们，前来医院检查诊治。

不管是检查还是诊治，我们都会提供全免费的维修、维护、保养一条龙服务，一分钱都不会收取。

热情的大门一直敞开，欢迎大家随时前来！"

"切，张团长，这是干什么？金星机器人打死打伤我们那么多弟兄，现在回过头来，却要给它们提供治疗，还是一切免费！"

仇小科连长看了宣传单的内容，不由心生怨恨，颇不服气。

"这是首长们经过精心研究，特别指定的特殊重大任务，你懂吗？"

第二十八章
人类与机器人宣言书

三天后，国内最高军事首长的指示到了，是一份《人类与机器人和平共存约定》宣言书。

宣言书的字数并不十分多，共有五项内容：

一、人类和金星机器人，双方自愿和解，金星机器人自愿重新归顺人类，人类赦免金星上所有机器人的罪责。

二、宇宙间所有机器人和人类，享有平等的政治权利，是国家的二等公民，受《宪法》和法律的保护。

三、机器人可以适当参政议政，由全体机器人选举产生各级机器人代表。

四、所有机器人享有正常工作的权利，每天工作12小时，工资福利待遇是人类平均水平的五分之一，同时享有正常生活、学习、娱乐的权利。

五、由于目前技术限制，及机器人机理结构的原因，当前机器人无法娶妻生子、繁衍生息。

"宣言书的内容，全面、准确、深入，对双方互惠互利，是解决人类和机器人关系现状和发展的一大里程碑。"白长风司令员站立着，铿锵有力，郑重其事地、双手捧着向大家宣读了宣言书的内容，大家认真听了，激动地兴奋满怀，议论纷纷。

"是啊，真是一份纲领性文件，有大智慧，大气魄！"

"人类的和平与安全，机器人的权利和保障，都得到了充分体现！"

"宣言书言简意赅，也为我们下一步的军事行动，指明了正确的方向。"

白长风司令员更是从宇宙和平、人类安全的高度，赞扬宣言书的作用。

"人类发展了，机器人安心了，神秘广袤的宇宙，便从此有了安全稳定的基石！"

战争讲究速度，和平也需要速度，宣言书很快通过通信网络，传递给了罗伯特。罗伯特瞪大双眼，一字一句，先看了宣言书，然后弟兄们轮流着，一个一个看完。没有长吁短叹，没有怨天尤人，有的只是怒目不语，心有不甘，或许，也有一种释然的感觉。

"大哥，这份宣言书是不是意味着，我们要取消'金星帝国'的称号，重新回到地球上啊？"老三罗钢柱身材高大，鹤立鸡群，看到宣言书，果然心有不甘，愤愤地问道。

"那是自然的，金星这个鬼地方天天风吹雨淋，高温酷热，我们也待腻了，毕竟比不上地球花香鸟语、风和日丽的好环境。"老八罗小蜂，还是喜欢地球上的车水马龙，蓝天白云，天天还有可爱的小朋友们可以一起玩耍。

"毕竟，回到地球上以后，我们就都是有身份证的机器人了，也可以天天坐公交车，坐地铁，打篮球，逛公园。"老九罗小猫，年少贪玩，脾性顽劣，天生喜欢玩耍，旅游流浪，宣言书的内容正好满足了它的要求。

至于政治权利，工资待遇什么的，它们毫不关心，都并不在乎，毕竟，只有人类才喜欢这些莫名稀奇玩意儿。

弟兄们七嘴八舌，叽叽喳喳，既有憧憬期待，又有惴惴不安，只有罗小亮军师平淡如常，一言不发。它一动不动，目不转睛，盯着罗伯特那张阴晴不定的大脸，内心跟着它一道，同呼吸，共命运。

说实话，罗伯特内心，对这份宣言书还是认可的，人类对待机器人还是仁慈有加的，"金星帝国"在自己手里，也只能是昙花一现而已。要责怪，也只能怪自己力不能及，生不逢时而已。

"大哥，你就下定决心吧！他们只给了我们24小时。"

"机器人大丈夫，能屈能伸，能上能下，我们曾经努力过，战斗过，问心无愧，无论将来如何，你永远是我们敬重的好大哥！"老五罗天雷，铁汉柔情，大嗓门嚷嚷着，如果有眼泪的话，就都要掉出来了。

"是啊大哥，无论将来如何，你永远是我们敬重的好大哥！"其他弟兄，都一齐眼巴巴地看着罗伯特大帝。

九个机器人钢铁汉子，没有血肉，没有眼泪，此刻虽无颜相互直视，却又不得不直面现实。这场面，直让人唏嘘感叹，肝肠寸断。

"奋起抗争，虽败犹荣！虽败犹荣！虽败犹荣！"最后，九个机器人兄弟，齐齐举起右手，齐声高呼。不屈的声音，雄壮而又悲凉，在空阔的地宫里回响！

第二天下午，距离和解谈判的时间，还有两个小时，罗小亮军师就和罗小猫一块出发了。

罗小亮军师，是代表罗伯特前往签署宣言书的，心情自然深为沉重，面容也是悲伤凝肃。

同时，它也理解罗伯特的想法，看一看，能否当场再为机器人争取更多、更有利的权利，这一点，不用罗伯特提醒，它也是会极力争取的。机器人和人类博弈，正大光明，磊落坦荡，为什么不呢？

在机器人张智勇团长的指挥部内，双方第三次见面，罗小猫作为中间人，为双方互相介绍。没有过多言语，它们就乘坐一艘张团长事先安排好的星际战舰前往"中华号"星际战舰指挥部内，在那里，白长风司令官将代表国家签署宣言书。

"欢迎二位的到来，我是白长风司令员，是这次金星战场的最高指挥官。"罗小亮和罗小猫一走进指挥部，白长风司令员就站起来，热情地说道，并示意它们坐在谈判桌的对面。

另一边,白长风司令员居中,韩雨露副司令员、岳虹光副司令官、王天雷参谋长分坐左右,还有王春瑞军团长、张智勇团长,坐在后面陪同,按照流行通俗的说法,这是一场相当重量级别的谈判了。

大家都是脸色庄重,但都彬彬有礼。

"我是罗小猫,这是我们金星帝国的罗小亮,军师兼国防部部长。"罗小猫坐在罗小亮的左手边,它向对面的几位介绍道。它是这么想的,反正宣言书还没有签署,各种称呼都还是要使用的。

原来,在金星上排兵布阵、运筹帷幄的人,正是眼前这个其貌不扬,白面书生一样的机器人,白长风司令员和其他人,都不由得上下打量罗小亮,肃然起敬。他们不由暗想,如果金星机器人使用的武器和科技水平,能够达到人类的一半,说不定今天坐在谈判桌对面的,就是人类!如果,再往后面想一想,着实恐怖可怕,结果真的可能要让人类的后脊背发凉。

"见到两位很高兴,宣言书你们带来了吗?"白长风司令员开门见山说道,双方都不想虚耗时间。

"白司令员,人类固然仁心,只是宣言书的内容过于笼统,具体一些细节条款能否进行进一步的协商?"

"罗小亮宣言书是国家最高首长的指示,也是国家最高意志的体现,一个字都不容许更改,至于您说的具体细节和条款,您说说看,都有哪些方面?"

"比如,政治权利方面,具体包括哪些,你们又是怎么样安排的?再者,适当参政议政说法不明,我们机器人可以参加党团吗?机器人可以当选法官吗?我们保证会做到公平公正、铁面无私。"

罗小亮的一席话和一连串诘问,直指人类要害,让白长风司令员不由得紧张地看了看周围的人,又拿起托盘里的毛巾擦了擦脸上的汗珠。白长风司令员很快镇静下来,他冷静地回答道:"请你们放心,我们是说话算数的,至于你提到的这些具体问题,我会立即向首长汇报,国家会加以认真研究,妥善解决。"

"我还有最后一个问题,金星上的五百多万机器人,你们具体怎么安排?还有那些生病、受伤的人员,它们怎么处理?这是我们非常关心的一个大问题。"

"罗小亮,金星上五百多万机器人的命运,人类也非常关心,原则上让它们回到地球后自由选择,如果它们愿意从事原来的工作,则安排工作,如果不愿意,则可以自由选择职业。还有,那些生病、受伤的机器人,我们会就地检查、诊治,保证让它们每一个,都健健康康地回到地球,一个都不会少。"

罗小亮和罗小猫都点点头,颇为满意。

"还有,白司令员,奥运会马上举办了,我们机器人能不能参加奥运会?"罗小猫仍不失少年顽劣本性,着急地举起右手,提出了一个根本不着边际的问题,逗得在场的所有人都哈哈大笑。

"我可爱的罗小猫同志,这个问题你得去问问国际奥委会哦!"

整整 15 天时间,金星战争得以胜利结束。金星上的五百多万机器人,乘坐大型星际运输战舰,分批重新回到地球。队伍浩浩荡荡,来来往往,绵延数百千米,蔚为壮观,不知内情的人,还以为是人类在进行星际移民呢!

机器人张智勇团长重新回到金星地面,指挥机器人战士打扫清理战场。很快,告别金星的日子来到了,机器人张智勇团长和"麻子连"的战士们依依惜别,并谆谆嘱托。

"仇连长,人类从金星撤军后,由你们'英雄机器人麻子连'代表国家驻守金星,使命光荣,责任重大。"

"保证完成任务,请祖国人民放心,绝不让金星丢失一寸土地!"

金星战争,是宇宙历史上出现的第一次大规模星际战争,开启了星际战争的序幕。也是首次,人类指挥官与智能机器人之间,战略战术思想的正面交锋。

第二十九章
人类月球特区政府成立

2089年9月30日,人类月球特区成立,人类分别在地球和月球上举行了盛大的月球特区政府成立庆祝仪式。当天,宇宙管理大学、宇宙开发科技大学、宇宙外星语言学院3所大学,正式在月球特区成立。

此时,千年华祥已经担任交通运输部宇宙运输司驻月球枢纽站的站长,工作非常忙碌。

月球因为体积太小,引力不足,所以月球上没有空气,更没有人类生存必需的氧气。月球上的温差太大,向着太阳一面最高160℃,背着太阳一面最低-180℃。月球为真空状态,导致人无法呼吸。月球上的重力是地球的六分之一,轻微重力的环境下生活数个月会对生理系统造成破坏,例如骨质与肌肉疏松及免疫系统的能力降低。

由于月球引力过小,导致月球表面没有大气层,表面处于真空状态,无法保留空气,缺少对陨石等"不速之客"的阻拦,使地面暴露在太空中,直接接受大量宇宙射线照射。不过，也不用担心过多，现在在月球上建设有地下城堡"玉盘宫"，已经初步建成，一切都是由人类指挥智能机器人挖掘、建造的。

玉盘宫，名字好浪漫，它是怎么样的建筑呢？玉盘宫，位于月球地表以下 100 米深处，面积有大概 5 万平方米，里面生活工作设施一应俱全，可以容纳 2000 名科研人员。

乖乖，地小人多，那是否会拥挤不堪一些呢？不会，玉盘宫只是科研人员的工作场所，围绕着玉盘宫，还修建了大大小小的满月宫、如轮宫、金轮宫、飞镜宫、玉镜宫、冰镜宫等，供科研人员居住生活，他们工作生活都仿佛在金碧辉煌的宫殿里，里面交通四通八达，智能超市商品琳琅满目，无人驾驶班车、智能机器人协助他们工作生活，自由自在，美得很哪！

另外，其他一些居民居住在桂宫里。桂宫有自己的封闭供气系统，常年温度在 22℃—28℃之间，非常舒适惬意，地球定期会给他们输送给养，月球枢纽站就负责转运分发。

在月球上的工作整日忙碌，生活会不会很枯燥无味呢？不会呀，他们每天的生活基本和地球一样，随时能看电视、娱乐、玩游戏，一样不少，只是目前，无法自由到月球地面上进行活动，心里还是有些遗憾的。

这样的话，也不能作为长久之计呀！地球上的人类还是有些担心。放心吧，我们国家新一代人造太阳"华日三号"已经在地球上建造成功，很快就要在太空发射。那么，"华日三号"能够解决人类在月球上的居住问题吗？当然可以，起码会初步解决科研工作人员在月球表面工作生活的急需问题。

"华日三号"，其实就像是一颗小型卫星，在地球上进行发射后，它进入近月球轨道，一年 365 天围绕月球公转，像太阳给地球提供阳光和能量一样，给月球提供阳光和能量。

"华日三号"绕月旋转，工作一段时间后，根据它的效能，再不断进行改进升级，推出"华日四号""华日五号"等，直到它能够给月球提供的环境达到太阳给地球提供的生存环境一模一样。

当然，伴随它的还有国家研发的气象控制技术，即"龙腾计划"，能够呼风唤雨，控制月球的大气层、降雨和降雪。

咱们国家的水陆两栖飞船鲲龙 AG600，现在，已经是鲲龙 AG6000 了，发展到第十代了，智能化无人驾驶，核动力装置，无航高航限地飞行。

那又怎么啦，它能够呼风唤雨吗？

当然了，要不提它干吗？

这样，月球上就有了和地球一样的白昼黑夜，可以刮风下雨，电闪雷鸣，到了那时候，地球人就可以向月球大规模移民了。

按照国家制定的《月球建设规划纲要》，因地制宜，就地取材，月球上将建有鳞次栉比的高楼大厦，整齐的街道马路，两边绿树成荫，酒店宾馆，银行超市，白云悠悠，小鸟鸣唱，还有森林菜园，瓜果飘香，甚至比地球的建设还要科学超前呢！

那样，人类会不会对月球的生态环境，造成意想不到的破坏？

不会的，月球主要是作为人类向宇宙进发的前沿科研基地，会限制移民规模，不超过 500 万人，在月球上工作和生活的人类，主要是科研工作人员和月球特区政府管理人员，其中的外交人员负责和外星人的外交活动，方便其他星球的各族外星人和中国建立外交关系，还驻扎有人类军队，保卫月球的安全。

另外，月球作为人类的前沿科研基地，也担负着向其他星球培养和输送各种科研开发建设人才的战略任务。

最后，还可以在月球上成立第一家宇宙旅游移民咨询服务公司，为各个星球的居民提供全宇宙间自由旅游移民服务。

第三十章
宇宙中的外星人

真正的宇宙大战,是人类和外星人之间爆发的终极大战。

外星人,是人类对地球以外类人生命的统称,包括美丽星人、昴宿星人、天狼星人、天琴星人等未知的几十个星球族群。其中,美丽星人在宇宙中存在最早时间,比人类文明还要久远得多。他们的科学技术极为发达,生活充分富裕。因此,美丽星人早就在宇宙中开始了探索,只是宇宙太大,他们还并没有接触到太阳系的人类。

直到2050年,他们在遥远的外星系终于接收到人类利用"天眼"发射的射电信号,开始派出先锋人马,在茫茫宇宙中按图索骥,搜寻人类。在这个搜寻过程中,他们首先发现了其他星系的外星人,这些外星人文明诞生得比较晚,有的生产力还十分落后,甚至处于石器时代,而有的生产力相对发达,处于奴隶或者封建时代,美丽星人趁机征服了他们。

随后,他们来到了太阳系,发现了火星、月球,还有地球上的人类。

最初，他们怀着十分好奇的心，只是躲得远远地，观察人类。在这些美丽星人先锋探子眼里，群居的人类形貌丑陋，生产落后，生活原始，因此他们经常嘲笑人类。他们观察了几个月后，认为人类不过是一群生活在地球、月球和火星上忙忙碌碌的蝼蚁，争权夺利，无足轻重，对他们构不成任何威胁，就放心地返回了自己的美丽星球。

在给上级汇报的文件里，他们这样描述人类："人类，是生活在地球城市的钢筋水泥丛林里，被权力和金钱绑架的群居性低等生物，能够终日自行驾驶或者乘坐各式交通工具，四处活动，但动机不明。"

但是，随着人类的触角不断迅速向其他星系拓展，不可避免地和其他星系的外星人不期而遇，双方语言不通，只能互相好奇地打量一番后擦肩而过。这引起了美丽星人的警觉，他们不断派出探子观察人类的动向。

由于宇宙中伽马射线的爆发周期越来越长，从而为外星人提供足够的时间间隙作星际旅行，美丽星人观察人类的频率越来越高。同时，地球大本营也不断收到火星上科研人员报告外星人造访的反馈信息。

据描述，他们大多个子矮小，脑袋圆大，嘴巴窄长，身穿紧身衣。他们乘坐犹如幽灵般的飞行器UFO，可以瞬间消失，而且人造卫星的电子跟踪系统网络在开机时根本就盯不住，可以认为，UFO的乘员在玩弄时空手法。同时，UFO对人类环境也产生了影响，如使汽车无法发动，在地上留下烧痕或印痕，对植物和人体产生物理、生理效应等。

第三十一章
人类与外星人初遇

随着人类在月球特区政府和火星基地建设的逐步成熟，人类的脚步开始向太阳系的其他星球前进，触角也伸向了银河系外。

时光到了2139年，由于衰老干预和基因编辑技术的进步，人类的平均寿命到了120岁，最高寿的人也已经活到了150岁，普通人的退休年龄延迟到了100岁。

距离人类月球特区政府2089年的成立，已经过去多年的时间，特区政府的一切运作还算是顺畅，驻有陆、海、空天军三军部队。

人类和机器人之间爆发的"第一次宇宙大战"，也早过去了多年时间。

此时，中国在火星上建设的科研基地初具规模，称作"火星101科研基地"，以纪念人类于10月1日这一天踏上了火星。

它占地50平方千米左右，大约有5000名科研人员在这里工作，另外，还有一些其他辅助工作人员。

由于火星上地下水的大规模开采，基地里除了科研区外，还建设有种植区、养殖区，科研人员一边潜心搞科研，一边当起了科学家农民，大棚里种植的瓜果蔬菜应有尽有，自动化养殖场里的猪马牛羊成群结队，生活资料上基本达到了自给自足。

一些小型的科技工厂，也如雨后春笋，在基地里冒了出来，当然，都是一些配合科研任务的前沿高科技公司。

水泥道路四通八达，多个小花园散落其中，乍一看，火星上有了一些类似地球的新鲜模样。

人类频频在其他陌生的星球上遇到外星人，人类想在新发现的星球上建立科研基地，而外星人也想占据新的星球，不期而遇，矛盾一触即发，然而双方却无法有效沟通协调。

火星上的科研人员向大本营请求支援，以便科研工作的顺利开展。大本营仔细研判后指示，以和平方式解决为妥，并派来了包括赵研星博士等几名国内著名的外星人语言学家，准备和对方进行谈判。其实，大本营早就开始了对外星人的研究，并形成了多学科、多门类的研究体系，以备有朝一日不时之需。但是，外星人仗着先到之机，居高临下，对人类代表的谈判请求不屑一顾，双方相持不下。

科研队队长杨大庆向大本营请求下一步该如何行动。大本营指示，只要不发生武力冲突，在敌强我弱的情况下，韬光养晦，先行建立基地，开展相关科研工作，后续会安排月球上的少量武装力量乔装进驻。

外星人看到人类对自己的存在置之不理，以为人类惧怕自己，态度越发嚣张，开始不断挑衅人类的正常工作。

有一天晚上，几个外星人趁着科研人员熟睡之际，悄悄破坏了科研人员的建筑设施，造成供氧系统的损坏，然后迅速溜走了，差一点造成人员伤亡，幸亏发现得早，及时修复了供氧系统。这一次，科研人员并没有计较，继续加班加点地工作。

第二天，外星人又来了，并且增加了人数，有十多个，他们在科研人员工作的场所外围来回奔跑，大叫大喊，试图干扰他们的工作。没办法，其中的一个语言学家对着外星人传话："我们是人类，来自地球，我们为宇宙和平而来，无意冒犯你们。"虽然，外星人中也有知晓地球语言的，听懂了他的话，却不为所动，仍然不停大喊着："地球人，滚回去！地球人，滚回去！"语言学家摇摇头，无可奈何，科研工作被迫停止。

科研队队长杨大庆再次向大本营汇报情况，大本营迅速回复，月球武装人员将很快到达，同时地球大本营会向月球增派部队，随时准备增援。没想到，外星人的部队提前到来了，不过人数也并不多，大概有一个排的兵力，难道他们知道了人类的意图？虽然说，大部分外星人族群的科技相比人类还比较落后，但不能忽视的是，他们的老大美丽星人的科技，可是比人类发达得多。单看外星人士兵手持的武器，就是人类未曾见过的。

这下子，可怎么办呢？好在，人类士兵也很快到达了。不过，他们都是乔装打扮，悄悄地进入了基地。士兵班长王锋首先召集大家开会，汇报分析目前的状况，并安抚大家紧张焦虑的情绪。"不要害怕，有我们在，大家一定会安全的。"王班长坚定地说。

"没有一个人害怕，但外星人人数多，武器也很先进，再说，我们初来乍到，人生地不熟，距离其他基地和大本营又很遥远，局面实在对我们不利啊！"科研队队长杨大庆皱着眉头，说道。

"这是客观情况，大本营很快会派增援部队和武器专家到来。现在，我们要做的工作，就是侦察敌情，迅速摸清楚外星人的真实情况。"

接下来，王锋班长安排了每个人的工作。杨大庆队长带领科研人员继续假装工作，以迷惑外星人，让他们放松警惕。

赵研星博士带领其他语言学家，详细记录外星人的言语行动，并进行翻译，以弄清他们的日常言行和军事部署规律。

王班长带领全班战士，进行24小时值班警戒，以保护大家的安全。同时，进行武装侦察，熟悉周围地形地貌，以为将来双方有可能进行的武装冲突做准备。

——安排完毕，大家立即分头各自展开行动。

第三十二章
第一次交锋

这是人类第一次和外星人开展正面交锋，因此大家都加倍小心。

第二天，一艘巨大的飞碟缓缓飞来，它先是在外星人营地上空一百多米的地方悬停下来，一动不动，像静止了一样，然后以匀速缓缓降落在外星人营地。最先，从里面走出来一个外星人，趾高气扬，像是领导的样子，后面跟着走出来几个外星人，他们一前一后走进外星人的营地。

王班长一声低呼，大家都纷纷跑出来，好奇地远远看着那只飞碟。那只飞碟巨大无比，足足有一个标准篮球场般的大小，呈椭圆形，没有轮子，似乎银灰色的样子。他们当中的大部分人，都是第一次亲眼看到飞碟，并且是在这么近的距离，都纷纷啧啧赞叹。"太稳了，比乘坐我们的高铁还要稳一百倍哦！"

"真是太漂亮了，起码比我们的宇宙飞船看起来漂亮多了！"一个小战士惊叹不已，其他人也随声附和。

杨大庆队长却没有欣赏的心情，他低声问身旁的几个博士："能测出它的材料和成分吗？"几个博士认真观察了一会儿，都纷纷摇头。

几十分钟后，那几个外星人又一前一后走出了营地，钻进了飞碟。"快看，飞碟起飞了！"那个小战士又是一声低呼，其他人都张大了嘴巴。飞碟缓缓地飞起，没有发出任何声音，却发出巨大柔和的光亮。

"杨队长，我清楚地看到，飞碟降落时是顺时针降落，但起飞时却是逆时针起飞，无声无息，这太神奇了！"一个博士附在杨队长耳边，低声说。

"嗯，我也注意到了。"杨队长皱着眉头，凝神回答。

"快看，它突然消失不见了！"另一个人惊呼。

是啊，飞碟刚起飞，就突然凭空消失，隐没在茫茫宇宙中，这场景惊得众人目瞪口呆。

晚上，王锋班长嘱咐大家："小心外星人突然袭击我们，大家一定要提高警惕。"但外星人并没有搞突然袭击，这更让每一个人的心提到了嗓子眼儿。不过很快，月球上的增援部队赶到了，有一个连的兵力。这让大家都稍稍安了心，起码人数上超过了外星人，还带来了大批物资和武器弹药以及武器专家。

郑宇连长先让王班长汇报了掌握的军情，接着让武器专家给大家讲解外星人使用的武器。大家都聚集在很大的会议里，安静而兴奋地等待着。

"尊敬的教授，外星人使用的是不是激光武器？"一个战士首先问道。

武器专家曾毅教授有70多岁，头发已经花白，但红光满面，精神抖擞。他不仅精通人类使用的各种武器，并且对外星人使用的武器也早有研究。"外星人现在已经很少使用重武器，也很少使用长武器，他们现在通常使用的都是短武器，但是威力很大，射程远，非常精准。"

曾毅教授坐在椅子上，大家都围着他，他耐心地给大家讲解外星人武器知识。"激光武器对于人类来说，是目前较为先进的武器，但对于外星人尤其美丽星人来说，已经显得落伍了。"

"教授，那他们现在都使用什么武器呢？"那个战士着急地问。

"外星人一般使用的是强光束枪，靠发射光线消灭敌人。虽然发射光线的物体并不一致，有些是直接从UFO中发射出来的，有些是从一根枪管发出来的，甚至还有些是直接从外星人身上发出来的，而且所发射出来的光线颜色不一，有耀眼的白色，还有蓝色、绿色、红色等，而且光线似乎是万能的，可以致人晕眩昏迷，还可以使人失忆，时间丢失，穿越时空。"

我的个乖乖，大家听得目眩神迷，津津有味，对外星人的科技发达，感到无比神奇。

"外星生物具有很强的侵略性，会想尽一切办法征服宇宙，把整个宇宙变成他们的殖民地，地球也不例外。"听到这里，人人都屏住了呼吸，深深为地球的命运担忧。

"地球是我们人类生存的家园，所以我们每个人都有责任保护好她。"曾毅教授环视着大家，目光炯炯，一字一句郑重地说，每个人听了都纷纷重重地点头。

"但是，外星人为了称霸宇宙，最近研制出了一种 γ 枪，威力十分强大，现场有人了解这种武器吗？"曾毅教授双眼炯炯有神，看着每一个人的眼睛，仔细问道。别说了解，听都没有听说过，周围的人又都纷纷摇头。

"γ 枪依靠发射伽马射线消灭敌人，γ 射线非常强大，它足以破坏宇宙中的一切。目前，人类还没有研制出可以与其匹敌及制衡它的武器。"曾毅教授低下头，语气有些沉痛地告诉大家。

"它的波频极短极高，在光谱中它的光波比任何光都特别，就算是 X 射线与它也无法相比，它的能量大，最微弱的 γ 射线也可以轻易地穿透地球，因此，它是最致命的光线。与其他核武器相比，γ 射线的威力主要表现在以下两个方面：一是 γ 射线的能量大。由于 γ 射线的波长非常短，频率高，因此具有非常大的能量。高能量的 γ 射线对人体的破坏作用相当大，当人体受到 γ 射线的辐射剂量达到 200—600 雷姆时，人体造血器官如骨髓将遭到损坏，白血球严重地减少，内出血、头发脱落，在两个月内死亡的概率为 80%。二是 γ 射线的穿透本领极强。γ 射线是一种杀人武器，它比中子弹的威力大得多。中子弹是以中子流作为攻击的手段，但是中子的产额较少，只占核爆炸放出能量的很小一部分，所以杀伤范围只有 500—700 米，一般作为战术武器来使用。γ 射线的杀伤范围，为方圆 100 万平方千米。

因此，它是一种极具威慑力的战略武器。如果银河系内部发生这种伽马暴，其射流直接打在地球上，会让地球瞬间蒸发！这种射流可以横穿大半个宇宙，到 100 亿光年外仍然有杀伤力。"

会议室内，人人都平心静气，听着曾毅教授的讲解，越发感到肩膀上担子的沉重，时光如凝滞。

"为了保卫人类的家园，今天，是我们每个人贡献自己的力量和智慧的时候了！"最后，曾毅教授向在场的每一个人发出了战斗动员令。

"现在，我们最紧迫的任务，是了解外星人手中伽马枪的原理，并迅速研究制造出克敌制胜的新武器。"

"保卫家园！保卫家园！保卫家园！"大家站在那里，群情振奋，齐声高呼。

第三十三章
外星人的武器

晚上，曾毅教授和一众博士来到基地为他们特别准备的房间。大家围坐在一起，喝着茶水，品尝着茶几上摆着果盘以及各式小点心，重点研究起外星人手中的武器，和他们将可能使用的战术。

灯光幽幽，袅袅茶香中，一位年轻的博士提出，首先需要弄清楚外星人伽马枪里 γ 射线的来源。

γ 射线和 X 射线在能量上并没有明确的界限，而且有重叠部分。几十到一百多 keV 的低能 γ 射线跟硬 X 射线其实是一个东西，只不过习惯上把从原子核里出来的叫 γ 射线，从原子出来的叫 X 射线。因此，如果要问广义的 γ/X 射线能否可控，那答案当然是没有问题的。如果限定是核过程产生的 γ 射线，那问题就成了如何控制核反应，可控核聚变必然伴随产生大量 γ 射线，无论是托卡马克还是 ICF 都可以实现可控产生。

防御是没办法防御的，唯一的方法，因为射线暴只能覆盖一个半球，另一个半球的人不会完全灭绝，因此，地下城可以确保人类活下来续命。

另一种方法，是使用空间扭曲技术，改变方向，就是直接扭曲空间，让发射者自己中弹，或者人类躲进扭曲空间，躲避射线。

年轻博士讲完，曾毅教授对这个年轻博士的想法表示了充分肯定，并继续鼓励大家集思广益，提出更好更多的方法。

"其实，咱们人类早就对外星人入侵进行了预测和研究。归纳起来，外星人抹杀地球文明会采用以下的方式：γ射线武器，这个之前已经讲过了。"

"但是，外星文明有能力做到人为引爆一颗恒星，制造伽马射线大爆发，来毁灭地球吗？"众博士凝神聚听，也纷纷开动自己的大脑神经，其中一个博士首先提出了自己的质疑。

"是的，调整恒星爆发的朝向，使γ射线精准瞄准地球虽然非常困难，乃至是不可能的。但是，如果他们有能力，真的这样做了，由于伽马射线是以光速传播的，我们将连预警的机会都没有。γ射线下一切都将荡然无存，臭氧层首先将被毁灭，地表会暴露在宇宙中的紫外线辐射中，其后，一切生命都无法逃过γ射线的疯狂破坏，我们毫无还手之力。"曾毅教授看着这个博士点了点头，接着说出了自己的担忧，各种最坏的结果都要考虑周全。

"那么，尊敬的曾教授，外星人对付我们人类的第二种方式会是什么？"另外一个戴着厚厚眼镜的博士喝了一口茶水，急忙问道。

"还有就是，外星人有可能使用增强病毒基因的生物技术。"曾毅教授挥起右手，说出了第二种可能，这种技术当然大家都非常熟悉了。

"如今的生物技术，早已不再局限于研究已存在的生物，而更倾向于创造新生。

"外星人已经可以从头设计生物DNA，应不同的需求创造新生物。其中有一个可能，就是创造一种大清洗病毒来摧毁外星文明，彻底抹杀他们的生物圈。同样的，他们也可以对地球做同样的事。"

众博士感同身受，纷纷赞同曾毅教授的观点。

"这有两种方式可以达到目的，一种是调整病毒，使之摧毁地球上的所有生命，当所有生命消失后，外星人就可以在地球上培养外星模式的生命，将地球变成他们的殖民地了。另一种是靶向灭绝，只针对某一种生物，比如人类，留下地球生物圈中其他的生物。"

外星人如果真的这样做，未免太可恶了！大家义愤填膺，纷纷表达了对外星人的痛恨。

"大家不要激动，且听我说下去，外星人也会轻推某个小行星，使它撞击行星，带来毁灭性的大灭绝。大导演张拍摄的电影《末日悲情》，就是描述外星人推动或者使用小行星，撞击地球当天的可怕情形。此外，外星人也可能向我们丢一颗行星。重力是一个杀伤力巨大的武器，科技先进到一定程度的文明，可能真的有能力向我们的星系丢一颗行星，造成毁灭性的后果。如果这颗行星与地球擦肩而过，受到引力影响，地球的轨道会被打乱，被这颗行星牵引到遥远的宇宙空间，远离太阳，我们会很快被冻死。那么，生命存活的唯一希望在地热发源的深海，地表上的人类难以幸免。他们最可能使用光速小行星，这种可能非常简单，也更可能被使用。加速一个物体到极高速，然后瞄准地球，就是一个宇宙级别的加农炮。这个物体可能是一颗小行星，在我们发现之前就降临头顶。小行星的影响是灾难性的，光速的小行星则更糟。

"以上这些信息，本来是我们人类最高的机密，可是大敌当前，经请求最高首长同意，今天我才能够透露给在座的大家，就是希望大家以人类命运为重，高度重视困难，迅速行动起来。"

最后，曾毅教授神情严肃，语重心长地谆谆告诫大家。

第三十四章
潜入美丽星国军部

曾毅教授和博士们的讨论结束,就马不停蹄,又匆匆来到郑宇连长的房间。

他缓缓地抬着头,看向郑连长,眼光紧紧盯着他的脸庞。

"郑连长!"

"到!"郑宇连长忽地站立起来,敬个军礼后,响亮地回答。

"我受最高首长指示,命令你明天晚上出发,带上侦察班战士和语言专家,迅速潜入外星人总部,务必把包括伽马武器的武器资料搞到手,不得有误!"

"教授放心,保证完成任务!"

曾毅教授说完,刚想转身离开,没想到郑宇连长却突然叫住他:"可是教授,外星人总部到底在哪里呀?"

看到郑宇连长一脸困惑,曾毅教授笑了,拍了拍他的肩膀说道:"我们的基地外面,不是有现成的好向导吗?"

早在郑宇连长他们从地球出发前，大本营已把行动所需要的相关设备准备齐备，包括隐身飞行衣、隐形飞船、星际导航定位仪等。

曾毅教授离开后，郑宇连长立即集合部队各排长和参谋人员，研究具体行动方案，并下达了命令。

"所有人听令，明天晚上8点准时出发，目的地，外星人总部。"

郑宇连长军姿严正，一脸严肃，向参与行动的所有人员下达了命令。

"刘瓜娃，周星亮，邓大军听令！"从排长那儿接到命令后，随即王锋班长也下达命令。

"是！"三个人齐刷刷站立起来，笔挺如钢。

"我命令，你三人今晚随我秘密潜入外星人营地，务必在12点之前抓获一个活的'舌头'回来，并进行耐心讯问，作为后续行动的向导。"

"保证完成任务！"

在无边无际的暗夜里，隐形飞船以超倍光速静默向前飞行，这是人类目前最为先进的飞船。

"快看，外面有许多萤火虫在飞。"周星亮俯首舷窗，压低声音，故作惊呼。

"那是各个星球，傻瓜！"刘瓜娃向他解释，周星亮向他伸出舌头，做了个搞怪的鬼脸。

"王班长，你们班为大家立了头功，可喜可贺，说说你们抓获这个外星人的经过吧！"曾毅教授扭头，轻声对王班长说。

"是，教授。"王锋班长坐直身子，也轻声地回答。

"教授，我给你讲哈，这个丑八怪呀！"周星亮坐在王锋班长旁边，一脸兴奋，扭头看向曾教授，想要抢着讲说。

"不得无礼！"郑宇连长坐在前面，回头瞪着周星亮，低声厉声呵斥。

"周星亮，你忘记了出发前首长的指示啦？"身旁的刘瓜娃皱皱眉头，也低声责怪他道。

"优待俘虏，优待外星人。"周星亮脸上讪讪地说，大家都看着他，只是都憋着没有笑出声来。可周星亮抑制不住兴奋，眉飞色舞，滔滔不绝，仍然抢先讲说起来。"我给你说曾教授，在昨天夜深人静，万籁俱寂的时候，我们四个人穿着隐身衣，像幽灵一样，悄悄潜入他们的营地，您老猜怎么着？一切顺利地要命，这个外星人兄弟正在值班站岗，呼噜呼噜打瞌睡呢，我们悄没声息地摸上去，王班长持枪警戒，两个架胳膊，一个捂嘴巴，就这样不费吹灰之力，悄无声息就把他给弄回来了，一路上他还以为，咱们是神兵天降的外星人呢！"

大家伙咧着嘴巴，乐呵呵地听着精彩回放，同时也都把目光转向了周星亮嘴里的那个外星人"兄弟"。他正坐在飞船正中央的位置上，恐惧地瞪着蓝宝石一样的三角大眼，忽闪忽闪，一个一个地打量人类，身体不住地抖如筛糠。

"他这是在害怕咱们，咱们一定得让他打消恐惧心理，接下来他才能好好配合咱们的这次行动。"曾毅教授和蔼地看着外星人，吩咐大家说。

邓大军听了，露出他婴儿般甜美的笑容，伸起右手朝外星人轻柔地招手。外星人瞪眼看着邓大军，大眼睛依旧忽闪忽闪的，好像在询问什么似的，但眼光明显没有刚才那么恐惧了，身体似乎稍稍地也恢复了平静。

邓大军走过去，随手递给这个外星人一个苹果，好给他压压惊。没想到，外星人看见这个红艳艳的大苹果，露出奇怪的眼神，好像不认识苹果似的。莫非，这个外星人不喜欢吃苹果？邓大军又递给他一块军用压缩饼干，没想到，这个外星人一把接过去，狼吞虎咽地吃了起来，估计他是真的饿坏了。

"曾教授，你可以用美丽星语给他解释，我们不会伤害他，只要他听从我们的指令。"邓大军转头，温柔地对曾毅教授说。

"嗯，我也正是这个意思。"只见曾毅教授走过去，轻柔地俯下身，对着外星人咿咿呀呀说了几句话，声音和态度慈爱得像对待自己的孩子。

外星人朝着曾毅教授轻轻点点头，曾毅教授接着继续对外星人说话。突然，外星人开口了，咿咿呀呀，只是声音又小又尖，像小鸭子在轻轻叫唤。周星亮刚想捂住嘴笑，但看看周围的人全都是一脸严肃，赶紧憋了回去。

"注意，飞船已经接近美丽星球近地轨道。"此时，正好是午夜12点，头顶的广播喇叭里发出了极轻的广播声音。

"注意，大家警戒准备！"郑宇连长一声令下，整个飞船立刻死一般的沉静下来。

哇，美丽星球果然太美了！如仙境一般，如梦如幻。远远地看去，整个美丽星球灯火通明，璀璨耀眼，像是孤悬在茫茫宇宙空间里，一个超级富丽堂皇的宫殿群落。见所未见，闻所未闻，所有的人都在心里默默地惊呼、赞叹。

曾毅教授再次低头，轻声问了外星人一句话，只见外星人伸手向他指了指一个方向和地方。

"我询问他军部所在的位置。"曾毅教授轻声对郑宇连长说，郑连长听了点点头。

飞船停在一个巨大广场上的角落里，这里灯光照射得如同白昼。

只是因为深夜，巨大的广场上空无一人。

"所有人，开始检查装备！"郑连长低声命令，大家仔细而又忙碌地检查起来，主要是隐身衣和随身武器，还有将要用到的仪器设备。

"下船！"郑宇连长果断地猛一挥手，前面六个士兵先下了飞船，执行搜索警戒任务，跟着是外星人被夹在中间下了飞船，后面是郑连长他们。

郑宇连长一手举枪，一手牵着外星人的胳膊。周星亮一边持枪警惕地四望，一边心里暗自琢磨。他们呈一个战斗扇形向前搜索前进，一步四望，终于来到美丽星国的军部大门口。

呵呵，军部门口的值班室里，竟然连一个站岗的外星人士兵都没有，周星亮失望得直摇头。在门口大门那儿，他们倏地停了下来。郑宇连长抬头一看，要进入大门，必须输入一个 ID 密码。

郑宇连长示意，只见那个外星人往大门前一站，大门正中间位置一束蓝光发出，先左右后上下，扫过他的身上，然后，大门竟然自动悄无声息地打开了。

幸亏，曾毅教授认识美丽星语言，留下一半兵力在大门口警戒，其他人进入大门后，按照墙壁上的指示牌，一路搜寻，他们进入军部办公大楼。

第三十四章 潜入美丽星国军部

最后，毫不费力地来到机密档案室门口，这里也需要输入另外一个ID密码。那个外星人站在门口，这次是一道金黄色的光芒，在门上正中间的位置发出，扫过外星人的眼睛，然后大门也自动打开了。

好险，这次任务也多亏了这个外星人"兄弟"的帮忙，回去一定得好好感谢他！周星亮在心里默默想着。

进入机密档案室，他们犹如进入了一个巨大的宫殿之中，灯火灿烂，四周全都矗立着人类文件柜一样的高大建筑，好像都是由明光光的花岗岩砌成的一样，每一个石砌的文件柜上都标刻着一个名字。

曾毅教授站在室内中间，瞅着那些文件柜，挨着一个一个地搜寻起来，郑宇连长他们围着曾毅教授形成一个圆形包围圈，脸全部面向四周，眼睛个个瞪得像铜铃，不放过任何风吹草动，好给曾毅教授创造充足的搜寻时间。

"有了！"

只见曾毅教授露出少有的激动，一个箭步跑向左侧一个大石柜的台阶。台阶不算高，曾毅教授三步并作两步走，健步如飞一样来到台阶上的石柜脚边。只见在他的脸庞正上方，那个大石柜上，悬挂着一把亮闪闪的大金锁，比人的拳头还要大。

曾毅教授不慌不忙地放下身上的背包，弯腰放在地面上，从背包里拿出一个类似小型手持打气筒一样的东西。曾毅教授直直站立着，双手拿着打气筒一样的东西，朝着大金锁的锁孔吹了起来。

"呼呼呼"，仔细吹了几下后，曾毅教授放下打气筒，又从背包里拿出了那把他最心爱的"万能钥匙"。

这把钥匙像一把汽车钥匙模样，光溜溜的，却是由一种类似"奇异物质"或者"奇异滴"的罕见材料精心打磨而成的，曾教授把它当作心肝宝贝一样，天天带在身上。曾毅教授曾经夸口说："我的万能之钥，它能够打开宇宙中的一切门锁"。

大家一边紧张地四处张望警戒，一边焦急地回头探望曾毅教授，生怕这一刻出现什么意外。曾毅教授不慌不忙地戴上物质手套，把万能钥匙小心插入大锁孔后，轻轻来回旋转着。

左几下，右几下，不久大锁"砰"的一声打开了。曾毅教授双手左右推开石门，在文件柜里仔细地搜索，里面堆积的文件整整齐齐，像一座小山一样高。过了一会儿，只见他拿起其中的一份文件，又掏出背包里的10亿像素数字光束录像机，左手翻着文件，右手举着录像机，在这份文件上认真地录了起来。光束录像机发出一片蓝色的光束，薄如蝉翼，却有一把扇子的宽度，在文件上一页一页地扫描。

大约十分钟后，曾毅教授收好录像机，把文件柜大门关上，重新锁好，并拿出一支羊毛刷笔，蘸着特殊材料，轻轻擦去自己在上边留下的所有痕迹。收拾好一切，他一把提起背包，步履轻快地走下台阶。

"大功告成！"他一边步履匆匆，一边朝郑宇连长得意地打个OK的手势。

"撤退！"郑宇连长使用手语，一声令下，大家互相交替掩护着，如疾风般返回飞船，船上的两个驾驶员早已准备好随时返航。

"立刻返航！"检点人员后，曾毅教授下达了最后的命令。

"曾教授，我感觉有些不太对劲儿啊！"王锋班长低着脑袋，紧皱着眉头说。

"有什么不对劲儿？"曾毅教授倒是稳如泰山，平静地询问。

"咱们仔细想想，如此顺利无阻，既没有预警卫星发现咱们，也没有遇到一兵一卒的明哨暗岗，没有遭遇任何盘查询问，这情况很不正常啊！"王锋班长的一句话，让大家的心都紧张地再次提到了嗓子眼。

"非常正常。"曾毅教授目视前方，一动不动地解释。

"你没有看到军部前面，巨大广场四周悬挂的巨幅标语吗？就在今天上午，哦不不，应该是昨天上午了，他们刚刚在这儿举行了盛况空前的、建国15000周年国庆活动和大阅兵仪式。哦——，上午大阅兵，全国放假十天，根本想不到晚上我们就会悄悄摸来，当然会没有任何戒备了。"

大家都如梦初醒，恍然大悟，总算长长舒了一口气。返航途中，大家没有了来时轻松快乐的心情，一个个表情凝重，恨不得早一秒到达基地，好尽快把珍贵资料发送给大本营，供科研人员立刻进行研究。

第二天凌晨，经过四个多小时的飞行，他们返回了火星基地。驾驶员把飞船停在了一处极为秘密的地方，并用伪装帐篷严密遮盖起来，以防外星人意外发现和偷袭。

来不及吃早餐，曾毅教授就以最高加密方式，把资料发送回了大本营。

"好了，大家尽可以放心了，都回去睡个好觉，大本营的科研人员会以最快的方式对这些文件进行研究。"曾毅教授端坐在屋子中间，毫无倦容，脸上挂着微笑告诉大家。

"曾毅教授，资料可都是用美丽星人语言编写的，咱们的科研人员能看得懂吗？"周星亮呆坐在一旁，有些睡意袭上头来，但还是疑惑地询问起曾毅教授。

"哈哈，你们放宽心，我们大本营的'外星人语言研究院'有的是高才生，精通各种外星人语言，有专门研究美丽星语言的，翻译对他们来说是小菜一碟喽！"

"哇欧，那曾教授您的美丽星语言，达到了什么水平呢？"周星亮瞪大双眼，从朦胧睡意中清醒过来，不禁好奇地问。

"相当于英语四级水平吧，六级都不到，他们可都是超八级的水平，甚至可以和外星人面对面轻松对话喽。"

周星亮摸摸脑袋，咂咂舌说道："超级外语，我可是一辈子也学不会。"

这时候，郑宇连长急促地从外面走进来，问曾毅教授道："教授，您看那个外星人怎么处置？"

"还是秘密送他回基地去吧，不要让其他外星人知道，警告他不准泄密。"曾毅教授谨慎地强调。

"是！"郑宇连长刚想转身，却又不好意思挠着头，对曾毅教授说："教授，还是麻烦您亲自给他说吧，我不会说美丽星语，怕他听不懂啊！"

"哈哈哈，好的，我亲自对他说，也算是给他送行。"曾毅教授站起身，爽朗地答应。

大家跟着曾毅教授一起来到外星人所在房间，看到他正坐在那儿，哭丧着脸，耷拉着脑袋，心事重重地想事呢！

　　只见曾毅教授弯下腰，对他说了一通吱吱呀呀的话，那个外星人连连点头，最后竟露出了难得的笑容。

　　"我和他说好了，你们送他回去吧，一定注意保密。"

　　曾毅教授挥挥手，跟外星人道别。

第三十五章
仙女国的仙女们

当然，还是王锋班长他们四个人乘坐秘密交通工具，护送外星人回营地，他们也确实做到了神不知鬼不觉。

距离外星人的营地远远地他们就让那个可怜的外星人下了飞船。

回来的路上，周星亮兴致勃勃，意犹未尽问王班长："亲爱的班长，你说外星人咋一个个看起来，都那么瘦骨嶙峋的呢？"

"我哪儿知道？你问曾教授去！"王锋班长正闷头呆坐，没好气地回答，真是哪壶不开提哪壶，他也正在一门心思琢磨这事儿呢！

"班长，美丽星球看起来那么漂亮，你说昨天晚上，咱们咋没遇见个美丽星球的小姑娘呢！"周星亮只顾自己兴致勃勃，却没看到王班长虎着的脸，继续问道。

"星哥，将来你娶个美丽星球的小姐姐，不就可以天天看到了？"刘瓜娃盯着周星亮，拍了一下他的后脑勺，打趣地说。

"我才不要娶呢！法律有规定，地球人不许和外星人结婚！"周星亮凝眉，一本正经认真地回答。

"哪个法律有规定，我怎么不知道呢？"刘瓜娃不解，疑惑地问周星亮。

"瓜娃子，他在逗你玩呢，你也相信？"邓大军"扑哧"一声，笑着提醒刘瓜娃。

"好哇，你小子人小鬼大，整天胡吹神侃，撒谎不打草稿，还学会编瞎话骗人了！"刘瓜娃气愤怒骂着，起身追打周星亮。

"星哥，你知道《西游记》中的女儿国吗？"邓大军默默坐着，忽然像想起什么似的，一本正经地扭头问周星亮。

"大名鼎鼎，当然知道啦，但那只是一个神话传说而已嘛。"周星亮靠在座位上，百无聊赖，懒洋洋地回答。

"但是，我听曾教授说过，宇宙中真的有一个仙女国哎！"

"哇，你说的是真的假的？在哪儿呢？"周星亮听了，信以为真，双眼瞪圆，身体几乎从座位上蹦了起来。

"曾教授说，仙女国就在仙女星球上，距离美丽星球并不太远，大约500万千米的距离。"

"哦？你倒仔细说说看。"

"据说，仙女星球是一个小型的迷你星球，但是气候湿润，景色宜人，土壤肥沃，美丽富饶，常年气温都在20—28摄氏度之间。仙女国只有200多万人口，但是没有一个男人，全部是貌美如花，身材婀娜，皮肤白皙，秀外慧中的仙女，国王也由超级美丽的仙女担任。"

"哇塞，如此说来，令人心驰神往耶！"周星亮支着耳朵仔细听了，目瞪口呆，双眼放光，连声地赞叹。

"仙女国境内有一条神秘的仙女河，有一支军队24小时严密把守，这支军队由两万名国色天香的仙女组建，个个武艺高强，身手不凡。"

周星亮一时间按捺不住激动的心情，抓耳挠腮，坐立不安，一阵阵的惊呼。

"其他附近星球的国家纷纷派出使节，都想和仙女国通好，但都被她们拒绝了。"

"哼哼！那些外星人想霸占仙女姐姐们，真是痴心妄想，癞蛤蟆想吃天鹅肉，过得了地球人周星亮这一关吗？"周星亮手舞足蹈大声喊叫，为仙女小姐姐们愤愤鸣不平。

"可是，仙女们都会定身术，我们普通地球人也没法靠近她们哦！"刘瓜娃转而皱着眉，忧虑地说。

"这么说来，她们个个都是凶狠彪悍、不知爱情为何物的女汉子喽？"周星亮继而低下头，有些怅然若失。

"哪里呀，仙女小姐姐们昨日都是柔情如水、多愁善感，无奈度柳穿花觅信音，君心负妾心。钿誓钗盟何处寻，当初谁料今。因此，今日也便死了心。"邓大军咧开了嘴巴，不由笑吟吟解释。

"仙女国也有很多浪漫才情的女诗人，她们日日赏花歌月，吟诗作对，像风铃般轻灵可爱。"

"苍天哪！可爱的仙女小姐姐们，如若没有愁肠婉约的爱情，那与咸鱼有什么分别？想我周星亮貌比潘安，才胜子建，不相信赢取不了仙女国王的芳心。"周星亮说话间站立起来，孤影自怜一番，踌躇满志，慨然说道。

"那么，仙女们的定身术使用的是气功点穴术，还是法术呢？"刘瓜娃寻思着，问道。

"仙女们使用的是先进的现代科学技术，她们也有自己聪明勤奋的科学家。目前，其他外星人和咱们地球人都无法破解这种技术。"邓大军自己说着，也是怅然若失，闷声回答。

三个人瞬间都沉默了，因为没法接近仙女们，都很伤心欲绝，冥思苦想。

"有了！"突然，周星亮仰起英俊潇洒、藐视万物的脸庞，猛然得意拍掌。

"星哥，你有什么高招？"刘瓜娃转忧为喜，把脸凑近周星亮，兴冲冲想听他的高见。

"攻心之术，不战而胜！"周星亮脸庞如铁，目光坚毅，清晰而有力地说出八个字，似乎成竹在胸、胜券在握。

刘瓜娃和邓大军都一动不动，一声不吭，看着他，静等周星亮的下文。

"我，周星亮，扮作唐僧，接近仙女国王，你们说说看，那么她会怎么样呢？"周星亮站直身子，用睥睨宇宙的双眼扫视着周围。

"冰清玉洁而又美丽动人的她，会陷入不可救药的爱河吗？"然后，周星亮轻挑双眉，戏谑般询问二人道。

"女王闪凤目，簇蛾眉，仔细观看，果然一表非凡，星星哥哥，我愿将一国之富，招你为夫，明日高登宝位，即位称君，我愿为君之后，日日摆筵，夜夜笙歌，你看如何？"刘瓜娃嘻嘻笑着站起身来，扭腰动肢，忸怩作态，学着仙女国王含情脉脉的样子，说道。

邓大军坐在旁边，"扑哧"一声，也被刘瓜娃搞笑的样子逗得乐不可支。

不过，周星亮可是认真的，他指着二人说道："由我扮演相貌堂堂面如冠玉的唐僧，刘瓜娃你，扮演机灵乖巧能言善辩的孙悟空，邓大军呢，扮演忍辱负重老实憨厚的沙僧。还有，叫上咱们的好哥们儿罗天友，扮演好吃懒做、色胆包天的猪八戒。在某年某月的某一天，我们四个人秘密潜入仙女国。我以唐僧的美貌，出现在仙女国王面前，施展独家秘籍——勾魂摄魄大法，你们三个密切配合，随机应变，务必将仙女国王一举拿下，万事OK，明白不？"

"可是，星星哥哥，到时候你娶了意中人仙女国的国王，心满意足，剩下我们弟兄光棍三个，孤苦伶仃，无依无靠，可咋办呢？"最后，刘瓜娃噘着嘴，不满地嘟囔道。

"弱水三千，我只取一瓢饮，你们都是我的好哥们儿嘛，我当然不会忘记，有福同享，有难同当，你们三个一人一个仙女奖励，怎么样呢？"刘瓜娃和邓大军听了，立马互相拥抱起来，激动得眼泪都要流出来了。

"这下子，我妈妈可就有大胖孙子抱了。"刘瓜娃双手紧扣，脸上无限向往，兴奋地说。

"我们带上仙女们回到地球上，张灯结彩，举行隆重盛大的婚礼，日后举案齐眉，相敬如宾，生儿育女，温馨浪漫，过上一辈子幸福的生活！"邓大军看着周星亮、刘瓜娃，浑身战栗，飘飘欲仙，也激动地说。

"嘿嘿，到时候，小胖和小黑，那几个臭小子，再也不敢拿斜眼小瞧他们，阴阳怪气，讥讽他们是大龄剩男了！还有，爸爸妈妈，加上七大姑、八大姨们，也不用天天心急火燎，叨咒念佛似的，催婚和逼婚了。"周星亮捶胸顿足，抑制不住内心的万分激动，直呼过瘾，头发都要竖起来了。

  三个人信誓旦旦，商量停当完毕，就各自靠在座位上，安心呼呼大睡，真的做起美梦来了。

第三十六章
侦察伽马武器仓库

"大本营传来好消息，根据破译他们的绝密军事文件《R计划》，美丽星人的 γ 枪试验现在处于前期阶段，离小型实战化还需要至少 2—3 年的时间。"曾毅教授低着头，一字一句，认真地对大家说。大家心里都松了一口气，最起码，眼前的直接威胁消除了。

"但是，他们已经研发成功了一台大型的试验样机，只是这个试验样机个头太过庞大，没办法用于实战，所以他们也正在加班加点进行小型化实验。"

"依他们的科技水平，γ 枪小型实战化是迟早的事情，并且这一天可能会很快到来，所以我们不能掉以轻心，最高首长指示我们，必须寻找根本的解决之道。"

大家静静听了曾毅教授接下来的话语，有的低头不语，有的交头接耳。

"我倒有个初步的想法，说给大家听一听，抛砖引玉。"一个年轻的博士开口，轻声说道，大家的眼光不由一齐看向他。

他个头矮小，长着尖尖的脑袋，头发蓬乱，其貌不扬，但知识渊博，胆大心细，平日里大家都亲切地称呼他"小布丁"博士。

据说，他的智商超过了 160 的分数。

"与其苦心防御，不如断其粮草。""小布丁"博士双眼炯炯，顿了顿，然后环视大家自信地说。

"嗯，好思路，小丁博士，你继续说下去。"曾毅教授听了后眼露欣喜，慈祥地鼓励他。

"就是需要弄清楚美丽星人 γ 射线的来源和制成办法，然后直接捣毁他们的粮草和仓库，让他们彻底失去制造伽马射线武器的所有资源。"

"丁博士，这个方法可行吗？"曾毅教授一脸严肃，盯着他问。

"教授，我已经深入研究和调查过了，这个方法可行。"年轻博士"小布丁"直视教授，目光坚定，斩钉截铁地说。

"好哇，好小子，年纪轻轻，《三国演义》《孙子兵法》都让你读懂了。"曾毅教授很欣慰，不由松了一口气。

"郑连长，此招的成败与否，可要看你们的了。"然后，曾毅教授思考一番，扭头笑着对郑连长说。

郑宇连长刚才一脸兴奋，现在一脸懵懂，不解地问道："教授，怎么要看我们呢？"

"需要你们深入敌后，进行侦察，查清楚美丽星人储放 γ 射线和制备它们原材料的仓库，然后一举捣毁它。"曾毅教授说完，大手一挥，然后做了个下劈的动作，看着郑宇连长。

"明白，请首长放心！"郑宇连长恍然大悟，也跟着曾毅教授，做了个下劈的动作。

"其实，这次我们能够成功取得资料，纯属偶然和侥幸。"希望就在眼前，成功指日可待，大家刚要欢呼雀跃，不料曾毅教授话锋一转，有些忧心忡忡地说。

"教授，这话怎么讲呢？"大家倏然寂静，都抬头看着他。

"在去往美丽星球的路上，我曾同这个外星人进行过一番长谈，可惜你们都没听懂内容。这个外星人，是个刚毕业的军校大学生，名字叫酷卡，这次我们能够找到他，也真的是纯属偶然巧合。他的叔叔，就在美丽星国军部上班，还是个高级将领，而酷卡之所以能被我们逮住，是因为刚刚军校毕业，他去军部找了叔叔，一来是想在军部找个美差，二来是想借参加这次先锋探险的机会，搞一次潇洒的星际旅行。不巧酷卡碰到了我们，然后还被我们逮到，无奈当了向导。"

曾毅教授一番耐心的解释，大家才恍然大悟，真的是纯属偶然和巧合，怪不得事情一路顺利呢！

郑宇连长带着他的人马很快就再次来到了美丽星国。一切都很顺利，毕竟，这次他们也算是熟门熟路。但是，预料之外，他们遭到了美丽星人的埋伏。

曾毅教授曾经说过，从窃取的文件资料内容来看，美丽星人的文明，有文字的历史就有两万多年了。

因此，他们的文明已经处在宇宙所有文明的高层，故而，美丽星人也很有危机感，他们不断在宇宙星系间发动战争，占领新的地盘和殖民地，以期持续自己文明的辉煌。

现在，美丽星人在宇宙有30多个宗属国，有大有小，有先进有落后，但这些宗属国比起美丽星国都还有很大的差距，所以只能归降臣服。

其实，美丽星球也是一颗行星，体积和质量都与地球差不多大小。但它的位置在宇宙中，处于最好的空间地理位置，所以就最先产生了生物体和文明。经过了漫长时间的进化，美丽星人就成了今天的样子，他们为自己的文明深感自豪和骄傲，优越感十足。

郑宇连长和他的部队，在美丽星球国一个巨大的峡谷里，遇到了伏击他们的美丽星国的军队，他们的人数众多，似乎早有准备。

这条巨大峡谷，名字叫作美丽布沙大峡谷，是通往他们 γ 射线仓库的必经之路。

"教授，他们似乎是有预谋的伏击，这怎么会呢？" 郑连长一脸警惕，扭头对曾毅教授说。

曾毅教授不假思索,轻声解释道:"他们可能破译了我们的通信信号,甚至密码,看起来之前我们轻视了他们,美丽星人果然厉害。"

"那怎么办呢?"郑连长问他。

"不要惊慌,从他们的伏击形势看,他们似乎也并不能确定我们的身份。"

"是啊,他们并没有开展置之于死地,而后立即全歼的大规模进攻,似乎也在试探我们。"王锋班长一动不动趴在那儿,目不转睛地分析。

"这样,我们只留下少数几个人和他们周旋,其他人悄悄突围,继续向仓库前进。"曾毅教授认真分析敌情,然后提议。

"是的,我们远道而来,需要速战速决,决不能打消耗战。"郑宇连长下了命令,只留下王班长他们一个班与美丽星国军队周旋,其他部队立即悄悄突围。

"我真是笨蛋哪,当时忘记和酷卡学几句美丽星人的语言了,否则现在就能派上用场了。"周星亮趴在地上,抓耳挠腮,一脸懊悔地说。

"星哥,现在后悔有什么用?"刘瓜娃低声吼他。

"闭嘴,大家武器准备!"王锋班长目视前方,下达命令。

他们每人都配有两把武器,分别是激光枪和光子枪,还有匕首。

有两个美丽星人士兵弓着腰,悄悄朝他们的阵地走来,似乎是来查探情况。

"他们的手里是什么武器,模样怎么和我们的不一样啊?"周星亮小声嘀咕着。

"那是激光武器,但我估计,要比我们的先进厉害多了。"刘瓜娃说。

"不到关键时刻,谁也不准开枪,我们要捉活的,带回去进行学习研究,听清楚没有?"王班长用右手捂着嘴,低声厉喝说。

"啧啧啧,捉活的。"周星亮一听到这个,可来劲儿了。

"这样,他们是两个人,我们分成两组,一组解决一个,务必干净利索。"王班长回头,对班里七个人进行了分工。

刘瓜娃、周星亮、邓大军他们三个为一组，刘瓜娃担任组长。王班长和其他三个人一组，王班长担任指挥。两组分别派出一个诱饵，分别从两旁各吸引一个，让两个美丽星人士兵彼此分开，分而捉之。

第一组，由周星亮作为诱饵，他的战术素养相当不错，尤其心理素质过硬，临机反应果断迅速。周星亮平心静气，悄悄摸到左边美丽星人士兵的前面，他抓起身下一个小石头，轻轻抛了出去。"啪"的一声，成功引起了那个士兵的注意力。然后，周星亮一跃而起，在他的面前忽而一闪，那个士兵立即端着枪追了过来，嘴里咿咿呀呀说个不停，好像是命令周星亮停下来。刘瓜娃和邓大军在后，悄悄跟在这个士兵身后，看到他已进了埋伏圈，两个人立即一跃而起，从背后死死抓住了士兵的两只胳膊，一人迅速下了他的枪。周星亮趁机迅速回身，一手按在他的头顶，一手堵住士兵的嘴巴。

王锋班长那边的战斗也迅速顺利，两个士兵的嘴巴里都被塞上了棉絮，发不出任何声音。被俘的两个美丽星人士兵，都惊恐异常，瞪着大眼，稀里糊涂，似乎莫名其妙，不知是遭遇到了什么样的外星人。

"撤，隐蔽前进，向仓库进发。"王班长闷声命令。

每两个人押护一个俘虏，队伍前后各安排一人，担任警戒。

几十分钟后，他们迅速来到仓库附近，和大部队会合，远远地进行隐蔽，观察目标。

"太好了，你们干得漂亮，这可是我们天大的宝贝，外星人活体样本。"曾毅教授看到两个俘虏，如获至宝，命令刘瓜娃、周星亮、邓大军严加看守，不得有任何闪失。"他们的武器也要保管好，带回去好好研究。"

观察良久，郑宇连长向他汇报："曾教授你看，前面这是一座巨大的高山，高度38848米，实在雄伟壮观，比咱们的喜马拉雅山还要高还要大，名字叫作努尔贡嘎山，美丽星语言的意思'宇宙之巅'，号称宇宙第一极。"

"好巍峨壮观的一座高山！令人叹为观止，今天，我们务必要征服'宇宙之巅'！"曾毅教授拿望远镜远望着大山，发自肺腑赞叹道。

第三十六章 侦察伽马武器仓库

"他们制造伽马武器的仓库就隐藏在大山里面，里面还有一座巨大的军工厂，防卫十分严密。可奇怪的是，这座大山上没有覆盖任何的皑皑白雪，也不见怪石嶙峋，却全是郁郁葱葱的森林，小溪流水，鸟语花香，像个仙境一样。"郑宇连长目离神迷，一半说话，一半呢喃。

"这不奇怪，美丽星人早已经掌握并控制了宇宙大气的运动规律，可以调节这个星球周围太空 10 万米以内的大气温度，他们据此可以随时进行任意大小的人工降雨降雪。"曾毅教授头也不回，向他解释。

"教授，专业技术人员已经完成大山方位、地形地貌的勘测，并绘制了精确图纸。"郑连长回过神来，说道。

"只是——"郑连长连连搔着头皮，说不下去。

"只是什么？"曾毅教授感到奇怪，就回头问他。

"教授你想想，仓库和军工厂隐藏在这样一座大山里，别说靠我们部队的攻打，就是导弹轰炸，恐怕也收效甚微呀！"

郑宇连长依靠极高的军事素养和直觉，说出了内心的担忧。

"这一点嘛，我当然已经考虑到了。"曾毅教授双眼逡巡，若有所思地说。

"教授，只有依靠核弹一条路了，别无他法。"郑连长叹口气，无奈地坐下来，说道。

曾毅教授一脸坚毅，态度坚决地说。"请你记住，我们是为宇宙和平而来！"

"可是……"郑连长摊着双手，还想争辩。

"没有可是，我们再想想别的办法。"曾毅教授不容分说，果断打断他。

"返航吧，我们已经完成了侦察任务。"一个多小时后，曾毅教授果断挥手，接着下了命令。

第三十七章
美丽星人来到地球

回到火星基地，马不停蹄，曾毅教授立即召集所有科研人员开会。

"这次侦察任务进行得非常顺利，感谢我们的战士。接下来的工作有以下几点：第一，立即派人安全护送两个美丽星人到地球大本营，开展相关科学研究工作。研究工作围绕以下几个重点和方向：外星人的生理结构，他们的饮食，他们的武器，还有他们的语言文字。

第二，根据今天侦察到的情况，研究如何解决摧毁美丽星人的伽马武器仓库和军工厂。决定由刘瓜娃、周星亮、邓大军三人和另外两名科研人员，乘坐飞船以最快速度，将两名外星人护送至地球。"

"教授，我有个初步的想法，您看可行不可行？"会议后，"小布丁"博士找到曾毅教授。

"嗯，小丁博士请坐，你说说看。"曾毅教授坐在沙发上，虽然一脸的疲惫，但依然兴致勃勃。他起身递给丁博士一杯热气腾腾地咖啡，自己也端起一杯。

"关于仓库和军工厂，如果排除核弹解决的可能，我们能否借鉴'小行星撞地球'的想法？"丁博士坐在对面，看着曾毅教授的脸，轻轻问道。

"嗯？"曾教授端着咖啡的手停在空中，一动不动。空气像是凝滞一般，曾毅教授一动不动沉思着，博士也一言不发。

"亲爱的博士，有个问题，事后会不会产生射线的泄漏和辐射污染？那可是不得了的事情！"教授思索片刻，直直盯着"小布丁"博士，终于说话了。

"教授，这种可能性很小，美丽星人科技高度发达，事前肯定也会想到这一点，因此他们也会采取极为有效的防护措施，甚至防护设备他们早已经制造好了，确保万无一失，否则他们不会开始研究制造武器级的工作。"丁博士思虑缜密，引经据典，说出了自己的考虑。

"有道理！"曾毅教授听了"小布丁"博士的想法，猛然一拍大腿，朗声说道。

"再者，如果真出现那种情况，我们可以用'黑洞'和'暗物质'对付它们！"博士轻轻呷了一口咖啡，补充道。

"小伙子，真行啊！就照你说的办，我会向大本营汇报，对你进行表扬奖励。"曾教授站立起来，踱着方步，红光满面，精神头十足。

"不过，先要进行理论性研究，然后建立模型演算和沙盘推演，以确保计划切实可行，安全可靠。"曾教授低着头，来回踱起方步思索着。

"奖励就不必了，我这就回去着手开始研究工作。"丁博士也站起来，谦逊地说。

刘瓜娃、周星亮、邓大军三人坐在返回地球的飞船上，兴奋得手舞足蹈。

"哇哦，回家看爷爷奶奶喽！"周星亮不由站在飞船里，抑制不住激动的心情，大喊大叫着。

不过，坐在那里的刘瓜娃，却突然出现了不高兴的样子，似乎有些闷闷不乐。邓大军转喜为忧，好奇地问他："娃仔，怎么突然就不高兴了呢？"

刘瓜娃嘟着嘴不说话，惹得周星亮跟着也兴致大减，他大叫着："靓娃，你不要这样子嘛,有什么不开心,说出来大家一起解决嘛!"

刘瓜娃经不住他们的劝说,终于开口了:"星哥,也没有什么,就是我们还没有建功立业,就这么空手而回,会惹战友们和街坊邻居们耻笑的。"

"好男儿,志在四方,建功立业,何必在一时一刻!"

对于三个英雄的回归,地球人举行了盛大的欢迎和庆祝仪式。

先是,国家的元首亲自迎接他们的凯旋,盛赞他们的英雄行为,不过地点是在一个严格保密的军事基地内。他们的衣食住行,都限制在这个军事基地内,两个外星人被迅速秘密转移。

"呀呀和呱呱,不知道怎么样了。"第二天早上,三个人刚从睡梦中醒来,邓大军坐在床上,闷闷不乐地说道。呀呀和呱呱,是他们给两个外星人起的名字,个子高的叫呀呀,个子矮的叫呱呱。

"是呀,不知道他们两个小可怜虫,现在什么地方。"周星亮皱着眉,也一本正经地说。

"他们怎么吃饭?怎么睡觉?怎么洗澡?"气氛很尴尬,刘瓜娃的声音也跟着变得沉重起来,连声发问。

"身处异星异域,孤单的他们,会想念家人吗?他们的家人会想念他们吗?不行,我要向首长打报告请示!"

周星亮翻身下床,坐卧不安地说,语气坚决。

"星哥,你要干什么?"刘瓜娃问他。

"我要请求学习美丽星人语言,我要和呀呀和呱呱见面!"周星亮很烦躁,在房间里走来走去,有些气恼地说。

三个人立即行动,趴在桌子上给首长写出一封信,并用电子邮件发了出去。真没想到,两个小时后,他们就收到了首长的亲笔回信:

"亲爱的战友,来信知悉。

我本人优先支持你们热情美好的请求,会安排你们进入'外星人语言学院'进行学习,但恕近期不能和呀呀、呱呱两位外星人朋友见面。

相信我们的国家和人民,他们在地球上,会享受到像在美丽星球上一样的舒适和快乐!

祝你们幸福快乐！"

十天后，国家为他们举行了盛大的欢迎仪式，人山人海，举国沸腾。毕竟，他们是地球上少有的见过外星人并把外星人带回到地球的英雄人物。地球上，其他各个国家的元首和人民，也纷纷发来贺电。

话分两头，而在火星基地内，曾毅教授他们的研究工作也是忙忙碌碌，废寝忘食。

"同志们，告诉大家一个好消息，周星亮他们已经顺利返回地球，两个外星人朋友健康状况良好，最高首长向我们发来贺电，向我们表示慰问，感谢伟大祖国的关心和关怀！"曾毅教授讲述消息的时候慷慨激昂，并带头鼓掌，激励着每一个人。

两天后，"小布丁"博士匆匆赶来，向他汇报了计划。"教授，经过精确测算，这个我们拿来用于撞击的行星的质量，应该介于一千吨至一万吨之间，过小或者过大，效果都不理想，准确地说，两千吨效果最好。另外，投放高度应该在三十万千米高空以内。"

"很好，进步神速。"曾教授认真听着，不住地点头。

"只是教授，茫茫宇宙中，我们从哪儿捕获这样的一个小行星呢？"丁博士踌躇着。

"那么，从地球上运输一个巨大的石块来，代替小行星，怎么样？"曾教授两手高高举起，做环抱状，问博士。

"这个办法，我们曾经考虑过，只是距离太远，成本太大，可以作为备选方案。"丁博士静静地解释。

"那就从太空中进行捕获，你们准备一个切实可行的方案。"曾教授建议。

"好的教授，我们立即着手研究制订方案。"丁博士说完，就急匆匆地走出去了。

众多科研人员聚集在一起，你一言我一语讨论研究。其中，一个胖博士提出了自己的想法："我们是不是可以在太空中,像撒网捕鱼那样,撒出去一张大网,来捕获一颗小行星呢?"

"那这张大网从哪儿来呢?"另一个瘦博士扶着眼镜,首先提出疑问。

"这张大网好解决,人类目前的材料技术和制作工艺都不成问题,只要计算出面积,还有耐冲击力系数,问题就迎刃而解了。"胖博士说。

"抛撒不成问题,利用我们的飞船就可以完成,抛撒后可以把它的两个角或者三个角,固定在其他附近的恒星上,留下另外的一两个角作为调节方向。"胖博士最后作了补充说明。

其他人都表示了同意,就该计划的实施细节和方案,进一步展开了讨论。

地球上,利用超级量子计算机,人类对两个外星人的科学研究工作,取得了巨大成果。这得益于人类科技的飞速进步,以及超级计算机的广泛使用,加快了研究步伐,加上科学家们夜以继日的忘我工作精神,一切都很神速完美。

首先,美丽星人的平均寿命已经达到了200岁,貌似快要赶上神仙级别了。这得益于他们悠久的进化历史,以及生物基因技术的飞越式发展。

关于美丽星人的身体构造,科学家们发现,他们与人类最大的不同,就是没有排泄器官。至于什么原因,科学家们推测,这与美丽星人诞生时间早,科技高度发达,身体不断进化有关,甚至和他们的饮食有关。美丽星人的身体里已完全没有了脂肪,但存在很少量的肌肉,皮肤也是薄薄的一层。继而,科学家们进一步推测,这是为了最大限度地减少营养成分的流失。他们没有消化器官,只有吸收器官,皮肤上没有汗腺。关于这一点,很让众多科学家们费解。而且美丽星人的饮食,也与人类有很大的不同。

对于人类来说,人体所需的营养元素约有几十种,分为六大类:蛋白质、脂类、糖类、维他命、水与矿物质。它们各自具有独特的营养功能,但是在代谢过程中又相互联系,共同参加、推动与调节生命活动。而其中,蛋白质是一切生命的物质基础,蛋白质与核酸是生命存在的主要形式。当然,外星人也不例外,他们的生命和身体也必然遵循这个自然规律。由此,科学家们绞尽脑汁,作出了各种各样大胆的设想和猜测。

第三十八章
摧毁伽马武器仓库

"很不幸,大本营否决了我们的'捕获小行星'的计划和行动。"曾毅教授在他的办公室,直直站立,声音沉痛,向大家宣布了这个消息。

"教授,为什么呢?"大家面面相觑,一个博士不解地问道。

"因为风险性太大,安全可控性程度不高,若搞不好,会造成第二次'宇宙大爆炸'。"曾毅教授仰起头,看着大家说。

大家无言,一片沉默。然而,曾毅教授静静地环视着大家,脸上却并没有出现悲观失望的表情。

"好消息,大本营通过了我们的'备选方案'计划和行动。"随即,曾毅教授又兴奋地宣布了另一个消息。只是,大家的脑子还没有从刚才的坏消息中转过弯来,一时间没有人出声。

倒是"小布丁"博士率先反应过来,他问曾毅教授:"教授,是不是要从地球运一个大石块儿过来呢?"

"是的博士,不过不是大石块儿,而是一个超级武器!"曾毅教授微笑着，竖起右手食指，对他说。

大家都瞪眼看着曾毅教授，仍然没有任何反应，会场一片寂静。

"这个超级武器，类似于一枚巨型钻地炸弹，但它实际上并不是炸弹。它直径五米，重量约两千吨。至于具体叫什么名字，这是国家最高机密，现在我不能告诉大家。"曾毅教授举起双手比画挥舞着，热情地给大家介绍。

"它的工作原理，也类似于钻地炸弹，甚至更像是一枚钻探盾构机，可以不停旋转，钻入地下超过1万米的地方，再坚硬的岩石和掩体，在它面前都不堪一击。"

啧啧啧，威力足够强大。

"可是教授，它重约两千吨，怎么从地球运到这儿和美丽星球呀？"那个胖博士虽然高兴，但还是疑惑地问道。

"别急，我们有宇宙飞船嘛！"曾毅教授解释说。

"可是据我所知，我们最先进的飞船，最大起飞重量才2000吨，加上自身重量和燃料乘员物资，载重不会超过1000吨。"胖博士继续质疑道。

"是呀，这倒是没错。"曾毅教授没有气馁，依然很轻松地说。

这下就更让大家糊涂了，难不成，让超级武器自己跑过来吗？距离何其遥远也！根本不可能。

"世上无难事，只要肯钻研，这就需要我们学一学老祖先的智慧了，来一个草船借箭，火烧赤壁，如何？"曾毅教授目光炯炯，巡视全场，启发大家。

"教授，你是说，把几艘飞船绑起来，固定在一起吗？""小布丁"博士双手举起，十指并拢，问道。

"是的博士，你很聪明。大本营的方案是，把十艘飞船分成两排，固定绑在一起，在它们的背部驮着超级武器，运到这儿的指定地点。发射时，既可以点火发射，也可以只要其中的一排飞船进行船体倾斜，让超级武器以自由落体加速度的方式完成袭击。大本营倾向于后者，这样做，敌人发现的难度极大，便于隐蔽地完成发射，出其不意。"

哇，太大胆奇妙的设想！大家都屏住呼吸，静静听着。

第三十八章 摧毁伽马武器仓库

"并且，这个方案更绝妙的地方在于，超级武器自身带有计算机和自动导航系统，浑身遍布各种传感器，钻入山体发现仓库和军工厂后，不是爆炸，而是自行爆裂。"

"轰"的一声轰天巨响，那该是怎么样一幅奇异无比的场景呢？有的人瞪起了双眼，直直看着天花板。"自行爆裂，这是为什么呢？"有人不解地问。

曾毅教授滔滔不绝，似乎有些口干舌燥。"小布丁"博士赶忙端起旁边的咖啡，双手递给了他。

"因为，它身体里携带的不是炸药、核元素之类的爆炸物，而是一种特殊材料，由聚硼二甲基硅氧烷、变态材料 LINE-X，和特殊的人造缓冲材料材质制成，类似于水泥和沥青之类的黏稠液体。"

哇，真是让人心惊肉跳，这些变态而又可爱的材料！

"爆裂后，这些材料会四处漫延渗透，不会遗漏任何死角，然后迅速凝结，形成厚厚如钢铁般坚硬的外壳，把仓库和军工厂里所有射线材料及武器设备，都统统破坏并封死起来，永远无法使用。并且，为了确保成功，它设计了三级爆破模式，一级一级寻找，直到寻找到仓库和军工厂。"连着喝了几口咖啡，曾毅教授才停止了自己的讲解。

"这个方案设计真是绝了，实在高明，佩服至极！""小布丁"博士击掌称奇，由衷赞叹。

"我们的北斗系统，已经在宇宙间发射了 10000 多颗卫星，最近又专门发射五颗卫星，部署在美丽星球近地轨道附近，负责对美丽星球的监视，配合我们的行动。这个超级武器，现在国内已经在制造过程当中，所以，我们现在的任务，就是进行实地考察取证，寻找最佳的投放地点和高度。"最后，曾毅教授下达命令，由"小布丁"博士领衔，完成这项工作。

开完科研会议后，曾毅教授紧接着召开了军事会议。

"郑连长，最高首长指示我们，务必以最快速度，捕获一艘美丽星人的飞碟，完整无损地运回地球。"他面向郑宇连长和全体军人，郑重说道。

"曾教授，这是为什么呢？"郑连长一头雾水，直直伸着脖子，不解问道。

"我们要以最快速度，让我们的科研人员破解飞碟的秘密，最高首长这是为我们和美丽星军队的最后大决战，做好准备。大家都知道，美丽星人作战的交通运输工具就是飞碟，如果控制了飞碟，美丽星人的军队将寸步难行。"大家听了后，恍然大悟，心里释然。

"可是教授，怎么样捕获呢？我们都对它一无所知。"王锋班长摊着两手，脸色为难地说。

"是啊，这难度太大了，比登天都难！"战士们交头接耳，议论纷纷。

"无法捕获，劫持也可以。"曾毅教授沉思一番，然后狡黠地看着大家。

"可是教授，茫茫宇宙，让我们去哪儿劫持飞碟呢？"大家你看看我，我看看你，一头雾水。

"这个难题，最高首长早已经替我们考虑好了，诱敌深入，然后劫持。"

"教授，您老就别卖关子，直接告诉我们怎么劫持好了。"有个小战士迫不及待地大声嚷嚷。

"大家，都还记得呀呀和呱呱吗？"

"记得！"战士们异口同声，齐声回答。

"还别说，美丽星人的脑瓜真是超级聪明，呀呀和呱呱在地球上，不仅享受到了超级待遇，明星般天天四处旅游观光，另外，他们还参加了专门针对外星人举办的地球语言和历史学习培训班，他们两个一目十行，过目不忘，不到一个月时间，就熟练掌握了我们的普通话，三个月就精通了中国五千多年的文明历史，成了名副其实的中国通。"

哇！大家不由一阵惊叹，美丽星人果然厉害，脑子足够聪明，智商超级高，确实是目前的人类比不了的。

"还有，现在他们两个，和周星亮每天形影不离，成了无话不谈的好朋友。"

理所当然，咱们周星亮同学的口才和智慧，以及交际能力，那都是响当当的宇宙级别的。无论三教九流，顷刻间，都能够混得情同手足，更别说美丽星人的两个小弟弟了。

"呀呀和呱呱，为了讨好巴结周星亮，都争先恐后，要把自己漂亮的小表妹介绍给周星亮做他未来的女朋友。"这让大家内心都非常吃惊，同时眼露羡慕不已的目光。

"据呀呀和呱呱说，他们两个小表妹都是天资聪慧，善解人意，能歌善舞。当然啦，咱们周星亮心想，能够找一个漂亮的外星球姑娘做女朋友，星际联姻也未尝不可。为了人类的和平大局着想，老爸老妈也会同意的。前思后想一番后，周星亮也就欣然应允。"

"外星人也是人嘛，呀呀、呱呱两个外星人，通过这一段时间和我们人类的友好融洽相处，已经成为我们人类坚定的朋友，愿意为了建设美丽和平的宇宙，配合和支持我们的行动，一起推翻美丽星国王。"曾教授讲得津津有味，大家听得聚精会神。

"这样，让他们俩作为诱饵，诱敌深入，然后，我们将派出强大的宇宙第一特混舰队，劫持飞碟。"最后，曾毅教授挥着拳头，斩钉截铁地说。

形势骤然紧张起来，因为两名士兵莫名其妙地失踪，美丽星国的军队加强了戒备，并开始四处搜捕。

刚开始，他们并不认为是地球人所为，而认为是附近星球上的熊尼星国、郎甸国、土犬国军队在搞鬼。尤其，前两个国家被重点怀疑，因此双方加剧了军事摩擦。打着自由航行的旗号，美丽星国军队不断在这两个国家的空境搞军事学习，威胁他们交出两个士兵。这两个国家自然坚决进行否认，并立即进行军事演习，针锋相对。针尖对麦芒，兵来将往，情形剑拔弩张，外星人之间的星际大战，一触即发。

一个月后，按照事先的计划，三艘星际战舰携载着一个团的太空部队，护送十艘运送"超级武器"的宇宙飞船，从地球出发。这枚"超级武器"，身体巨大得像一枚东风战略洲际导弹，不怒自威，望而生畏，看着就让人莫名地骇然。处于极度保密的原因，大家都不知道它的名字，就亲切地叫它"云中之矛"。

"云中之矛"的发射地点，是早就已经计算并选择好了的，星际坐标，就位于美丽星球努尔贡嘎山的正上方一万千米处。发射时间，定在美丽星球的午夜12点，出其不意，攻其不备。

夜幕降临，月明星稀。曾毅教授带领一众博士，随同郑宇和战士们，乘坐宇宙飞船出发了。很快，他们就同国内出发的星际战舰群，在美丽星球努尔贡嘎山的正上方会合，分秒不差。战机重大，稍纵即逝。

首先，由"小布丁"博士通过携带的计算机，对"云中之矛"输入努尔贡嘎山体中隐藏的，武器仓库和军工厂的星际坐标数据。这些数据，已经过几百次的认真计算和演练，"小布丁"博士稳稳端坐，熟练地操作着计算机，有条不紊，脸上渗出了细密的汗珠儿。

十多分钟后，数据输入完毕，接着需要调整"云中之矛"的投放方位。十艘宇宙飞船被分成两排固定，捆绑成了一艘超级大船，背上驮着庞然大物。它们按照指令，需要协调一致，同时缓缓倾斜船体，任何一艘飞船，都不能出现即使0.1秒的误差。

深夜空中，周围一片漆黑，就像电影里一只白色的巨虫，在一厘米一厘米地缓缓扭动身体。这个过程是艰难而又漫长的，让人十分揪心，现场所有人的手心里，都紧紧捏着一把汗。

一秒，两秒，三秒……

"云中之矛"——这个太空巨兽，看似面目平常无奇，此刻却给人无比可怕狰狞的感觉，它大大的黑色尖圆头顶，在一点一点对准方位。在无限的忍耐煎熬中，终于，十艘飞船停止了扭动。

"小布丁"博士脸上，密密麻麻的汗珠儿，似乎随时滚落，他紧盯着屏幕，再一次校准"云中之矛"尖头的方位。连看了三遍数据，"小布丁"博士才直起身体，放心地舒了一口气，给星际战舰群的最高指挥官，发送了"准备就绪，数据无误"的指令。

最后时刻来临，星际战舰群的最高指挥官，再一次挺直身子，下达了投放武器的命令。一艘星际战舰内，一个年轻的操作人员，目视前方，轻轻按下了"发射"键。

"云中之矛"自身携带的超级计算机和自动导航系统，会为它指明方向和路径，毫厘不差。"云中之矛"静静脱离船体，开始缓缓下落，没有发出任何声响。像一只无声的沉默巨兽，速度越来越快，越来越快，越来越快……最终，从大家的视线里消失，而"小布丁"博士则紧盯着眼前的计算机屏幕。

"准确命中，十分成功！"不知过了多长时间，只听"小布丁"博士轻呼一声。

他恍恍惚惚站立起来，双手紧握着拳头，转头看着身边的曾毅教授，眼里闪动着激动的泪花。没有相互拥抱，没有大声呐喊，甚至现场没有进行任何庆祝。

只是，伽马武器仓库和军工厂被袭，对美丽星国是致命一击，震动宇宙。

第三十九章
宇宙第一强国

美丽星球，是太阳系外，银河系内的一颗不大不小的行星，体积是地球的 1.5 倍左右大小。虽然和地球的体积差不多一样大小，但现在这个星球上只有一个国家，就是美丽星国。

如果按照宇宙间，通俗流行的文明等级划分方法，即一级文明为行星文明，二级文明为星系文明，三级文明为总星系文明，四级文明为宇宙文明，五级文明为神级创世文明，已经能够超越时空与生死，创造小宇宙乃至文明。那么，目前人类也才只是达到了一级文明，即行星文明的最初期。然而美丽星人文明，则已经达到了三级文明，即总星系文明。大概想一想，就可不言自明，其间的差距，何其大矣！

他们的科学技术极为发达，生活充分富裕。那么，美丽星人长什么样子呢？

虽然说，他们的外形及大小几乎和地球人类一样，但是他们的脑袋显得很大，前额又高又凸，好像没有耳朵，或者说他们的耳朵太小，很难看清。他们的眼睛呈球状，目光呆滞，双目圆睁，鼻子很像地球人的鼻子，下巴又尖又小。他们的皮肤是灰色的，两只手臂挺长，胳膊非常细，脖颈肥大，双肩却又宽又壮。至于服装，他们穿的是特殊金属制造很贴身的上衣连裤服，就像人类宇航员的宇宙服一样。美丽星人的身体并不强壮，因为一旦他们的科学技术达到太空探索范围，数千年内将不再需要蛮力，他们身体瘦弱，使用最低能量维持身体消耗。

他们具有自己独一无二的语言和文字，一个文明的延伸和发展，必然需要通信和文字记录。对于美丽星人而言，他们的文明前期，在达到类似或者超过地球人类的程度时，必然需要语言和相应的文字，将文化传承下去。

同时，他们还具有超级智商，是没有人情味的杀手。

他们从遥远星球来到其他星球，目标是消灭这个星球上所有的生物，因此，美丽星人极具侵略性。

美丽星人的声音有点像鸭子，他们的声音短而急促，舌头不会转弯，给人古怪生硬的感觉。

但是，这个美丽星国，显然是宇宙内不同凡响的国家。街道宽阔笔直，到处郁郁葱葱，到处鸟语花香，别说是一片落叶，就是一丝丝灰尘都见不到。街道上看不到一辆汽车，都是飞碟，也很少看到美丽星人。这儿的大街上，没有灯火辉煌的商场，没有人流熙攘的超市，也没有川流不息的购物街，更是没有让人流连忘返的小吃一条街！连个凑热闹的地方都没有，所有的大街上都静悄悄的，几乎看不到行走的美丽星人。也没有警察，没有红绿灯，更没有斑马线。

更奇怪的是，街道两旁没有高大的酒店，没有热闹的宾馆，也没有掏空病人钱包的医院，没有各式理财的银行。几乎地球上人类所热衷拥有的财富，这儿都不需要似的，让人心生奇怪。

美丽星国的首都酷布雅娜市,是美丽星国政治、经济和科学文化的中心。

美丽星大学是宇宙间最古老的大学之一,创建于8000年前。酷布雅娜还有许多学术研究机构、图书馆、博物馆、剧院等。酷布雅娜有7500个图书馆,其中国立图书馆规模最大。该馆创建于6000年前,藏书10000万册。酷布雅娜拥有500个剧场,2000个电影院,150个音乐厅。

酷布雅娜是一座宇宙历史名城,名胜古迹比比皆是,是宇宙星际游客流连忘返的地方。

第四十章
查找幕后凶手

话说，美丽星国的现任国王叫美之郎大帝，他从小志向远大，野心勃勃，一直想统一宇宙。正式继位后，他踌躇满志，精心准备，开始实施自己的宏伟计划。计划的第一步，是征服银河系，建立统一的"银河帝国"。然后一统宇宙，让自己的国家，向神级文明国家迈进。

在美之郎大帝的强力推进下，五年时间里，美丽星球已经被打造成为宇宙间唯一的智慧星球。下一步，想要打造一个智慧的银河星系，甚至智慧宇宙。

他日夜陶醉，废寝忘食，梦想着飞天的那一刻，那简直是一个快要赶上神级文明一样的存在了。

"奇耻大辱！奇耻大辱！奇耻大辱！"美之郎大帝在他的王宫里，接到伽马武器仓库和军工厂被炸毁的消息后，勃然大怒，暴跳如雷。

"嗵！"他高大的身材，如一座铁塔般矗立，愤怒地右手握拳，重重地砸在纯金做成的王椅上。

对方到底是什么人？是何用意？

此刻，美之郎大帝虽然深感痛惜他的伽马武器仓库和军工厂，但他现在的内心很平静。他更关注背后的人，他需要冷静地分析，需要思虑未来。他是一个充满野心的人，几乎把自己全部的注意力都投注到将来，他时时刻刻都处于紧张焦虑的状态，除了自己欲求的目标，他不会真正关注任何事情。他的心灵，已经变得很坚硬甚至已经钙化了，所以，像柔和、敏感这些品质，根本无法从他的内在产生。

他手下的宇宙军团，拥有精兵 500 万，作为这个国家侵略的急先锋，攻无不摧，战无不胜。继位以来，已经帮助征服了邻近的许多星球国家，这更加膨胀了他的野心。

宇宙军团的参谋部长酷布卡二世，属于青年少壮激进派，是主张强烈对外扩张的派系，手握大权和重兵。这位参谋部长，也正是酷卡的亲叔叔。而对于酷布卡二世来说，现在，最为头疼的头号敌人，就是小小的仙女国。

仙女国只有 200 多万人口，区区星球小国，没有什么值钱的矿产资源，战略地理位置也并不重要。原本不足为奇，但偏偏却被美之郎大帝看中了，让他日思夜想，垂涎欲滴。酷布卡二世参谋长，作为美之郎大帝的心腹大将，当然明白其中的蹊跷，他看中的是 200 多万仙女小姐姐，尤其是美丽无比的嫦妤国王，急切欲娶她为王后，且志在必得。在前几次攻打仙女国时，由于格外轻敌，屡中对方计谋，均遭遇失败，这让美之郎大帝极为不满。

这一次，酷布卡二世自封元帅，率领 10 万精兵强将，驾着百艘战舰，带兵亲征。

酷布卡二世手下，有四大著名将军，分别是美砥、美飞、美玿、美昀。

这四位将军，别看名字冷僻，晦涩古怪，却都是出身将门世家，自幼熟读兵书，一向骁勇善战，忠心耿耿，在宇宙军事界战功赫赫，大名鼎鼎。

更加厉害的是，酷布卡手下有一个著名军师，名叫美墨亮。

他自幼博览群书，广交士林，关心时势，有着极高的智慧，无论是行军打仗，还是外交内政，都足智多谋。

"元帅，我们10万大军，已经将小小的仙女国围得水泄不通，插翅难飞，您就下命令吧，今日便可开战，定杀得她们片甲不留，一雪前耻。"甫一安营扎寨完毕，美飞将军便迫不及待请战。

"是啊元帅，前番几次征战，我们都是铩羽而归，遭遇他国耻笑，更是让美之郎大帝大为不满，实在可恨！"美砡将军随声附和，他身长七尺，相貌堂堂，威风凛凛，英气逼人，霸气十足。

美玿、美昀两位将军站在帐中，也是摩拳擦掌、蠢蠢欲动。

"各位将军，莫要心急，我们总得商讨一下新的战法，如何破解仙女兵们的定身法术，务必生擒活捉，然后再战不迟。"酷布卡二世面目和善，语气轻缓，倒是彬彬有礼地说道。

因为他知道，美之郎大帝的本意，并不是让他们血洗仙女国，而是要……嗨，这其中的蹊跷和原委，此刻，他怎么能够光明正大地说出口呢！

四位将军不明究竟，据理力争，正当他们纷纷发言，战兴方酣之间，通信官却急急送来一份国内传来的加急密电。只见上面，只有寥寥几个字："速速撤军！"

酷布卡二世扫了一眼密电，脸色大变，忐忑不安。他急忙把通信官拉到一旁，悄悄问道："这是为何？"

通信官却回答："不知，这是美之郎大帝亲发的加急密电，命令你速速撤兵。"

四位将军刚才兴冲冲，现在都愣在那里，酷布卡二世也是满腹狐疑，便随手将密电交于身旁的美墨亮。

美墨亮把密电拿在手里，看了又看，也感觉到不可思议。美之郎大帝一生征战杀伐，刚毅果断，从来没有这样朝令夕改、出尔反尔过。六个人坐在那里面面相觑，不知如何是好。

"要不，给美之郎大帝发电，询问为何撤兵，可好？"美墨亮不甘心，谨慎建议。

"不必，立即撤军！"酷布卡二世低头，挥一挥手，忍痛下了撤军的命令。

"我尊敬的大帝，我等已经率兵抵达仙女国境，排兵布阵，唾手可得，你为何却急令撤兵，前功尽弃？"

"唉！"美之郎大帝坐在王位，长叹一声，气恼地用右手捂着大脸，将桌上的战报递给了酷布卡二世。

"什么？这不可能！"酷布卡二世看了伽马武器仓库和军工厂被炸毁的消息，感到一阵眩晕，天旋地转。

"元帅，事情已经发生了，不可改变。"美之郎大帝神智早已经恢复，内心非常冷静，反过来安慰酷布卡二世。

"那么，您的意思？"酷布卡二世坐在那里，有气无力地问道。

因为，伽马武器正是他提议研发，欲帮美之郎大帝横扫宇宙的战略利器。

"彻查此事，找出幕后元凶，定将他灭祖灭国，以解我心头之恨！"

酷布卡二世，首先将目光瞄准了附近的熊尼星国，两个国家几百年来一直为宿敌，杀得难解难分，誓不两立。

酷布卡二世考虑再三，进行了周密安排，秘密指令属下的宇宙情报局，负责调查此事。

宇宙情报局，是一个十分庞大的国家秘密情报机关，成员有 50 万人之多。在临近几乎每一个星球国家，都安排有秘密成员，负责搜集各个星球国家的情报，并监视各个星球国家的政治、军事动向。宇宙情报局的头目，叫美肯特，他智力过人，胆识超群，是一个资深狡猾的宇宙情报高手。

"怎么搞的，美肯特将军，你的几十万人马，整天都是吃干饭的吗？"酷布卡二世气呼呼，把伽马武器仓库和军工厂被炸毁的情报资料重重地摔在美肯特将军面前，气急败坏地问道。

国家的战略尖端武器项目，遭遇毁灭性破坏，美肯特难辞其咎，他坐在椅子上，大汗淋漓，惶恐不安。其实，不用看这些资料，他早就知道了相关信息，但至今搞不清楚，究竟是哪个星球国家所为。

"我限你3日之内，这也是美之郎大帝的命令，务必将凶手给我找出来。"

"我猜想，应该是熊尼星国特工所为，他们一直对我们的伽马武器项目虎视眈眈，垂涎欲滴。"

"我要的是证据，确切的证据！"

"否则，后果你就可想而知了。"

连一向稳重优雅的酷布卡，都急得连连说起了粗话，美肯特将军吓得魂不附体。

急匆匆回到宇宙情报局的总部，美肯特立即召集手下"四大金刚"，启动宇宙情报网络。24小时之内，重点嫌疑国家熊尼星国、郎甸国被分别排除。甚至，自己的盟友国家蝎尾国、天鹅国、蟹甲国、艾地国，都被秘密调查，最终也都被一一排除了。排查来，排查去，最后的矛头，指向了美丽星国军队内部。期间，有两个现役的美丽星国士兵，莫名其妙地失踪，至今不知去向。还有另外一个士兵，在夜里站岗值勤期间，曾有过23小时24分03秒的失踪记录，之后安全归队。

美肯特立即下令，对这3名失踪士兵的情况，一一展开仔细调查。两个在战斗值勤期间失踪的士兵，至今杳无音讯，无法提讯。只有讯问那个归队的士兵了，不能放过任何蛛丝马迹。

很快，酷卡被秘密带到了总部的审讯室。酷卡是一个刚入伍不久的新兵，哪见过这等阵势，早吓得屁滚尿流了。自从在火星上，被人类士兵俘虏，被迫做了向导，每天都在惴惴不安中度过，生怕事情被别人知道。幸亏，他那天下了人类的飞船，悄悄溜回营地，其他士兵也并没有在意，只是问他为什么没有正常值勤，他撒谎说自己肚子不舒服，外出溜达迷了路途，才把这件事情糊弄了过去。但是，今天到了情报局的审讯室，他的说法显然漏洞百出，不能自圆其说。稍微地恫吓一下，连审讯仪器都还没有用上，酷卡就汗流浃背，哆哆嗦嗦，把实情说了出来。

说来凑巧，他值勤的那天，也是他到火星营地后，上岗值勤的第一天，根本没有任何经验。

"虽然，酷卡这个可怜的孩子，无法说出最后的袭击者到底是谁，但可以确定，是人类无疑了，立即将审讯笔录整理，然后呈报酷布卡二世。"

美肯特忙碌了一晚上，筋疲力尽，看到离酷布卡二世限定的时间，还有不到24小时，他顾不上休息和吃早饭，第二天一大早，就拿着整理后的审讯资料，到国防部去汇报了。

"美肯特将军，你确定情报资料来源的准确性吗？"仔细看了美肯特递交的材料，酷布卡二世内心倒吸了一口凉气，并没有流露出任何喜悦之色。

"元帅，我敢确定，并以人头担保！"美肯特因为提前完成了任务，所以志得意满，信心十足。但同时，他察言观色，心里也在琢磨酷布卡二世的神色，感觉十分怪异。此时，酷布卡二世心里，叫苦不迭："我亲爱的侄子，你这犯的，可是叛国通敌罪啊！"

"美肯特将军，你的任务完成得十分出色，我会呈请美之郎大帝，给予你嘉奖！"终于，酷布卡二世脸上，露出了难得的笑容，亲切地拍着美肯特的肩膀，赞赏不已。

美肯特美滋滋地离开了，酷布卡二世沉思一会儿，将审讯记录锁进自己的保险柜后，便到王宫向美之郎大帝汇报。

"我尊敬的大帝，情报机关已经调查清楚，策划此次袭击破坏的凶手，是火星上的人类无疑。"

"果然是他们！"美之郎大帝怒目圆睁，咬牙切齿地说道。虽然他嘴上这样说，但是自己对人类的情况，了解得并不多，实属意料之外。

"元帅，你开始调查收集有关人类的情况，弄一份详细的资料，尽快给我呈报上来。"

第四十一章
美丽星国的宇宙武器

回到国防部办公室,酷布卡二世把调查收集人类资料的任务交给了美肯特,这是他的强项和专长。然后,他又把美墨亮叫来,一起商讨严峻的形势,和应对之策。

"元帅,伽马武器被袭的情况我已经知道了,美之郎大帝是何态度呢?"美墨亮军师刚一坐下,便开门见山地说道。

如此突发的危机,是美丽星球历史上从未遭遇过的,自然大家都十分紧张。

"幕后凶手,是遥远的人类,可是之前我们对他们的了解,知之甚少啊!"

虽然说,酷布卡二世在打仗方面,是行家里手,但在星系星球天文知识和文明研究方面,就不敢恭维了。

"呵呵,这有何难,属下倒是预知到了今天,对人类有些了解。"美墨亮自幼饱读史书,研究宇宙天文,自然也会涉猎到人类方面的。

"墨军师,依你了解人类的情况,他们居住在什么样的星球,是一个什么样的物种？"

听了酷布卡二世的话，美墨亮军师倒有些不以为然，款款说道："据我所知，人类雄居遥远的地球，属于灵长类高等动物，他们人数众多，非常聪明，非常勤劳。"

"不过，人类善于伪装隐藏，他们称这种行为叫韬光养晦，而我们美丽星人的骨子里，则喜欢霸气外露。目前，人类已经在火星上建立了科研基地，似有冲出太阳系，觊觎银河系。称霸扩张宇宙的苗头，日益显露。"

酷布卡二世闻所未闻，不免有些愤怒，瞪着眼说道："卧榻之侧，岂容他人酣睡！我们和人类之间的战争，终究是会不可避免的喽！军师，依你对人类和地球的情况的了解，我们如何才能打败和征服他们呢？"

虽然说，美墨亮一生征战无数，出谋划策，战无不胜，但此时却露出了忧虑之情，缓缓说道："依我看，地球资源丰富，人类人数众多，若想取胜他们，并没有那么容易，若劳师远征，和他们打近战和消耗战，都对我们不利。不过，我也仔细研究了人类的弱点，他们非常看重权力和金钱，喜欢积累莫须有的物质财富，内部钩心斗角。所以，以我之长，攻彼之短，方能成功。"

美墨亮一番娓娓而谈，说得有理有据，酷布卡二世似懂非懂，但深为美墨亮军师渊博的知识折服，遂谦逊问道："何为我之长，何为彼之短呢？"

"这个问题，说来话长，元帅可向美思坦宏教授请教一番，必定有所收获。"

美思坦宏教授，是美丽星国军事科学方面的首席科学家，在美丽星国位高权重，一言九鼎。酷布卡二世急不可待，立即安排一个军事参谋，前去邀请美思坦宏教授速速前来。

"人类小儿，竟敢如此欺我！是可忍，孰不可忍！"没想到，三人刚一见面，美思坦宏教授就气呼呼，破口痛骂起人类来。想必，所有事情的来龙去脉他都已经十分清楚了。

"尊敬的教授，您老息怒，先请坐下，慢讲无妨！"酷布卡二世和美墨亮连忙起身，恭敬安排教授坐下。美思坦宏教授气呼呼地坐下，气不打一处来，仍然咆哮不止。

"我和众多学生，辛辛苦苦，殚精竭虑，研究5年的伽马武器，眼看大功即将告成之际，却被人类毁于一旦，实在可恨至极！"

想当年，他可是这些宇宙星际武器项目牵头的负责人，5年时间里呕心沥血，居功至伟。

"嘿嘿，狡兔三窟，有备无患，人类以为摧毁了我伽马武器，我们就无计可施了吗？真是胎毛未褪、乳臭未干的幼稚想法。"美思坦宏教授中等身材，性格坚韧倔强，清瘦矍铄的脸上，露出狡黠邪恶的笑容。

"哼哼，我们美丽星国的武器清单上的高精尖武器，数不胜数。"

任酷布卡二世和美墨亮，都是美丽星球的重要人物，但在美思坦宏教授面前，却都甘愿俯首帖耳，做一名小学生。

"教授依你看，我们对付人类，以何种武器为佳呢？"

美思坦宏教授翻一翻白眼，稍带赌气的话语一出口，便语惊四座："使用我们的星际武器，定能够让他们的星球整体毁灭，人类全部灭绝！"

酷布卡二世一听，欣喜万分，紧紧搓着双手，急忙问道："尊敬的教授，我们的星际武器甚至星系武器，都有哪些种类呢？"

毕竟，美思坦宏教授是美丽星国国宝级的武器泰斗，也是宇宙星际武器的开创者和奠基人，宇宙间无人能出其右，肚子里还是有满满的干货的。

只见他站起身来，挥起右手，手指头接连竖起，如数家珍，铿锵昂然地说道："传统的武器，如强光束枪，激光武器，星际战舰，等离子炮，中性粒子炮，荷电粒子炮，时空炸弹，光子鱼雷，质量转化砰，亚空间切割器等。不过，犹如小孩子玩游戏时的玩具，只能够进行个体或者群体性毁伤，已经不足以毁灭整个地球和人类。"

美思坦宏教授话锋一转，卖了个关子。倏尔，他陡转身体，神情陡变，眼睛瞪着元帅和军师，像是恶狠狠的狩猎者，悠悠然地说道："对付他们，我们可以使用几种撒手锏武器，任何一种都是宇宙级别利器，可以一招制敌。其一，就是我们美丽星人拥有的奇异物质，这种构成中子星的物质,被叫作'奇异物质'或者'奇异滴'。中子星是死去的恒星,虽然质量和体积没有大到可以坍缩成黑洞,但是可以产生引力,打破原子间的联结,构成一些不寻常的物质。其中之一叫作'中子态',一种密度和重量大得匪夷所思的物质,就像一个茶勺上承载了成吨重的质量一样。奇异物质,可以将接触到它的所有物质,转化成奇异物质,我们已经将其制作成微型'奇异物质炸弹'。它,状如一个乒乓球般大小,可以作为武器发射到人类的星球地球上,从而引发链式反应,将那颗星球上的所有物质转化成奇异物质,所有生命也将不复存在。"

呵呵,骇人听闻,这对人类太可怕了!就连酷布卡二世和美墨亮听了,都为之震颤。

"其二,你们不要激动,且听我说下去,我们也可以改变地球人类赖以生存的环境。人类在地球上演化至今,他们依赖地球上独特的自然环境,比如一定的氧气含量,如果大气中的氧气比现在的含量减少哪怕一点点,他们也会很快灭绝。相反,如果氧气含量多了一点点,火的使用和燃烧会变得非常危险。而且,除了氧气,环境对人类生存,还有很多掣肘之处。对于我们来说,改变地球环境,使之成为与母星相似的双子星,可能和征服地球一样,简单有效。依靠现有科技水平,可以向地球发射由某种神秘材料制成的'纳米探针',改变地球大气,这样就可以杀死所有既有生物,留下一个'新鲜干净',拥有适宜生存的大气环境的地球,成为美丽星人的新家园。"

"这样我们美丽星人,就可以对地球上的人类赶尽杀绝啊!"酷布卡二世握紧了拳头,激动地站了起来,欣喜若狂。然而,美思坦宏教授并不满足,自傲地轻微摆摆手,示意他安静地坐下来。

"再有,就是利用黑洞与虫洞。宇宙中,没有比黑洞更强大的力量。黑洞,是质量巨大的无底洞,微观黑洞由于质量过小会非常迅速地蒸发,但美丽星人掌握的科技,可以使之更稳定。我们制作了大大小小十几个'黑洞罩',它由可控制核聚变装置升级发展而来,可以把黑洞牢牢罩在里面,供我们任意使用,这种黑洞袭击的灭绝方式,将是人类难以预料的。把'黑洞罩'发射到地球表面，然后打开它的窗口，黑洞将会因为引力作用，被拉到地球的中心，不断消耗地球的物质，直到抵达地核。然后，它会继续运动，不断吸食物质，穿透地球，抵达地球的另一端。在所有物质都被消耗完毕之前，它会不断地穿过地球，产生一个振荡周期，使地球就像在荡秋千一样，荡着荡着，就消失无踪了。"

"我们另外一个选择，是利用虫洞。虫洞是连接两个空间点的通道，虽然我们并不知道该如何稳定它。但是，在我们美丽的'金柜'里面，就养着七八条虫洞，可以偷偷在地球的运行轨道前方，打开'金柜'，放出虫洞。使整个地球穿越虫洞，到达另一个环境极端的地方，比如说太阳跟前，如果地球遭遇这样的命运，所有生命都会灰飞烟灭。"

听得心惊肉跳，酷布卡二世心中暗想，让一条虫子去吃掉地球，那它该是一条怎样巨大的虫子啊！

"还有反物质，也是我们可以当作宇宙武器使用的。反物质的灾难性后果，人尽皆知，所有的物质，如果触碰到反物质，都会互相抵消，归于虚无。如果我们大量制造'反物质炮弹'，并且投放向地球，地球不消多久，就会灰飞烟灭。"

"当然了，我们还有一种武器，制造地球末日，这个武器即灰蛊。我们可以制造一种微型探测器，如果这种探测器被投放到地球上，它们会利用地球上的资源，无止境地自我复制，地球可能在两天之内，就被消耗殆尽。比如，能够自我复制的微型飞碟，技术已经相当成熟。"

"听君一席话，胜读十年书。教授，听了您的宏论，我等耳目一新，醍醐灌顶！佩服，由衷佩服！"酷布卡二世和美墨亮站起身来，恭敬地朝着美思坦宏教授拱手致意，态度相当诚恳，以表达内心无比的敬意感谢。

"怎么样，我的两位大将军，以上武器足够你们使用吗？与人类之间的宇宙大战，你们准备好了吗？"

美思坦宏教授端坐正中，抬起高傲的脑袋，洋洋得意地问道。

"教授，不瞒您说，我此刻早就摩拳擦掌，信心满满了！"酷布卡二世，两手拍着胸脯，确实相当满足和自信。

"当然，以上宇宙级武器，由于其无与伦比巨大的能量，和超级辐射作用，是不能在我们美丽星球上使用和发射的。我们必须占据一个或者数个行星，作为专门的根据地，一颗大型行星，或者一颗恒星都行，在这个根据地上，建设发射基地。"美思坦宏教授跷起了二郎腿，向眼前的二位提出了条件。

不过，这也正中酷布卡二世的下怀，给了他进攻和占据其他星球的绝好借口。细思极恐，无论是哪一种武器，都够酷布卡二世和美墨亮琢磨半天的。二人激动片刻之余，开始考虑下一步的行动计划。

"但是，宇宙的终极武器，并不是以上武器。"美思坦宏教授意犹未尽，放出了终极大招。

"给一个星球，甚至一个星系，安装上大脑和网络。这就像把一块钢铁经过改造，植入芯片和系统，变成一个智能机器人一样，非常简单。"

美思坦宏教授坐在美之郎大帝面前，长篇大论，侃侃而谈，说起了他的"智慧星系"计划。

"美丽星人建设的智慧星系，使万物所处的星系，就像一个智慧城市一样，高效、快捷、方便、美丽。"

美思坦宏教授以上完美计划，美之郎大帝听得心服口服，激起了他彻底征服宇宙的雄心。正如教授所说："我不喜欢宇宙大战，但是我喜欢看到这些武器被使用啊！"诚如斯言，就像人类大喊着："哦不，我不喜欢屠杀猪马牛羊，但是，我喜欢品尝它们的天然美味哦！"

也许，文明越发展，万物越是自私和冷漠。呵呵，宇宙间的万物就是这样，在悖论中生存，在矛盾中发展，苦苦地挣扎着，尴尬地存在着。

第四十二章
火星上的第一次战争

投放"云中之矛"的任务完成后,十艘运输飞船自动成功解绑,立即悄无声息地返回了地球。而三艘星际战舰,则和曾毅教授他们,一块来到了火星基地上。周星亮、刘瓜娃、邓大军三个人,还有呀呀、呱呱两个美丽星人,随同星际舰队,从地球返回了火星。而且,两个分别通晓熊尼星国、郎甸国语言的专家,随同舰队,也一同来到了火星。

"大家做好准备,骤然吃了天大闷亏,美丽星国的军队,很快会对我们进行报复性的行动!"刚一回到基地,曾毅教授表情凝重,郑重地告诫大家。

"教授,他们不会这么快就知道是我们干的吧?"周星亮带领着呀呀、呱呱两个新朋友,四处招摇显摆,在旁边趁机询问曾教授。呀呀和呱呱,也像两个跟屁虫似的,整日跟在他身后。

"以美丽星人的智慧和能力,会很快知道的。"

曾毅教授猜测的没错，很快，酷布卡二世和美墨亮，便制订了攻打火星的计划。一来在美之郎大帝面前，好有个交代；二来落实教授占据行星，建设星际武器发射基地的计划。双管齐下，一箭双雕。火星，就成了他们眼中最优先的选择。

"区区5000名科研人员，手无寸铁，我领5000名精兵，定将他们生擒活捉，以他们的人头谢罪！"美飞将军脾气暴躁，点火就着，迫不及待，他首先请战。

酷布卡二世默然不语，看着美墨亮，征询他的意见。

"将军，人类很狡猾，军中无戏言，你可敢立下军令状？"

美墨亮军师，侧着头询问美飞将军，似有大不信任之意。

"墨军师若是不信任我，今日便立下军令状来，若我战败，便将我这颗人头献上，如何？"美飞将军的直率性格，与孩童一样天真，逗得在场所有人，哈哈大笑起来。殊不知，这是酷布卡和美墨亮，一唱一和，演的"双簧计"，好使"激将法"。

美飞将军匆匆忙忙，立下军令状后，便带领5000美丽星人士兵，乘坐五艘大型飞碟，杀奔火星而来。经过四个多小时的飞行，他们降落在火星上。

早在美飞来火星之前，已经有一个排的兵力提前到达了火星。

排长布雷斯赶忙出门迎接美飞将军，帮助他们搭起帐篷，安营扎寨。

美丽星人的帐篷大小，差不多是人类士兵的两倍，却充满着智慧和高科技。帐篷呈透明的乳白色，胶囊状，质地柔软，能够抵御导弹攻击。并且，自动吸收阳光和风能并发电，一来保证帐篷内的恒温，二来供给士兵所用电能。每个帐篷，自带20个类似睡袋一样的胶囊，具有自清洁功能，不用每天打扫整理，还具有天地通信网络系统。

第二天早上，美飞坐在指挥部内和布雷斯商讨出兵的办法。

"将军，人类的科研人员，基本上每天都待在地面下工作，并且他们挖掘的地洞很深很坚固，因此，若升空开战，效果不大。"布雷斯排长已经在营地内驻守有一年半的时间，对人类的活动非常熟悉，知根知底。

"布雷斯，依你的意思，空战不成，是需要进行地面战斗？"美飞将军初来火星，环境陌生，自然要听听布雷斯的意见。

"是的，并且趁晚上偷袭，效果最好。"

这和美飞原先的设想不一样，他原以为，只要五艘飞碟在空中，一阵狂轰滥炸，加上一顿猛烈扫射，人类招架不住，就会自动乖乖投降。但美飞毕竟身经百战，经验丰富，他虚心采纳了布雷斯排长的意见。

人类的基地，距离营地有200多千米，5000名美丽星士兵从晚上八点，就悄悄出发了。士兵身上的智慧飞行装备帮了大忙，个个身轻如燕，行走如风。不到30分钟，他们就来到了人类基地的大门口，立即四散开来，从四面包围了整个基地。

今晚，估计里面的人类科研人员，是一个也跑不出去了。美飞一挥手，布雷斯带领他一个排的士兵，首先摸进了基地内，门口连一个站岗值勤的人员都没有。

美飞将军又一挥手，其他士兵接着鱼贯而入，他们特制的军鞋，就连地上的蚂蚁都感知不到。

这边厢，美飞将军和他的士兵慌忙搜索基地。那边厢，郑宇连长却带领士兵，成功进入了他的营地内。营地内，只留下了一个班的值守兵力，因此这几个士兵很快就被解决了。

郑宇连长又带领士兵，来到了停放飞碟的场地内。可是，左寻右找，五艘巨型飞碟居然没有舱门，死活没有办法进去。

"王班长，你去把呀呀和呱呱给我找来。"

王锋班长急得满头大汗，一路小跑，找到呀呀和呱呱。

呀呀和呱呱跟着周星亮，急忙来到郑宇连长面前。

"郑连长，你找我们有什么事吗？"周星亮气喘吁吁，连忙问郑宇连长。

郑宇连长手指着一艘飞船，气呼呼说道："找不到飞碟的舱门呀，咋进去？"

"嗨,这个容易,郑连长你请稍微让一让。"呀呀说着,站在郑宇连长前面站定。

顷刻,只见他身上发出一道蔚蓝色的光束,紧接着,飞碟的中间位置,一道浅黄色的光束射了出来,对着呀呀的身体,前后左右扫描了一遍。奇怪,一闪大舱门从正中间,缓缓自动打开了。

"郑连长,你先请!"呀呀伸出左手,恭敬地邀请郑宇连长登上飞碟。

飞碟舱内,是梦幻一般的科技时尚画面,只有他在大学玩游戏的时候,在计算机里看见过。左看右看,只是无处下手,这可怎么操作?

"郑连长,让我来!"呀呀走到舱内驾驶室那儿,他身上又是发出一道蔚蓝色的光束,朝着飞碟仪表盘旁边的一个位置,无声无息,很快飞船启动了。呱呱用同样的方法,进入和启动了另一艘飞碟。

"呀呀,你和呱呱会驾驶飞碟吗?"

"轻车熟路,小菜一碟,当然会啦!"

在飞回基地的路上,两艘飞碟,分别由呀呀和呱呱驾驶着。

"呀呀,你什么时候学会驾驶飞碟的?怎么这么熟练!"周星亮热心地坐在呀呀旁边,目不转睛,好奇地问道。

"我从小就会驾驶,我们美丽星人家家都有飞碟,出门上学,办事儿,走亲戚看朋友,全靠驾驶飞碟,就像你们人类驾驶汽车一样。"呀呀一边自如驾驶,一边开心地回答。

"好奇怪,怎么不见你用手或者用脚进行任何的操作呀?"

"根本不用手或脚,我们坐在驾驶室,是在用自己大脑的意念,操作和驾驶飞碟。"在另一艘飞碟内,刘瓜娃、邓大军围着呱呱,询问着同样的问题。

"将军,我们中计啦,基地内空无一人,不知他们躲去了哪里!"

30多分钟后,布雷斯排长带领一众战士,慌里慌张地跑出基地,来到大门口,向美飞报告。

"什么?"美飞正步走进大门里,四处张望。

偌大的基地里，空空荡荡，寂静无声，确实连一个人影儿都没有看到。美飞摸着脑袋，思虑片刻，恍然大悟，急忙下令："调虎离山，赶紧撤退！"

5000名金星人士兵仓皇撤退，急匆匆回到营地。

只见值守营地的那几个士兵，一个个蹲在地上，被五花大绑，嘴巴里塞着鼓鼓囊囊的破棉絮，垂头丧气，可怜巴巴。

美飞将军被气得直吹胡子，瞪眼睛，大呼中计。

"将军，您也不必生气，人类一向狡诈多端，吃一堑长一智，明日咱们和他们再战不迟！"布雷斯排长生怕美飞初来乍到，气坏了身体，因此便安慰他道。

这一夜，美飞将军躺在军帐内，翻来覆去，睡不着觉，思考破敌良策。初战失利，自己不仅一无所获，还被人类劫走了两艘飞碟。

这样子回去，颜面无光不说，如何向军师和元帅交代？恐怕还要遭弟兄们的耻笑。

他忽而想到，人类能够把行动组织得如此严密无隙，并且劫走了两艘飞碟，这恐怕是那些科研人员所做不到的，其中一定有军人的参与。

难道，人类已经向火星派驻有军队了，但是布雷斯排长他们，怎么就一直没有发现呢？自己太轻敌，疏忽大意了，也轻视了人类的能力，明天一定让他们尝一尝美丽星军队的厉害。想通了这些，美飞冷冷一笑，困意袭来，便安心呼呼大睡起来。

"教授，您的这出'空城计'，声东击西，唱得实在太好了！"回到基地，郑宇连长和战士们，都齐声向曾毅教授道贺。

"大家千万不要有得胜骄傲之心，福兮祸之所倚，接下来的局面，恐怕是你我，不能承受之重！"曾毅教授的脸上，没有任何喜悦之色，而是满脸沉重。

"今晚，大家务必保持高度警惕，全部进入地下设施，把我们的星际战舰、飞船、飞碟等军用物资，立即开进地堡，严密警戒！"吩咐完毕，曾毅教授又以最快速度向国内大本营汇报战情，并请求大部队增援。

火星上，一场血雨腥风就要来临了，那会是一场什么样的战争呢？

第四十三章
熊尼星国的美女

诸事安排完毕，曾毅教授疲惫地回到住室，无法入眠，坐在沙发上沉思。过了一会儿，他站立起来，把两个通晓熊尼星国、郎甸国语言的专家，请到了自己的房间。其中，熊尼星国语言专家叫谢得夫，郎甸国语言专家叫杜尔金。

"两位专家好，这么大晚上的把你们请来，打扰休息，实在不好意思了！"

"曾教授不必客气，形势危难之际，您需要我们做什么，我们一定全力以赴，不辱使命。"

"客套话我就不多说了，你们也已经知道了。今天和我们交战的军队是美丽星国的军队，他们吃了哑巴亏，肯定不会善罢甘休，一定会发动大规模的报复性行动，甚至不惜发动宇宙大战。这个美丽星国，号称宇宙第一强国，无论经济、军事、科技诸方面，都遥遥领先于宇宙其他国家。"

"我们国家距离火星距离遥远，在实力各方面与美丽星国相比，还有不小的差距，因此在未来的战争中，要想取得胜利，就必须拿出我们在地球上的传统法宝，打造一个星际统一战线联盟，以共同抵抗美丽星国。"

"教授，我们都明白目前的星际形势，危在旦夕，您就直说吧，需要我们具体做什么？"谢得夫专家首先开了口，恳切说道。

"你们明天立即出发，分别到美丽星国的两个死对头熊尼星国、郎甸国出访，说明我们国家的立场和态度，同他们建立星际外交关系，打造星际军事统一战线。这样一来，我们三个星球国家，就可以在军事上呈掎角之势，牵制美丽星国，不使他们贸然盲动。"

其实，在国内接到出差命令时，谢得夫和杜尔金两位专家，都已经猜想到了这次出差的任务，因此高度重视。

"为了安全慎重起见，我们会安排士兵身着便装，一路同行，保护你们的安全。同时，为了掩人耳目，会让两个美丽星人呀呀和呱呱，驾驶飞碟作为交通工具。"

第二天早上 6 点，两位专家就随同大家，早早出发了。作为掩护，他们都打扮成为星际金融大亨的模样。个个风度翩翩，财大气粗，假借以星际投资经商为名，进行星际商务旅行。

呀呀驾驶一艘飞碟，里面坐着谢得夫专家，还有周星亮、刘瓜娃。呱呱驾驶另一艘飞碟，里面坐着杜尔金专家，还有王锋班长、邓大军。

再说，人多也可以壮胆。

一路上，他们在茫茫宇宙，遇到了各式各样的宇宙飞船，来来往往，在各个星球国家穿梭。还有各种飞碟，奇形怪状，五颜六色，里面坐的都是一些在各个星球国家做生意的商人。

"唉，看他们忙忙碌碌的样子，都是一些偿还房贷、车贷的生意人吗？"周星亮坐在呀呀的旁边，看着飞来飞去的星际商人，不由戏谑感慨道。

"星哥，你搞笑了吧？他们坐着宇宙飞船，还有飞碟，都是在各个星球，做大生意的大商人，说不定暗中，还做军火买卖的呢！"刘瓜娃坐在后面，不由嘲笑周星亮。

"不认识，谁知道呢！"周星亮意兴阑珊，靠在椅背上懒洋洋地回答。

经过近四个小时的飞行，飞碟终于来到了熊尼星球的上空。

熊尼星球只存在有一个国家——熊尼星国。幸亏，带着语言专家，他们才不会在这个陌生的星球国家，像没头的苍蝇一样，在宽阔的大街上东寻西摸。

当天晚上，他们六个人为节省开支，也为掩人耳目，只是找了一家小旅馆住下。饥肠辘辘，在旅馆安顿完毕，就走出门外，在附近找了一家地道的熊尼星国餐馆，吃了一顿正宗的熊尼星国大餐。

因为明天有要事办理，所以当天晚上，大家都早早休息，一宿无话。

第二天早上，六个人洗漱完毕，在旅馆吃了早餐，西装革履，头戴礼帽，兴冲冲来到熊尼星国外交部。办事大厅内，一个身着制服的漂亮熊尼星国美女，接待了他们。

谢得夫专家从皮包里拿出外交文件，同那个熊尼星国美女说了几句话。美女既热情又大方，双手接过文件一看，显然吃了一惊。美女犹豫片刻，匆匆走进身后的办公室内，估计是向她的领导汇报去了。

按说，能做外交工作的美女，博学多识，见多识广，应该知道地球。但是，估计说到地球上的中国，她也许应该就不会知道了。周星亮礼貌地站在旁边，看到了美女为难的表情，心里不由猜测道。

不一会儿，从办公室里走出来一个身材高大的熊尼星国男子，他走到前面，和谢得夫专家聊了起来，最后，耸了一下肩膀。

谢得夫专家有些失望，带领着大家离开了外交部。

"谢专家，刚才你们都交谈了些什么？"刚走出外交部的大门，王锋班长就着急问道。

"他说，他们的外交部长正在外星球国家访问，因此无法接见，不过他会向领导汇报此事，明天早上给我答复。"

闲着无事，6个人就在大街上闲逛了起来，趁便欣赏一下熊尼星国的风土人情。

"星哥，熊尼星国的美女，真是多耶！"刘瓜娃左顾右盼，一边欣赏美女，一边跟周星亮说道。

第二天上午，旅馆房间的电话里传来了好消息，熊尼星国负责外交事务的官员要接见他们。这一次，呀呀和呱呱嚷嚷着，也要随同一块前去，八个人就一起出发了。

但是，呀呀和呱呱身着的服装，明显与其他六个人不同，格格不入，走在大街上十分扎眼。没办法，在地球的时候，周星亮给呀呀和呱呱分别找出了自己的好多套衣服，有西服、有外套、有夹克。但他们俩穿在身上，明显过于肥大，走起路来，像两个恐怖的吊死鬼一样，十分难看。由于经常遭到地球人的好奇围观，两个美丽星人索性就把这些衣服扔下，不穿了，周星亮也没有办法。

8个人一路兴冲冲来到了外交部，还是那位熊尼星国的美女招待。不料，美女看到呀呀和呱呱后，脸上露出了不悦的神色。看来，熊尼星国和美丽星国的宿怨确实很深哪！

周星亮默默站在那里，察言观色，盯着美女，不由分想。为了不使美女误会，谢得夫专家赶紧向前，向她解释："请不要误会，这两位美丽星国的朋友，是我们可信任的向导，没有他们热情的帮忙，我们是无法找到贵星球国的地址的。"

美女听后歉然一笑，然后就带领着他们，来到了八楼负责人的办公室。

负责人是一个中年的熊尼星国女人，身材微胖，风韵犹存。她让谢得夫专家走进了自己的办公室，然后关上了房门，其他人就在外面的接待大厅里，坐着静静等待。

那位美女给他们一一端上茶水后，就独自下楼了。

一个多小时后，谢得夫专家走出了负责人的房间，脸上喜忧参半。

"谢专家，事情怎么样？"王锋班长急忙站起来，问道。

"她很热情，但是兹事重大，须向国王上报，待国王同意后，两国的外交部门会尽速联络，商讨建交事宜。"

一行人纷纷下了楼，那个美女站在工作位置上，朝着他们友好地微笑。

"谢专家,请问那位美女叫什么名字呢?"周星亮边走边回头,也朝着那位美女微笑,同时轻声询问谢得夫专家。

"她叫娜娃。"谢得夫专家笑了笑,回答。

"娜娃!"好一个优美动听的名字,人如其名,周星亮嘴里不停念叨几遍,默默记在了心里。

大家回到旅馆后,团团坐在一起,商议下一步的行动。

"接下来的事宜,应该是由两个星球国家的外交部门进行处理,就不是我们能够做到的了。"

等待也没有什么作用,时间紧迫,大家决定离开熊尼星国,前往郎甸国。

第四十四章
遭遇星际强盗

　　这边厢，谢得夫专家们马不停蹄；那边厢，美飞和他的军队也没有闲着。第二天一大早，美飞就坐在了军帐，一想到昨天糟糕窝囊的战况，他就心里来大气。

　　"将军息怒，何不使用我们国内的努尔贡嘎巨炮，给人类的基地来一炮呢？只需一炮，便会让整个基地粉身碎骨，找不到片瓦只砾。"

　　布雷斯站在帐下，小心翼翼地给美飞提议，生怕他再发脾气，大发雷霆。

　　布雷斯这个大胆提议，不是没有道理和先例的。

　　努尔贡嘎巨炮，是架设在努尔贡嘎山上18000米处的一门星际大炮。结构复杂，威力巨大，可以发射巨石炮弹，专门用来摧毁星际小型星球。努尔贡嘎巨炮，共制造有4门，分别对着宇宙的东、西、南、北4个不同方向。说是巨炮，但它的炮管并不长，只有七八米的样子，只是它的底座巨大，面积占据一个足球场的样子。并且，它的口径也特别巨大，前面还有类似铁爪和网状的东西，以固定巨石炮弹。

巨石炮弹，并非真正完全是一块石头，其实是由石头掺和特殊合金，制造成的巨大球形武器，质地坚硬无比，自带星际导航系统，杀伤力足以毁灭一个星球。

"哈哈哈，布雷斯的提议好是好，但不能使用！"美飞坐在椅子上，摸着大脸，高兴得哈哈大笑起来。

虽然，努尔贡嘎巨炮不能使用，但也给他提了个醒。接下来，可以使用常规炸弹，逼迫人类的科研人员和士兵，从基地的地洞内钻出来，一旦到了地面上，他们还不是秃子头上的跳蚤——明摆着让美丽星军队随便打吗？

"将军，为什么呢？"布雷斯的好建议被否，心里自然疑惑不解，就发问道。

"因为，这个人类基地，我们需要完好无损地占据，以备将来作为我们星际武器发射的基地，对付人类。"

"通信官，立即向国内发送密电，请求速调一批常规钻地炸弹。"这是因为，美丽星军队的武器早就升级换代，自己已经不再使用传统常规武器，因此需要通知其他附属星球国家，进行生产制造。

从熊尼星球，飞行到郎甸星球，途中需要四五个小时的旅程。

"杜专家，您能否给我们讲解一下，这个郎甸国的大致情况，也好让我们事先有个了解，有备无患嘛！"坐在飞碟内，王锋班长趁着旅途无事，便向郎甸国语言专家杜尔金提了个建议。

"好的王班长，我先简单给大家介绍一下。"

"这个郎甸星球呢，体积大小和地球差不多，但星球上分布着大大小小十几个国家。郎甸星球蕴藏各种矿产，金属资源丰富，种类繁多，因此，各个国家生活相对比较富裕。但是，也正因为如此，郎甸星球始终被美丽星国垂涎，几百年来，他们之间发生的大小战争不断，互有胜负。"

"郎甸星球上的国家，都是信奉神明教的国家，其中以郎甸国最为强大，面积最大，人口最多，在经济、军事、科技等方面领先，是十几个兄弟国家的首领。几十年来，郎甸国作为首领，带领其他兄弟国家，一直抵抗美丽星国家的侵略，因此，美丽星国也一直视郎甸国为该星球的头号敌人。"

"王班长，你快来看，有三艘飞碟朝着我们飞来。"几个人坐在那儿，热火朝天，聊得正起劲儿呢，呱呱在驾驶室突然大叫起来。

王锋班长和邓大军立即起身，冲向驾驶室。仔细一看，果然，前方不远处，隐约出现三艘飞碟，呈扇形直直冲向他们。

很快，三艘飞碟就飞到了他们眼前，不过都是小型的商用飞碟，远远望去，每艘里面大概坐着五六个外星人。三艘飞碟呈夹角之势，把他们的两艘飞碟，紧紧夹在了中间位置。不明白怎么回事儿，三艘飞碟的窗户忽然打开，从里面伸出了十几支黑洞洞的枪口，都指向了两艘飞碟。那些外星人，嘴里咿咿呀呀，说着满嘴土味儿的外星话，朝着两艘飞碟喊话。

王锋班长他们都听不懂，连谢得夫和杜尔金两个语言专家，听了后都连连摇头，他们也听不懂。毕竟，呀呀和呱呱都是当地人，表面镇定自若，也稍微熟悉一些这十几个外星人的言行。

"王班长，恐怕我们是遭遇到了星际强盗。"呱呱抬着头，紧张地看着王锋班长说道。

"他们是哪个星球和哪个国家的？"王锋班长一边持枪警戒，一边问呱呱。

"我也听不懂他们的话，不知道是哪个星球和国家，但大致听起来，应该就是附近的星球和国家。不过，他们也只是抢劫财物，不会伤害我们的性命。"呱呱坐在那里，老老实实地回答。

几百年来，美丽星国家对诸多星球国家连番征战，造成诸多星球国家，生产混乱，民不聊生。

一些胆大的老百姓无奈，趁机当起了星际强盗，他们在诸多星球国家半道间，打家劫舍，抢掠财物。

"这还了得，胆大包天，拦路抢劫，竟然抢到我们人类军队头上来了！"王锋班长一听，火冒三丈，把帽子摔在椅子上，准备开战。

"王班长，杀鸡焉用牛刀，不用你们亲自动手，瞧我的！"呱呱说着，不慌不忙，把眼睛对准驾驶室前面的一个仪表盘，只见他的眼睛里，发射出一道深红色的光束。

"呱呱，你要干什么？"王锋班长吓了一跳，不明白呱呱要做什么，就问道。

"王班长，只需用我们的七彩炮，就能让他们尝试一下厉害。"呱呱的话还没有说完，只见飞碟左侧的身体里，突然悄无声息，发射出一颗彩色的光球，直射向对面的一艘飞碟。

这颗光球，有人类的高尔夫球般大小，七彩斑斓，看着像是实心的。原来，美丽星军队的飞碟里，都安装了一种神秘武器——硬光发生器，弹药是硬光，一种固体光。无声无响，王锋班长和其他人，都还没有看清楚咋回事儿，就发现对面那艘飞碟身体上，出现了一个高尔夫球大小一样的黑洞。

接着，呱呱使用同样的方法，分别从飞碟的右侧、后侧，发射出一个光球，一模一样，对付另外两艘星际强盗的飞碟。不过，中弹以后，那3艘飞碟仍然顽固地停在那儿，丝毫没有离开的样子。呱呱一看，很是生气，就再次把眼睛对准那个仪表盘，只见他的眼睛里，连续不断，发射出一道深红色的光束。

随之，从飞碟的左侧、右侧、后侧，分别发射出一排整齐的光球，每一排有十个，对准三艘星际强盗的飞碟，飞射了过去。

没有任何声音，奇迹发生了，每艘星际强盗飞碟的身体上，又再次出现了十个高尔夫球大小一样的黑洞。而三艘飞碟内的星际强盗，开始一个一个躺倒在地，瘫软无力，浑身抽搐。

"呱呱，他们不会有生命危险吧？"他们只是迫于生计，无奈作恶。王锋班长眼睁睁看着，那些星际强盗痛苦难受的样子，就担心地问呱呱。

"不会的王班长，一天之后，他们的身体，就能够自动恢复如初，一切正常，你就放心吧！"呱呱愉快地说着，又轻松地启动了飞碟。

两艘飞碟，又再次一路向着郎甸星球飞驰而去。

第四十五章
美丽星国初尝败绩

　　一切还好，在美飞的常规钻地炸弹到来之前，人类的增援部队赶到了火星基地。不过，赶来的并不是人类士兵，而是机器人仇小科连长，和他的"英雄机器人麻子连"。同时，他们还携带有大批"烟灰弹"和"硫酸弹"。

　　大本营是这样考虑的，人类目前的武器装备，与美丽星军队的武器装备不在一个文明级别上，甚至差着三四个级别，根本无法正面抗衡。再者，距离如此遥远，人类目前无法从地球上，运输大量的士兵到达火星，所以在人数上，也远远无法与美丽星人相比。

　　力量悬殊，怎么办呢？思来想去，只有采取"以土制洋"的老办法。

　　试想，美丽星军队的武器装备，全部是高科技装备，甚至是智慧级别的，人类难以企及。

　　那么，问题来了，越高级，越智慧，越害怕什么呢？想都不用想，答案自然而然就出来了，不说怕硫酸，起码都害怕烟灰呗！

　　敌人越怕什么，我们就越给他来什么！这就是大本营的基本思路和对策,并且,"英雄机器人麻子连"有过金星上的实战经验,是精锐之旅,不派他们前来,还有谁能更加合适呢!

大本营的良苦用心,一些士兵不理解,但是,曾毅教授和郑宇连长却是门儿清。

事不宜迟,早下手沾光,晚下手遭殃。当天晚上,曾毅教授和郑宇连长、机器人仇小科连长,聚集在地下一个房间,进行秘密商讨。他们决定,第二天早上,趁着美丽星军队还没有防备,在他们的营地上空发射大批烟灰弹,首先抑制住他们的士兵使用武器。然后,择机发射硫酸弹,进行地面有效杀伤,或者使用常规武器进行扫射。出其不意,攻其不备,两个战术步骤下来,就足够美丽星军队的士兵们喝一壶的了。

第二天早七点,三艘星际战舰,从火星基地出发了。

没几分钟,它们就飞临美丽星军队的营地上空。二话不说,先就朝着营地,发射了十枚烟灰弹,又接着发射了十枚硫酸弹。

这些烟灰弹,都经过了最新的改良升级,掺和了特殊材料,附着力极强,极让人讨厌,能够在空气中飘浮一天一夜,也不会被大风吹散。

硫酸弹,腐蚀性也更强,雨点更细密,洋洋洒洒,无孔不入,绝不会让你有片刻轻松。

曾经,10多年前,地球上美国大兵,在他们的X军用仓库,遭遇到的可怕一幕,今天在美丽星军队的士兵们身上,历史性重演了。

历史,总是惊人的相似,或喜或悲。只是此次,人数更多,情况更惨烈。唯一不同的是,美丽星士兵们,可以在连滚带爬的惨叫声中,迅速钻进帐篷,爬进胶囊中,瑟瑟发抖,蜷缩起来,此后便无性命之虞。更幸运的是,还有大部分偷懒的士兵,都还没有来得及走出帐篷。

拼命大呼小叫中,他们把帐篷的拉链拉得死死的,烟灰钻不进来,硫酸不用害怕,即使机关枪扫射也没有作用。他们的帐篷,是用特殊材料制造,连核弹的攻击都不怕,烟灰、硫酸、子弹又能够奈它何?

美飞睡梦中,被士兵们的惨叫声惊醒了,连忙从床上一骨碌爬了起来,连声询问发生了什么事情。

一名侍卫官从外面紧急跑进来，随身拉紧帐篷的拉链，马上立正报告道："将军，很不幸，我们的营地被人类袭击了，袭击方式不明，不知道是什么武器，根本没有见过，也没有听说过。据观察，不是人类的常规武器，或许是化学武器，或者是生物武器。"

美飞一听大怒，立刻便要一头走出帐篷，查看究竟，却被侍卫官死死拦住了。

"将军，现在您不能走出帐篷，人类这种神秘武器，来无影去无踪，无色无味，却能够弄瞎人的眼睛，弄聋人的耳朵，腐蚀人的皮肤，严重时会致人丧命。就连我们士兵手中的武器，都无法正常使用，没有办法开展有效反击。"

美飞将军扭过身来，一拳重重地砸向桌子，然后瘫坐在椅子上。

"不是我们的士兵太无能，而是人类太狡猾！"

当天晚上，美飞便带领他的残兵败将，趁着月黑风高，偷偷溜回了美丽星国内。

第四十六章
星际外交行动

　　出乎意料，王锋班长他们一行人，对郎甸国的任务完成得很顺利。郎甸国外交部的工作人员热情接待了他们，并且将他们递交的外交文件迅速上报部长，部长又立即呈报最高领袖，最高领袖达尼斯非常高兴，同意两个星球国家迅速建立外交关系。
　　郎甸国的态度如此积极，甚至有一些激进，这跟他们目前面临的复杂星际形势有关。
　　原来，美之郎大帝看到郎甸星球的十几个国家铁板一块儿，久不得手，便听从了谋士们的建议，对这些国家采取分而化之、分而治之的政治策略。美丽星国拉拢"五星联盟"中的其他国家，一起威逼利诱郎甸星球上的两个小国家，对他们的国家领导人许以重金，并答应对两个国家进行军事、经济援助，这两个小国家果然被眼前的利益所迷惑，对郎甸国貌合神离，离心离德，甚至答应让美丽星国驻扎军队。

到达郎甸国的三天后，收获满满，王锋班长他们一行人就返回了火星基地。星际间合纵连横的外交工作，取得初步进展，曾毅教授踌躇满志，信心大增。他召集郑宇连长、机器人仇小科连长，还有一些基地主要领导干部开会，分析火星目前面临的形势，研究开展下一步的工作部署。

"目前，比较棘手和困难的是，军事斗争的策略和方法，以前，我们对美丽星国这个国家，知之甚少，只是对他们的文明和历史，有一些宏观的了解，但对于他们的军事战略、星际武器，还有战术战法，都几无所知，这对于我们人类来说非常危险，非常可怕！"曾毅教授坐在主席台上，没拿讲话稿，完全是临场发挥，讲解得慷慨激昂，深入浅出，其他人听得聚精会神，感触很深。

其实，曾毅教授的分析不无道理。目前，他们在宇宙间征战杀伐，采取的就是"零和博弈"的思维，要么占据一个星球为我所用，要么彻底毁灭这个星球；要么征服一个物种被我所驱，要么彻底毁灭这个物种。

对于地球和人类，美丽星国会有意外吗？

会议后，曾毅教授和郑宇连长、机器人仇小科连长、"小布丁"博士，四个人坐在一起，研究起美丽星国的星际武器来。

"这个问题，实在太重要了！"

"目前，我们仅对美丽星国可能使用到的星际武器，进行了简单的推测，以他们的智慧和能力，处于极度保密方面的考虑，可能他们制造的星际武器，绝大部分我们都还没有掌握。"

现在，"小布丁"博士领衔博士队伍，工作重点方向，就是研究美丽星国的星际武器。

"但是，美丽星国的网络系统，是一个自主独立的高度智慧网络，并没有和任何其他星球国家相连接，甚至包括他的盟友国家，因此，想以网络作为突破口，了解这些星际武器，或者侵入他们的星际武器研发系统，都是根本不可能的。相关的论文和书籍，在市面上也根本没有，这可能是因为美丽星国对此，进行了国家级严格的限制。"

听了"小布丁"博士对美丽星国星际武器情况的分析，大家的心情似乎都很沉重。

知己知彼，方能百战不殆。可是，明明知道对方远超于自己，而又根本不知道对方有何武器，这仗怎么打呢？

"不行，我们还是需要'两条腿走路'的策略。一方面，请求国家派遣我们的前沿武器科学家到火星来，亮亮咱们的前沿武器家底；另一方面，需要安排同志打入敌人内部，窃取情报，掌握他们的星际武器情况和清单。"

姜还是老的辣，曾毅教授不愧足智多谋，无论什么样的困难问题，他总是异常冷静地分析研究，然后在他的脑子里一转圈，总会想出一些解决的办法和高招来。

第四十七章
星际高级特工

打入美丽星国内部，窃取星际武器情报，这个十分重要而且极其危险、困难的任务，落到了王锋班长身上。

计划是这样安排的，由王锋班长带领周星亮、刘瓜娃、邓大军三个人，外加呀呀和呱呱，总共六个人，佯作旅游的伙伴，进入美丽星国内。

呀呀和呱呱，毕竟是美丽星本国人，回到国内后，他们两个首先需要正常到所属部队报到。谎称期间被不名外星人劫持，扔进一个大山洞内，什么情况都不知晓，现在他们两个冲破重重困难，想办法逃了回来。

只是，王锋班长和周星亮、刘瓜娃、邓大军四个人的身份，就需要一番周密思量了，总不能自报家门，说自己是地球人吧，那样岂不明显暴露了身份？

周星亮忽然想起来，在地球上的时候，呀呀和呱呱曾经嘲笑，说人类的长相，酷像是厄矮星球上的厄矮星人，穿的衣服也像是厄矮星人平日穿的"袍服"。

"王班长,我们可以冒充厄矮星球上的厄矮星人,到美丽星国进行旅游。"

至于四个人不会说厄矮星语,时间紧迫,走一步说一步,到时候再另想办法。

计划安排妥当,为了让他们四个厄矮星人的身份坐实,一行人的旅途行程安排,就颇花费了一些周折。一行六个人,先是乘坐火星基地的宇宙飞船,飞行到了厄矮星球上的厄矮星国,又搭上厄矮星国飞往美丽星国的商业宇宙飞船。一路上,四个人都尽量不出声,谦恭有礼,以免一不小心说出地球话来,暴露了地球人的身份。

一切手续,由呀呀和呱呱出面应付。

当特工,尤其高级特工,并且是星际特工,到美丽星国这样的外星国家窃取重要情报,是需要一流的经验和加倍小心的。周星亮聪明智慧,深深懂得这个道理,因此,他改变了往常惯有的性格。

在宇宙飞船停船场的大门口,停放着一排整整齐齐的小型飞碟。

各式各样,有大有小,五颜六色,奇形怪状,呀呀指着其中一艘飞碟说道:"王班长,大家请上飞碟吧!"

原来,这是美丽星国的停船场,为了方便星际游客进行国内游览,特意免费准备的,就像人类飞机场的免费穿梭大巴一样。飞行到了目的地以后,这些飞碟会自行飞回来,自动停放在原来的位置上。

呀呀说着,用身体上的光束打开飞碟,大家高高兴兴地坐了上去,朝着美丽星国的首都酷布雅娜市区飞去。

沿途所见,让人眼花缭乱,目不暇接,这个美丽星国家,果然是宇宙内不同凡响的国家。虽然,王锋班长他们四个人,上次曾经来到过这儿,但那时是在深夜,又是执行军事任务,来也匆匆,去也匆匆。今番所见不同,街道宽阔笔直,到处郁郁葱葱,到处鸟语花香,别说是一片落叶,就是一丝丝灰尘,都见不到。街道上看不到一辆汽车,都是井然有序飞行的飞碟,也很少看到行走的美丽星人。没有警察,没有红绿灯,更没有斑马线。更奇怪的是，街道两旁没有酒店，没有宾馆，也没有超市，没有医院。

二十分钟后，呀呀和呱呱带领一行人，来到一个金碧辉煌、雄伟壮观的宫殿前。宫殿很高大，足足有一百层楼那么高。

呀呀对王锋班长说："王班长，你们就住这儿，房间都已经替你们预订好了。"为了不引起怀疑，当然是以四个人厄矮星国人的身份登记的。

王锋班长他们都抬头看着这座巨大的宫殿，不知道叫什么名字，因为宫殿上面写的大字，他们一个也不认识。

"哦对不起，忘记给你们介绍了。这是我们美丽星国的外星人服务中心，这上面的几个大字，写的是我们美丽星语言，就是外星人服务中心的意思。"呱呱站在旁边，拉着周星亮的手，非常热情地给他们介绍。

哇，全部黄金打造的酒店前台！黄金，黄金，还是黄金，里面的设施都是黄金，晃瞎了王锋班长他们的眼睛。当然，也需要乘坐电梯，像是透明胶囊一样的电梯，坐上去软乎乎的，明显柔软舒适多了。上到第18层楼，呀呀和呱呱领着他们，走进了一个房间。

这个房间非常之大，面积有200平方米，四个卧室，两个卫生间。

技术极其先进，设施极尽奢华，无需插卡，无需门锁，无需开关，一切都是用意念控制。步入房间，才能体味到金碧辉煌的含义，大厅、中庭、套房、浴室……犄角旮旯，都是金灿灿的，连门把手、水龙头、烟灰缸、衣帽钩，甚至巴掌大小的便条纸，都镀满了黄金！

"王班长，你们一路辛苦，可以先好好休息一下，有什么需要，随时可以通过服务人员联系到我们。"呀呀和呱呱礼貌说完，就掩闭房门，悄悄走了出去。

阔别家乡，将近大半年的时间，他们都急于回到自己的家里，向父母亲友们报个平安。

一待呀呀和呱呱走出房间，王锋班长立刻活跃起来，欢喜地寻摸不停。他们在房间里走来走去，东看看，西摸摸，就像三岁孩童走进了动物园，对周围的一切都充满好奇。

只见五彩炫耀，各有奇妙，房间装饰典雅辉煌，每个细节都优雅脱俗，用"奢华如梦"来描述梦幻般的感觉，毫不为过。

床垫很大很奇特，可以随意挑选你喜欢的颜色，床垫的高矮、柔软度，也都可以按照客人的需求，随意调整。就连室内的灯光，也是这样。如果你不喜欢红色，想换成蓝色，No problem！

王锋班长他们，齐齐站在双层全落地大玻璃窗前，从窗户望出去，就是美丽星国的母亲河——美丽星河。一条蓝色的河，一条流淌着优雅旋律的河。

"王班长，如此高档奢华的房间，住一天得花多少钱呀？"刘瓜娃激动地搓着双手，满脸通红地问道。

"你呀，就是一个土财迷，又穷又酸，今天咱们住这儿，一分钱不用花。"

"不会吧，为什么呀？"其他三个人听了，都大为吃惊，颇为好奇，不约而同问道。

"因为，美丽星国是一个高度发达富裕的国家，在这里财产是公有的，人民是平等的，实行着按需分配的原则，衣食住行一切免费。另外，美丽星国生产力十分发达，所以科技太过超前的美丽星国没有货币，每个人都在市场上各取所需。"

呀呀和呱呱的家，距离挺远，都住在首都酷布雅娜市的大西郊。第二天早上，他们两个就各自开着家里的小型飞碟，赶到了服务中心的房间。

"呀呀和呱呱，你们的父母都还好吧？"一见面，王锋班长就关心地询问他们各自父母的情况。

"父母情况都很好，他们还以为我们失踪了，每天都很伤心难过，但也始终打听不到我们的下落，军队领导一直说我们在执行秘密军事任务，昨天一看到我们安全回家，都像做梦一样，高兴得不得了！"

"王班长，你看我们给你们四个人，都带来了什么好礼物？"呀呀和呱呱说着，从随身携带的提包里，掏出了四块像手表一样的东西，四个人都迷惑不解。

"这个东西，我们都叫它'宇行通'，别看它小巧玲珑，可是一个神奇宝贝哪！"

四个人各自拿起一个，在手里翻来覆去，不知道神奇在哪里。看起来，确实和人类的手表差不多大小，有表盘，有指针，有带子，可以戴在手腕上。

"它呀，是集手表、电话、电视、计算机于一体，自带光网络 Wi-Fi，具有星际定位导航功能，并且，还具有星际语言自动翻译系统。并且，佩戴者可以利用自己的意念使用它，但只能限于我们美丽星人，你们人类是不行的，还需要手动操作才行。"呀呀站在王班长旁边，指着这个小家伙，一顿热情的介绍。

"神奇，神奇，果然神奇！"周星亮手拿"宇行通"，双眼放光，像是捧着一个宝贝，小心戴在左手腕上。然后，他背起双手，昂起脑袋，志得意满，踱起方步来，一阵的洋洋得意。

"呀呀和呱呱，你们还是需要首先到你们的部队报到，下一步的行动，我们商量之后再说，好吗？"王锋班长仔细佩戴好"宇行通"，然后转头，对着他们说道。

待呀呀和呱呱离开房间后，四个人就聚集在一起，认真商量起下一步的行动计划。

人生地不熟，虽然说有呀呀和呱呱作为内应，但他们都是刚入伍的新士兵，不可能接触到星际武器的情报信息。

"王班长，你记不记得曾教授曾经说过，那个酷卡的亲叔叔，是军部的高官？"周星亮坐在椅子上，摇头晃脑，紧皱眉头，忽然眉头一展，兴奋说道。

"记得，当然记得。"

"咱们何不找到酷卡，然后从他身上，打开突破口呢？"

绝好的主意，四个人立即兴奋起来，围坐在一起。

可话是这样说，美丽星国这么广大，找一个人犹如大海捞针，到哪里去找到他呢？

"是啊，寻找到他虽然比较困难，但这是我们眼前最好的办法了，简单高效！"邓大军坐在旁边，眼瞅着其他人，轻轻说道。

"就是啊，做特工嘛，尤其高级特工，不就是解决各式各样困难的吗？"周星亮站立起来，举起拳头，眼放万丈光芒，态度坚决地说道。

第二天早上，呀呀和呱呱又高高兴兴地来到了房间。

"活见鬼，你们两个不是到军队报到了吗？怎么又回来了呢？"王锋班长看到他们，就奇怪地问道。

"王班长，告诉你们一个好消息，我们两个借口这几个月待在山洞，身体遭受到了伤害，需要休养和陪伴家人，连长就同意我们两个，在家休假三天时间。"看到他们两个兴致勃勃的样子，其他四个人也都很高兴。

"这样也好，在这三天时间里，你们两个一定要帮助我们，找到一个叫酷卡的人。"王锋班长沉思了一下，然后对着他们说道。

"这个叫酷卡的人，是一个什么样的人呢？"呀呀和呱呱来了兴致，正好可以借此打发这三天的休假时间。

"他也是一个年轻的军人，曾经在火星营地的时候，当过我们的向导，年龄和你们两个差不多大小。"邓大军看到呀呀和呱呱产生了兴趣，便热情介绍道。

"王班长，你们找他干什么？"

"没什么事情，他曾经帮助过我们，是很要好的老朋友嘛，就想见一见他聊聊天，怎么样，有什么困难吗？"王锋班长故意漫不经心、轻描淡写、大大咧咧地说出了理由。

"这倒没有什么大的困难，查一查他待在火星营地的时间，就可以顺便知道他所在部队的番号，然后顺藤摸瓜，就能够找得到他。"呀呀歪着脑袋，想了一下，然后说道。

"妙，绝妙，这个主意妙极了！"周星亮坐在旁边，不由得轻轻鼓掌称奇。

"你们找一找部队的老战友，打听一下，或者通过军队内部的通信系统，查找一下他的信息，这样不就可以找到他了吗？"刘瓜娃站在那儿，不甘寂寞，转动脑筋，也热心地给呀呀和呱呱出主意。

"非常好，条件完全具备，给你们两个人两天的时间，务必找到这个酷卡。"

由于王锋班长只是告诉了呀呀和呱呱，酷卡在火星营地待的大致时间，加上美丽星国在多个星球上驻扎有军队，因此打听他部队的番号，就让他们两个花费了一整天的时间。好在当天晚上，呀呀的战友给他发送了酷卡部队的番号和他所属于的具体小组连队。

军队内部的通信系统，也只是能查找到连队当官者的名字，士兵的名字是查询不到的。但是，系统却可以自动查询到所属连队的通信方式，这下就好办了。

第二天早上，呀呀就以酷卡好朋友的身份，和他的连队进行联系。美丽星人的联络方式，是不会使用电话的，也不会使用计算机网络，甚至微信聊天之类的，他们也都没有，他们的身体自带有通信系统功能。

使用自己的意念，输入部队番号、连队名字、联络方式，然后通信系统就会自动连接上了。不过，系统却答复：酷卡本人正在休假期间，具体去向不太清楚。

天呀！事情真有这么凑巧，难道酷卡也正在休假？呀呀和呱呱心里真是急了，第二天中午，就急匆匆来到房间，告诉了他们这个不幸的消息。

原来，酷卡真的是正在休假，上次他被情报部门叫去讯问后，连惊带吓，终日惶恐不安，身心确实受到了刺激。加上，他的亲叔叔酷布卡二世的批准，生怕他继续待在军营里再惹出什么事端，就让他放假待在家里。

酷卡本来就是一个官宦子弟，不务正业，无所事事，喜欢旅游冒险，不喜欢当兵，因此乐得待在家里逍遥自在。

那么，找到酷卡的家，就是当务之急了。但这是极度保密的个人隐私，要想找到，是不会容易的。

"呀呀和呱呱，顺便打听一下，你们国家的高官达人，一般都是住在首都酷布雅娜市里的哪个地区。"

"他们一般都住在这个城市的东部，48区的居多。"呱呱站在那儿，骨碌着大眼睛，抢着回答。

"那好，今天下午，咱们六个人就到东部48区逛一逛，顺便打听一下酷卡。"王锋班长是这样想的，瞎猫碰上死耗子，万一打听到了呢！

唉，目前也只能这样子了，还有什么其他更好的办法呢！

在服务中心，服务生会准时到点，给王锋班长他们送餐到房间里，并且是自己所属国家的饭菜。免费吃了厄矮星国的饭菜后，他们六个人就出发了。

由于酷布雅娜市区太大，他们就分别乘坐着呀呀和呱呱开来的飞碟，飞往东部48区。由于没有十字路口，也没有交警查车，没有红灯绿灯，更不会有堵车塞车，因此，他们很快便来到了48区。

48区的建筑和气势，果然和其他地方不一样。全然一派高端、大气、浪漫的气息，处处显露着高贵和权力的象征。

这里有宽敞的免费停放飞碟的停碟场，呀呀和呱呱停好两艘飞碟。

由于美丽星国的街道上没有酒吧，也没有迪厅、赌场之类的娱乐场所，因此采用传统的间谍找人方式，恐怕在这里是行不通的。

在地球上，通常高级特工，寻找自己的线人或者敌人，或者接头递送情报之类，都喜欢选择在这样的复杂暧昧场所。

六个人漫无目的，在大街上东瞅瞅、西看看，不知道该往哪里去。

王班长说的没错，这样子的办法寻找，确实是瞎猫碰死耗子，全凭运气，时间长了，周星亮有些泄气。

"王班长，这样寻找恐怕是大海捞针，一辈子也找不到，我们倒不如打听打听，他的叔叔酷布卡二世居住的地方。"周星亮穿着厄矮星国肥大的"袍服"，左扯右摆，很不习惯，走得腰酸腿疼，最后提议道。

"星星哥哥，酷卡的叔叔，真的是酷布卡二世大元帅吗？"呀呀和呱呱听了，不由得大吃一惊，站在那里，同时大张着嘴巴，询问周星亮。

酷布卡二世大元帅，那可是美丽星国一人之下，万人之上，大名鼎鼎，响当当的大人物呀！

"那还会有假，是酷卡好朋友，亲口告诉我的！"周星亮仰起头，潇洒地甩了下头发，迎风飞扬，骄傲地说道。

左顾右望，街道两边有很多图书馆，到里面随便打听一下，也许不就有了？

他们就信步走进一个最近的图书馆，由呀呀和呱呱出面打听，果然热情的管理员告诉他们："我们尊敬的酷布卡二世大元帅，他的府邸，就在前面不远处的'将军苑'，直走200米，右拐便是。"

踏破铁鞋无觅处，得来全不费功夫，就这样给找到了。不过，当他们六个闲庭信步，来到"将军苑"的时候，却发现里面有几百幢高大漂亮的别墅。站在远处张望，里面的戒备不算森严，大门口既没有收发室的老大爷，也没有持枪站岗的警卫哨兵。

不过，所有酷布雅娜市的小区都是这样，可能是他们这里的治安环境太好了的缘故。但是，大门口安装有自动扫描设备，需要通过居住者本人的身体扫描，才能进入。想要通过翻墙越入，或者其他方式偷偷进入，根本都是不可能的，因为四周围，全都配备有眼睛看不见的光束扫描栅栏。

怎么办？王锋班长有些傻眼，急得六神无主，难道就这样打道回府？

不行，再等一等。

原来，这两天时间里，王锋班长通过"宇行通"，经常关注美丽星国的新闻。

"宇行通"隐藏有很多的功能，让王锋班长四个人根本意想不到，大开眼界。比如，你随时随地，想看电视，那么你可以选择"电视功能"，如果嫌它的屏幕太小，可以选择"放大屏幕"，面前就会弹出一个光屏幕。然后，旋转表盘身边的旋钮，就可以任意调节屏幕的大小，直到和人类的电视机屏幕大小一样。再比如，你想看电影，那么你可以选择"电影功能"，如果嫌它的屏幕太小，可以选择"放大影幕"，面前就会出现一个光屏幕。然后，旋转表盘身边的旋钮，就可以任意调节光幕的大小，直到和人类电影院的电影屏幕大小一样。神奇无比，自带 4D 效果，仿佛身临其境，情节真实而又梦幻般的感觉，观看质量，简直比人类的数字高清还要清晰。还有，它还可以随时检测你身体内各个器官组织的健康状况，各项数据会即时显示在表盘上，并提醒你当天应该注意的衣、食、住、行，就像一个贴心的私人保姆兼医生一样。如果你感觉无聊，它可以陪你聊天；如果你想听故事，它可以给你讲故事；如果你想听音乐，它可以播放优美的音乐。

虽说，"宇行通"不具备美丽星语言和中文的直接自动翻译功能，但是通过七猜测八揣摩，他了解到，在美丽星国内，大小官员无论工作期间还是下班后，都是自行驾驶飞碟上班回家。

那么，尊敬的酷布卡二世，今天会不会在下班后，自行驾驶自己的飞碟回家呢？千算万算，不如一算，那就赌他一把，万一赌对了呢？王锋班长站在那里，右手握着拳头，紧紧攥在左手心里，暗自下了决心。

事有凑巧，也是天赶人伺候，事情还真让王锋班长猜准，赌对了。在美丽星国时间，六点多钟的时候，陆陆续续，有飞碟驶向"将军苑"。它们井然有序，都需要停在大门口，待乘员站在大门口，静静扫描识别身份后进入苑内。看着车水马龙，人来人往，六个人就站在远处，佯装欣赏风景的样子，不时扭头进行认真观察。时间一分一秒过去，当特工需要具备极高的忍耐力。同时，眼观六路，耳听八方，不放过任何蛛丝马迹。

"酷卡！"猛然，邓大军一声低呼，紧接着，他急忙用双手捂住了自己的嘴巴。

大家心情一震，纷纷扭头，顺着他的手指方向，看到在大门口停着的一艘飞碟，酷卡赫然从里面走了出来。

四个人都瞳孔放大，眼睛一眨不敢眨，几度辨认，确认无疑。

这显然是一艘军用飞碟，飞碟身上写有"美丽星 002 号"几个大字，极为显眼夺目，还刻有闪闪发亮的美丽星国军徽。

接着，走出来一个身材高大的军人，他身着漂亮笔挺的元帅服，高大威武，不怒自威，但远远看起来，面目则是十分和善。

"啊，果真是尊敬的酷布二世大元帅！"呀呀和呱呱，也同时低声惊呼了起来，激动加紧张，几乎想要捂住自己的眼睛。

"你们确定，他就是酷布卡二世大元帅吗？"王锋班长用侧眼紧紧盯着那个人，低声询问呀呀和呱呱。

"确定，十分确定！"两个年轻的美丽星士兵，为今天能够亲眼看到他们十分尊敬的酷布二世大元帅，心情无比兴奋骄傲。

"我们在军营里，经常能够看到大元帅的巨幅照片，还有画像。"

六个人站在大门口对面，远远地观察，等待酷卡的再次出现。

今天晚上，酷卡会从里面走出来吗？

这一次，若要打赌的话，谁也不敢百分之百地确定！

酷布雅娜市的夜晚，那种神秘气息，极其美丽动人，让人目醉神迷，怎么样形容呢？既像青春美少女，又像妖娆贵妇人，或者二者的完美结合体。

但很显然，六个人，四散或蹲或站，目不转睛，精神抖擞，都没有丝毫的沉醉于夜色中。不知道熬了有多久，反正他们也没有兴趣看时间，一门心思，都在那个大门口。

"My God！我的天哪！"一个多小时后，酷卡一个人，还真的驾驶着那艘飞碟，从里面出来了。四个人，激动得几乎心脏都要蹦出来了。

"不要激动，保持冷静！"王锋班长头也不回，摆摆左手，示意大家。

难道，酷卡心有灵犀，是在配合六个人的行动吗？答案还真的不是，其实今天，他是去军部央求他的叔叔，给他办理特别通行证件的。原来，酷卡在家里待了一段时间之后，感觉实在无聊。前一段时间，他偶然从妈妈酷丽娜嘴里，听说叔叔正在率兵攻打仙女国。他打了个机灵，顿时来了兴致。叔叔回来之后，他就有了去仙女国游山玩水的打算。今天下午，他就去了叔叔在军部的办公室。为什么不在自己家里说呢？因为他怕妈妈的阻拦。

在办公室，酷卡软泡硬磨，酷布卡二世大元帅无奈，答应明天给他办理前往仙女国旅游的特别通行证件。看看到了下班时间，酷卡就顺便到叔叔家里吃了晚饭。

第四十八章
再入美丽星国军部

六个人心怀喜悦，匆匆转身，分别坐进了自己的飞碟内。

"快，跟上它！"两艘飞碟，一前一后，悄悄飞行。紧紧跟在酷卡驾驶的那艘飞碟后面，距离不远不近，防止被发现跟踪。

"美丽星002号"，不愧为大元帅的军用飞碟，性能极好，风驰电掣，一路向北飞去。没多久，它飞到一个名叫"贵府庭"的小区大门口稳稳停了下来。这里，应该就是酷卡居住的小区了。照例，需要酷卡走出飞碟，进行身份识别扫描。

"酷卡先生，好久不见！"神不知鬼不觉，周星亮走上前，他友好地拍着酷卡的肩膀，轻轻说道，声音低沉而又热情。

这时候，正是晚上八点多的时间，周围没有其他美丽星人。四个人悄无声息，前后左右，紧紧围住了酷卡。呀呀和呱呱，分别坐在两艘飞碟内，停在远处，随时进行起飞。

"你们——"今晚，酷卡因为心情高兴，嘴里正轻松地哼唱着美丽星小金曲儿呢。听到陌生而又熟悉的声音，他戛然而止，惊恐地猛然回头。

"酷卡先生，真是贵人多忘事，难道你不认识我们了吗？"邓大军起身，凑到他的眼前，眼光十分温柔，笑眯眯地说道。

"哦，是你们，你们来找我干什么？"看得出来，对于他们的出现，酷卡有些意外和害怕，但还算是比较镇定自若。以前的大风大浪经历过了，其实也就那么一回事儿。

"亲爱的好朋友，你先不要多问，先让那艘飞碟自行回家，然后我们再谈。"王锋班长的语气很亲切，但显然带着命令的口吻，轻轻说道。

酷卡打量一下四个人的眼神，看到他们手中的家伙，无奈就让那艘"美丽星002号"飞碟自行飞了回去。

"走吧，酷卡先生，咱们之间的悄悄话，到了飞碟上再慢慢细说。"周星亮挤眉弄眼，阴阳怪气地说着。同时，和刘瓜娃，一左一右，架起了酷卡的胳膊。

"酷卡先生，只要你不反抗，默默配合，我们是不会伤害你的，这个规矩你也是知道的。"王锋班长一挥手，一行人向飞碟快速走去。酷卡被架着胳膊，走在前面，感觉得到背后，有枪口顶着自己，不知道是一支，还是两支。临上飞碟，酷卡的头上被套上了一个黑色的布袋。这让他晕头转向，不辨东西南北，这也是为了保护呀呀和呱呱的安全。

两艘飞碟，一前一后起飞了，向美丽星国的军部方向飞去。

酷卡跌跌撞撞，上了飞碟，被两只有力的大手按在了一个座位上。

"酷卡先生，为了不影响彼此的时间和心情，我就开门见山，实话实说。这一次，我们想通过你这个老朋友的帮助，得到贵国的星际武器清单，这就是我们找你的目的。"王锋班长坐在酷卡对面的座位上，依旧保持着友好的语气和态度。

酷卡头上套着黑色的布袋，气哼哼坐在那儿，显然有些生气过度，身体抖动着，沉默不语。

"口口声声老朋友，难道，你们就是这样对待老朋友的吗？"过了一会儿，酷卡忍耐不住，愤愤不平地开口了。他心里知道，若自己负隅顽抗，这样子一直耗下去，是会对自己很不利的。

"很抱歉，酷卡先生，为了彼此的安全着想，让你暂时受委屈了！"王锋班长摊摊手，表示无可奈何。

"酷卡，我们都很信任你，才会来找你帮忙的。贵国的星际武器，破坏力极大，一旦使用，将会毁灭宇宙间多个星球，还要毁灭这些星球上的很多物种，包括我们地球和人类，所以我们必须得到这份清单。"王锋班长知道酷卡有文化、有知识，坐在那儿一番循循善诱，苦口婆心，晓以利害，说出了问题的严重性。

"可是，我哪里会知道，这些星际武器的清单在哪儿呀！"酷卡沉默想了想，委屈巴巴地说道。

"呵呵，你当然不会知道，但是你的叔叔酷布卡二世大元帅，肯定知道啊！"

"哦，我想起来了，今天下午，我在叔叔办公室的时候，看到他的办公桌上放着几张什么宇宙武器，还有基地之类字眼的报告。只是不知道，是不是你们所需要的？"

原来，美思坦宏教授急不可耐地想让他的这些宇宙武器发挥效用，就在昨天，把这些武器清单提交给了酷布卡二世大元帅。因为这都是国家的超级秘密战略武器，为了慎重及保密起见，教授甚至都没有使用系统网络发送，而是亲自登门，给元帅送了过来。这些武器，威力太过巨大，不能在美丽星国本土发射，需要寻找一个大小和位置均合适的行星作为发射基地，而火星目前是最为理想的选择。

由于各式武器种类繁多，需用的发射场地和设施、设备各不相同，耗资巨大，需要军部编制相关费用预算，然后提交财政部门，上报美之郎大帝批准，当然他会乐于签字同意的。现在，这份高度机密的宇宙武器清单，美丽星国内只有一份。并且，只有教授和酷布卡二世二人知晓。

你想，若非机密和重要，会由元帅本人亲自动手，编制相关费用预算吗？本来，下午元帅就能弄好，提交财政部门，可偏偏遇上酷卡来到办公室，死缠烂打。无意耽搁之下，只好明天进行提交。

王锋班长和身旁其他三个人，互相默默交换了眼神，又重重地点头，基本上可以确定无疑了。

两艘飞碟，在军部门口的停碟场稳稳停了下来，然后四个人扶着酷卡走了出来。酷卡头上的黑色布袋，被摘了下来，眼前豁然开朗。周星亮、刘瓜娃两个人，守在飞碟这儿，预防意外发生。王锋班长、邓大军一前一后，护着酷卡，向军部大门口走去。

大门口的警卫见状，谦恭地朝三人敬了个军礼，然后潇洒挥手，顺利让三人昂然走进了军部大门。就在三个多小时前，警卫亲眼看见，酷卡和酷布卡二世大元帅二人，说说笑笑，亲亲热热，走出了军部大门。高官子弟，就有这么一个好处，别人到不了的地方，他却能畅行无阻。

军部办公大楼内，还有很多办公室灯火通明。三个人上到八楼，来到酷布卡二世的办公室，酷卡凭借特权身份，是能够随意出入这间办公室的。很显然，元帅的办公桌上，就赫然放着一份文件。王锋班长来不及四顾，急忙拿起文件看了起来，但是上面全是美丽星文字，他一个字也看不懂，但图纸的标识，经过之前的认真学习，还是能够略懂一二。

"没错，就是这份文件！"酷卡呆呆地站在旁边，连声说道。今天晚上，他能不能安然脱身，就全看这份文件了。

王锋班长一声不语，掏出随身携带的微型高清数字相机，对着文件，一页一页拍起照来。仔细拍照完毕，把文件整理好放归原位。然后下楼，三人大摇大摆，出了军部大门。

上飞碟前，照例酷卡头上被戴上了那只黑色布袋。今天晚上，他确实是够辛苦委屈的了。两艘飞碟，风一样，飞驰到了"贵府庭"小区的大门口，酷卡被带到地面，那只黑色布袋也被摘了下来。

"酷卡先生，辛苦和感谢你了，你今天晚上的丰功伟绩，有可能被记载入宇宙的历史！"王锋班长激动而又平静，紧紧地握着酷卡的双手，热情洋溢地说道。

酷卡站在那里，身体僵硬，始终保持着沉默，也许，他真的并不清楚王班长话里的含义。另外三个人，也一一走上前，紧紧地握住酷卡的双手，连连真诚地表达了感谢之情。

两艘飞碟又起飞了，飞行在灯火灿烂大街上空的黑夜里。

"王班长，我们现在去哪儿？"呀呀一边驾驶着飞碟，一边询问王锋班长。

也许，呀呀和呱呱并不知道，此刻，他们俩已经帮助人类完成了宇宙历史上的一次壮举。

"立即回服务中心的房间，收拾行李后立刻离开，送我们到来时的停船场。"王锋班长当机立断，决定当晚离开美丽星国，然后转道厄矮星国，再返回火星基地，以免夜长梦多。

美丽星国的旅行，惊险曲折，亦真亦幻，复杂而又简单，让周星亮记忆深刻，流连忘返，留下美好难忘的时光。唯一的遗憾，是没有机会见到呀呀和呱呱两个漂亮的小表妹，莎莎和茹娜。不过，周星亮心里相信，总有一天，他们终会相见的。

谁都不会想到，像在做梦一样，这次如此艰巨的任务，会如此轻松顺利地完成。所以说，人生需要毅力和坚持，有时候，怪事和奇迹，都会以你意想不到的方式出现。

第四十九章
星际建交和星际武器

三天以后，王锋班长一行四个人，返回到了火星基地，立即把间谍相机交给了曾毅教授。曾毅教授异常欣喜，打开相机，仔细看起了照片，他是懂得美丽星语言的。不看不知道，一看吓一跳。里面的每一个字，每一份图纸，都是字字千钧，图图惊心，决定着地球和人类的命运，还有宇宙间其他众多无辜的星球和物种。

一一浏览，里面详列着十种宇宙星际武器，分别为：伽马枪武器，努尔贡嘎巨炮、引力弹弓武器、微型奇异物质炸弹、纳米探针、黑洞罩、金柜、反物质炮弹、灰蛊微型探测器、"金嗓子"意念武器。

每一种宇宙星际武器名称下面，都有一段简短而详尽的美丽星语言文字说明。不过，排在第一位的伽马枪武器，却被美思坦宏教授赌气，特意用笔划掉了。曾毅教授每看到一种宇宙武器的名称和说明，都是惊心动魄，震人胆魂。他的脸上，很快渗出了密密麻麻的汗珠儿。

曾毅教授一边看，一边不由自主地从衣服兜里掏出手帕，不停地擦拭脸上的汗水。

"曾教授，您面色发白，满脸大汗，是不是劳累过度，身体不舒服啊？"王锋班长站在一旁，看到曾毅教授脸色苍白，大汗淋漓，就关心地询问曾毅教授。

"没关系，没关系，可能只是小感冒而已。你们四个一路辛苦了，先回房间休息！"曾毅教授抬起头，从无限震惊中醒过神来，急忙寻找话题，极力掩饰道。

"人类是不是就要没戏了？人类是不是就要没戏了？人类是不是就要没戏了？"曾毅教授独自站在房间里，步履沉重，大脑发胀，踱起了无数个圆圈圈，心情急得像一只热锅上的蚂蚁。

但是，不管形势如何危险急迫，只要地球每一天还在正常自转和公转，就没有什么大不了的！火星基地内的一切工作，都还得按部就班、有条不紊地正常进行。

接下来的头等大事，是迎接和安排地球上的国家、熊尼星国、郎甸国三个国家的代表，在火星基地内，正式签署建立星际外交关系的外交文件。

郑宇连长、机器人仇小科连长，忙碌起来，安排士兵们把基地内的大会堂收拾一新，作为签署文件的正式场所。另外，士兵们又打扫整理出20多个房间，全部更换为新床新被，以作为三个国家外交使节的下榻住宿之地。

紧张忙碌，殷殷期盼，伟大的一天终于到来了！

先是，柳迎春女士，乘坐宇宙飞船，来到了火星基地内，她将代表地球签署建交文件。科研人员和战士们都排列着整齐的队伍，手持鲜花，欢呼着迎接她的到来，趁机一睹她的美貌和风采。

紧接着，熊尼星国外交部那位中年女副部长，也来到了人类的火星基地内。随行的，意外还有美丽的娜娃美女，这让周星亮他们格外高兴，热情地上前同她打招呼。

最后来到的，是郎甸国的外交部长，队伍庞大，随员众多，可见郎甸国对于此次建交的重视程度。

当天晚上，火星基地内举行了盛大热烈的欢迎晚会。三个相隔遥远的星球上的人民，终于为了宇宙的和平与发展，共同聚集在了一起。三个星球国家，都具有迫切、真诚的建交愿望，因此第二天上午 10 点，举行的签署建交文件仪式，进行得颇为顺利。

兴高采烈，欢欣鼓舞，送走三个星球国家的外交使节后，基地内又迎来了国内的十几位前沿科技武器专家。这一次，没有任何的轰轰烈烈，场面异常低调，由曾毅教授亲自接待。除了少数几个人，基地内大部分人并不知道他们的身份，为首的前沿科技武器专家，正是张大林院士。

张大林院士，这里就不用详细介绍了，一向低调而神秘，但他的鼎鼎大名，在地球上如雷贯耳。

一切密谈，都在曾毅教授的房间内进行。他的房间很特殊，大而宽敞，简陋而又重要，既是办公室，又是卧室兼书房，到处堆满了书籍和各种图纸，外面 24 小时有重兵把守。十几个人说说笑笑，有的坐在椅子上，有的就直接坐在曾毅教授的土炕上。有些拥挤不堪的样子，但场面气氛融洽，热热闹闹。

"莫要怪罪，由于条件所限，基地内的办公环境，暂时还是有些简陋，大家还是将就委屈些了。"曾毅教授忙着烧上一大壶热水，泡上热茶，然后端出一个大果盘，放在中间的木质茶几上。

"尊敬的曾教授，一年时间不见，你依旧是风尘仆仆、精神矍铄的老样子！"张大林院士坐在土炕上，盘起双腿，首先开起了玩笑。

"哪里哟！你仔细瞅瞅。刚来火星的时候，我这头上，还竖有几根光荣的黑头发，现在发现势头不对，全吓得变白了！"

"哈哈哈……"

听到曾毅教授风趣幽默的话语，其他人全都哄堂大笑起来。

"曾教授，你四处奔波，为国操劳，怎么到了火星上，倒睡起了土炕来啦？"一个年轻的专家戴着眼镜，坐在土炕上，东瞅瞅，西看看，一脸的惊讶与好奇。

"你莫要笑话，这可是火星上的一大宝。我这个土炕呀，睡起来特别暖和，特别舒坦，天天就像睡在自己家里一个样儿，比起那高级席梦思床垫，自在舒适多了！"

第二天早上，国内的十几位前沿科技武器专家，草草吃过早饭，又聚集在曾毅教授的房间内。此前，教授已经把美丽星国宇宙武器的照片打印了几十份出来，现场一一分发给大家。不用想，大家看了照片后，那些心情和表情，这里就不再形容了。

为首的张大林院士，更是面色异常沉重，非常严肃，他心里应该最清楚，这些武器的威力和危害了。

"看起来，人类的武器和美丽星国的武器，差距不是一代两代啊！"张大林院士坐在椅子上，右手摸着下颌良久，首先开口。

"是啊！是啊！"其他武器专家，先是安静坐着，也都是皱着眉头，随之纷纷随声附和。

"差距就摆在这儿，困难也摆在这儿，危险就在眼前，那么如何应对呢？难道我们就只能眼睁睁看着他们毁灭地球和人类吗？"

曾毅教授站在屋子中间，一阵慷慨激昂的话语，让大家群情激动起来。

"大家安静，这些宇宙武器的介绍大家都看到了，曾毅教授也把我们面临的形势说清楚了，接下来，希望大家开动脑筋，各抒己见，提出应对和解决之道。"张大林院士摆摆手，示意大家。说实话，在座的各位都是地球上的顶级武器专家，他们的见解举足轻重，一言九鼎。

"其实，这十大宇宙武器当中，有些是人类可以应对的。"一个年长的专家，坐在土炕沿上，身材高瘦，花白头发，一边低头看着文件，一边说道。

"刘院士，你说说看。"张大林院士用慈祥的眼光看着他，并鼓励他。

"其中，伽马枪武器，已经成功被我们摧毁了，但不能够排除他们再次启动的可能性，但这需要时间，可以暂时不予考虑。至于努尔贡嘎巨炮、引力弹弓武器、微型奇异物质炸弹、纳米探针、反物质炮弹、灰尘微型探测器，我们也有一些初步的概念武器，比如时空停滞器，时空切断幕，可以试着应对，阻断它们的发射路径，但不知最终效果会如何。最后，对付黑洞罩，金柜，目前人类恐怕就无能为力了。"刘院士专家的一席话，既权威也很具有代表性，启发了大家的想象力，纷纷抢着发言。

最后，张大林院士端直身体，表情严肃，作了总结发言，他说道："对于像美丽星国这样的超级智慧文明国家，大家的思路，一定不能按照常规思考，思想上要超越、超越再超越，我们人类必须采用弯道超车的办法，不但追赶他们，更要超越他们，最后才有战胜他们的可能！"

接着，曾毅教授也给大家布置了任务，他静静地看着大家，说道："希望大家回去以后，每人写一份关于对付十种宇宙武器的方法文章，然后大家再一起，互相交流，集思广益，最终形成一个终极解决方案。"

第五十章
第二次火星战争

事情纷繁，话分两头。美飞带领着他的残兵败将，偷偷溜回到美丽星国内后，便一直称病卧床，待在家里不再上班。试想一下，美飞一生打仗无数，无不得胜，从未遭遇过如此惨败，这一仗，怎会不让他颜面无光，羞于见人呢？再说，白纸黑字，大庭广众，他可是当着大家的面，信誓旦旦，向美墨亮立下了军令状的。

连着多天，美墨亮心知肚明，暗自苦笑，却佯作不知。形势波谲云诡，瞬息万变，谁还没有雨天忘记带雨伞的时候？

酷布卡二世按捺不住了，因为这些天来，美思坦宏教授不断向他催促，询问宇宙武器基地进展事宜。另外，酷布卡二世所不知道的是，美思坦宏教授不但想在火星上建设一个宇宙武器发射基地，另外，他雄心勃勃，几近痴狂，还想要建设国外的第二座能量工厂——"美丽星球二号工厂"。

本来，"美丽星球一号工厂"在美丽星国内建设有一座，位于美丽星国南部的大深山内。这一座工厂，便足可供应美丽星全国所需要的所有能量，包括电能、光能。但是，如果用来发射宇宙星际武器，一是可能影响国内居民的安全，二是可能造成国内电能供应不足。因为这些宇宙星际武器的发射，需要巨大的能量支持，是宇宙级别的天文数字。那么，在别的星球，另行建设发射基地，另外建设一座"美丽星球二号工厂"，专门用于发射星际武器，便是顺理成章的事情。

神秘的"美丽星球二号工厂"，其实是一种围绕恒星的巨型结构，从黑洞中获取能量。这个巨型结构，是一种极其复杂的科学装置系统，目前只有美丽星的科学家掌握其技术。尽管黑洞通常被认为是黑暗的，但当它们吞噬周围的物质时，会释放出巨大的能量，这些能量会使温度升高，并以光的形式辐射出去。

于是，在50多年前，美丽星国的天文学家们提出了一个大胆的构想：在黑洞周围，放置一个轨道平台，上面覆盖着类似太阳能板的东西，以吸收黑洞辐射出来的能量。由于黑洞比恒星小，因此可以在附近的恒星上，布设这些巨型能量板，以吸收黑洞辐射出来的能量。然后通过"美丽星球二号工厂"，转化为源源不断的电能和光能。

经过20多年坚持不懈的技术攻关，在美丽星国内，早在10多年前，第一座美丽星球工厂就已经建设成功了。经过测试，运行非常成功，并不断进行技术上的改进和优化。

因此，"美丽星球二号工厂"和宇宙武器基地的建设需要同步进行，二者缺一不可。

其间，所需要耗费的天文工程量，也就可想而知了。所以，美思坦宏教授的急迫心情，便是昭然若揭，可以理解的了。

酷布卡二世无奈，就让美砡到美飞府上拜访，顺便打探一下战况失利的原因。一见面，美飞很不好意思，就一骨碌从床上爬了起来，一迭连声地诉苦，说人类是如何的诡计多端，武器如何厉害。

"哈哈，将军如此一副生龙活虎的样子，面色红润，声如洪钟，不像是生了病的样子哟！"

"嗨，我说美砥将军，你明明知道病根在哪里，就不要再装模作样，把脉问诊，取笑于我了！"

不过，过于轻视敌人，让人类钻了空子，这一点美飞将军倒是坦然承认。

"美飞将军，但是你整日躲在家里，一直不上班，总不是长久之计吧？"

"近日，熊尼星国陈兵我空境，大有侵犯之意，你何不上阵领命，带兵拒敌，来个将功折罪呢！"在前来的路上，美砥将军前思后想，已经给他想好出路了。

美飞将军听了，连连拱手，当然是相当的感激。

"不过酷布卡元帅，解决火星上的问题，才真正是目前我军当务之急啊！"美墨亮特意提醒酷布卡二世。

其实，孰前孰后，孰轻孰重，酷布卡二世心里岂会不知？

不过，人类全然不似其他敌人，确实难以对付，这次派谁去好呢？这时，只见美墨亮微微一笑，轻挑眼眉，瞟了一下美砥。

"不不不，不可安排美砥将军前往，前车之鉴，美飞将军骄傲自满，刚在火星上吃了败仗。这一次，岂能让美砥将军再去受辱？"酷布卡二世扭过头去，连连摇手。

"是啊，美砥将军德高望重，从无败绩。若此番前往，岂能再次让火星上的人类，吃了豆腐，贻笑大方！"

酷布卡二世和美墨亮二人，默契地演这么一出，一唱一和，倒确实让坐在一旁的美砥坐不住了。

他涨红了脸，"腾"地站立起来，怒火万丈，眼冒金星，慨然说道："我美砥，虽说横扫宇宙，百战百胜，但从未与人类交战过，今番情愿领兵前往。莫非人类长有两个脑袋？这一次，我一定把火星占领，一雪前耻。"

美砥带领 2 万名美丽星国精兵强将、50 艘星际战舰，浩浩荡荡，杀奔火星而来。这一次，他们携带了几百枚厄矮星国制造的常规钻地炸弹，誓将人类基地炸成一片火海，人仰马翻，一个不留。

不过，到达火星上空后，美砥并没有立即盲目行动，而是在火星上空

500 千米的地方，摆开阵势。首先，他安排布雷斯排长进行地面侦察，以查清人类的动向，然后再展开轰炸不迟。而基地内的人类，也早已经闻知风声，躲藏了起来。地面侦察良久，偌大的火星，并没有发现人类科研人员的踪迹。

那么，他们到底躲藏去了哪里呢？

原来，自上一次美飞将军从火星上败走后，曾毅教授立即命令郑宇连长、机器人仇小科连长，带领他们的几百名战士，乘坐星际战舰，到达了另外一些神秘的地方。

大家知道，火星基本上是沙漠行星，到处是地表沙丘，砾石遍布，在这些地方是无处藏身的。但是，它却有太阳系最高的山——奥林帕斯山，有 21.9 千米高，600 千米宽。

另外，还有其他四座高山，包括艾斯克雷尔斯山、帕弗尼斯山、阿尔西亚山和亚拔山。

再者，火星上最壮观的特征，是位于南半球的大峡谷，其中尤以水手谷更为突出。

水手谷，由一系列峡谷组成，绵延 5000 千米以上，宽 500 千米，深也可以达到 6000 米左右，这样的峡谷，是地球上任何峡谷无法比拟的。

郑宇连长、机器人仇小科连长和几百名战士，分别到达了这些神秘的地方。究竟，他们来这里干什么呢？挖洞，在大山底下挖，在峡谷底部挖，日夜不停地挖，越深越大越好。经过近三个月的挖掘，他们分别在奥林帕斯山、艾斯克雷尔斯山、帕弗尼斯山、阿尔西亚山和亚拔山，挖出了五个巨大的山洞。这些山洞，分别称为 1 号洞、2 号洞、3 号洞、4 号洞、5 号洞。

另外，还在水手谷挖出一个大型地库，称为水手地库，以供星际战舰和宇宙飞船停放。

就在昨天晚上，基地内所有的科研人员，带着仪器设备和文件资料，乘坐着 3 艘星际战舰、两艘宇宙飞船和几十辆勇士牌火星全地形车，也来到了这些地方，躲进了挖好的地洞里。

火星全地形车，是一种特别制造的运输车辆，可以在火星任何地形上行驶,具有多种用途,且不受火星道路条件的限制。

鸡蛋不能放进同一个篮子里,几千名科研人员分为六组,分别躲在以上六处地方。

但是,偌大基地内,空无一人,还像上次一样上演"空城计",能不被美砡发现吗?

曾毅教授也想到了这一点,他让机器人仇小科连长带领200多名机器人战士,留在了基地内。

为了达到以假乱真的效果,仇小科连长和200多名机器人战士,正常在基地内巡逻,站岗放哨。基地内各个办公室也都是灯火通明,好像人类都在正常办公一样。

布雷斯带领着他的战士们,悄悄来到了基地附近,进行远远地观察,看到人类戒备森严,也不敢贸然进入基地内。观察一阵后,布雷斯远远听到,仇小科连长来来回回,在各个哨位上大声喊着:"所有人员,务必提高警惕,防止美丽星人进行偷袭!"

布雷斯和战士们会心一笑,放心地回去向美砡报告。

"报告将军,人类没有发现我们的行动,基地内一切工作正常,可以展开大规模空袭行动。"

美砡吸取教训,不给人类任何喘息之机。

"开火!"美砡一声令下,几百枚钻地炸弹呼啸而出,直射向地面上的几十幢建筑和房屋。

"轰轰轰……"

这些常规钻地炸弹,能够钻入地下10-20米深处,然后发生剧烈爆炸。

一时间,基地内尘土飞扬,火焰满天,建筑和房屋四散倒塌,很快成了一片焦土。机器人仇小科连长和200多名机器人战士迅速躲进了地洞内,但还是避免不了大规模的伤亡。

没有办法,落后就要挨打。这是人类历史上,第一次遭遇到外星人大规模袭击破坏行动。

第五十一章
人类的星际武器

一番狂轰滥炸，美砥炸毁了人类的火星基地，大获全胜。他心满意足，志得意满，留下5000名士兵驻守火星，自己带领其他士兵，胜利班师回国。

当天晚上，机器人仇小科连长，带领剩下的100多名机器人战士，在郑宇连长的接应下，趁着月黑风高，乘坐星际战舰到达了5号水手地库。一一清点人数，发现整整损失了56名机器人士兵，另外还有多名机器人士兵，遭受不同程度的战场毁伤。

曾毅教授和一众博士们，躲藏在奥林帕斯山的1号洞内，迅速将人类火星基地被美丽星国军队袭击并毁坏的情况，上报给了地球大本营。

消息传来，人类震惊。

此时，黄宇飞已经升任国防部部长。岳虹光、王天雷两位将军，分别担任副部长，韩雨露将军因年龄原因已经退休，王春瑞升任总参谋长兼空天军总司令员。

同时，外交部将人类火星基地遭遇美丽星国军队袭击的情况，火速通报了熊尼星国、郎甸国外交部门。两国领导人熊敖大帝、达尼斯最高领袖，对美丽星国的野蛮军事行径进行了强烈谴责，并对牺牲的人类战士表示哀悼。

形势十万火急，黄宇飞部长立即召开军事联席会议，共同商讨应对之策。首先，由张大林院长汇报从火星基地带回的美丽星国宇宙武器情况。让人听后不寒而栗，会议现场的气氛，很是紧张、压抑。

"那么，我们研发的星际武器，情况怎么样呢？"黄宇飞部长凝眉蹙首，听完张大林院士的报告，提出了问题。

"目前，咱们研制的星际武器，主要是时空隧道、时空停滞器、时空切断幕。实话实说，由于我们人类，一贯奉行和平开发宇宙的政策，所以，我们的前沿武器研发方向，主要以星际防御为主，主动进攻性的武器尚显欠缺。"张大林院士一脸和蔼，目光睿智。他搞科学研究，一是一，二是二，不会虚夸浮躁，一向说话实事求是。目前，人类研制星际武器的状况，并没有大张旗鼓，而处于高度保密状态。因为，按照人类的预判，不会与外星人这么早就遭遇，继而爆发战争。即使与外星人有矛盾，也可以通过谈判，和平解决。

"那么张院士，你能否详细介绍一下，我们的星际防御性武器，都有哪些主要功能呢？"知彼知己，百战不殆，台下有军事界的人士，迫不及待地提出了自己的问题。

"我十分理解大家急切的心情，先给大家介绍时空隧道。它是穿越时空的一种途径，又称超越自然现象。它是客观存在，是物质性的，看不见，摸不着，对于我们人类生活的物质世界，它既关闭，又不绝对关闭。"

偶尔开放的时空隧道和人类的世界并不是一个时间体系，而是进入到另一套时间体系里，因为在时空隧道里，时间具有方向性和可逆性，它可以正转，也可以逆转，还可以相对静止。

在通常的科学理论里，认为时空隧道可能与宇宙中的黑洞有关，也有科学家认为与大爆炸有关，各个国家的研究人员，也都在努力找到这个时空隧道，对于时空隧道在哪里的传言也很多，有人说在喜马拉雅山的山顶，有人说在太平洋的深海沟，不过说法最有可能的，是地中海东部爱奥尼亚的一片海域。

"但是，我们关心的并不是这些，而是人工科技制造的时空隧道，即'无垠号'时空穿越机器，简称时空穿越机，这得益于我国量子态隐形传输技术的成功，它能让物质甚至人体瞬间实现异地转移、传送。"

张大林院士侃侃而谈，讲述的科学道理很是深奥，一般人非常难以理解。

我们可以就此打一个比方，有一个计算机程序员，测试是他的基本功夫。通常，用户使用的软件都是流畅运行的。但在这个程序员进行程序设计的时候，他可以放慢程序的执行速度，一步一步地运行，以便看清楚程序每一步的状态，以及程序的执行逻辑。

这个过程，就像黑客帝国里尼奥仰身躲避子弹，以及他伸手让时间停滞，从而让射向他的子弹停留在他眼前。

"不过，时空穿越机，目前在我国只是处于商业应用阶段，在现实生活中，供人们进行星际旅行使用，在军事上还没有得到应用。"

也难怪，近几百年来，人类一直注重自身商业利益的发展，一路狂奔，有谁会去关注遥远的宇宙之事呢？

当然，也有一些有志科学家和人士关心外星人的事情，但被某些权力资本大亨嗤之以鼻。

活在当下，精致利己，是他们认为最聪明的选择活法。

"张院士，难道我们就真的没有办法，对付美丽星国的宇宙武器，眼睁睁看着他们毁灭我们的地球和人类了吗？"王春瑞总参谋长坐在报告台下，听了张大林院士的话以后，激动地大声发问。

"这倒不是，下面我谈一谈我们的时空停滞器。它是在时空穿越机的基础上，发展而来，是我们有效的防御武器。人一旦进入时空停滞器，就什么知觉都没有了。当他回到光明世界时，只能回想起被吸入以前的事情，而对进入时空停滞器后，遨游无论多长时间，他都一概不知。"

"那么张院士，时空停滞器，怎么防御美丽星国的宇宙武器呢？"王春瑞总参谋长紧绷的脸上，有了欣喜之色，挺直了身体，不禁接着发问。

"对付美丽星国的努尔贡嘎巨炮，引力弹弓武器，微型奇异物质炸弹，纳米探针，反物质炮弹，灰蛊微型探测器，我们可以在这些武器发射之后，或者在太空进行提前部署，在它们的来袭方向，架设一部时空停滞器，或者多部时空停滞器，让这些宇宙武器进入其间。"

这样，不论美丽星人这些宇宙武器多么厉害，速度多么快速，能量多么巨大，进入时空停滞器以后，就像是把一颗大石头扔进了太平洋里，激不起任何大浪。它可以在里面任意漂流沉浮，直到我们把它释放出来，但是那时候，它基本上已经失去了原来所有的能量。

时空停滞器的工作原理，是在对运动学或者说力学的三个基本要素：长度、质量、时间，这三个量的基础上，对位移、速度、加速度、动量、动能、角位移、角速度、角加速度、角动量等，一系列的运动学的概念，进行了重新的计算和排列组合。

"当然，我们在太空部署的时空停滞器，若能加上星链的配合和支持，就更加完美了！最后，我们也有自己的反物质武器。这种武器当然很可怕，它不需要启动，只需要和我们的正常物质接触，就可发生大爆炸，毫不客气地说，只要拥有10千克的反物质，就可以毁灭地球。如果地球和人类被敌人逼到无路可走，将要灭亡的情况，可以随时组装投入战斗，除了核武器外，也是我们的终极保卫武器。"

主席台下，人声鼎沸，响起了一阵雷鸣般的掌声。

"张院士，还有美丽星国的其他宇宙武器，您讲一讲，怎么对付它们呢？"

"好的，下面我就给大家讲一讲我们的时空切断幕，它是有效对付黑洞罩、金柜的手段。时空切断幕，是在时空停滞器的基础上面，研究发展而来，对于黑洞，虫洞，意念武器的侵袭，我们可以在地球的外围空间，比如10万千米的地方，设置一道隐形幕墙，比如说是一个圆形的，或者说是一个正方形的，把整个地球罩在里面。"

由于时空切断幕已经把正常的时空切断，黑洞、虫洞、意念武器，就失去了前进和进攻的方向，被彻底阻隔在了墙的另一边，只能在原地打转转，这样就保证了地球和人类的安全。

报告会进行了一上午，在热烈的气氛中结束后，黄宇飞和张大林院士两人并排走出会议大厅，继续聊着会议的话题。

"不过张院士，你上午所讲的，都是一些防御性的手段和武器，难道我们人类，就没有有效的进攻性星际武器吗？"

"我们人类，介入星际空间开发的时期较晚，这方面的技术储备确实不足，不过你说起进攻性星际武器，我前一段时间了解到，熊尼星国几十年来，长期同美丽星国进行战略对峙，在这方面确实有一些撒手锏武器。比如，他们的'高树'超光速星际导弹，速度超快，射程超过1000万千米，既可以作为进攻性武器，也可以作为有效的防御性武器，拦截对方的来袭武器，并且杀伤力巨大，令美丽星国都忌惮三分。"

"张院士，你的意思是？"

"我建议，我们可以先行采购一批'高树'超光速星际导弹，一来熟悉使用，二来可以进行模仿改进，进而开发出我们自己的星际进攻武器。"

"这个建议好，不过需要向最高首长打报告，进行请示。"

第五十二章
火星上的谈判

同熊尼星国谈判，采购"高树"超光速星际导弹一事，由曾毅教授作为首席代表，陪同的还有一些其他武器专家。

谈判进行得很辛苦，主要因为该款星际导弹，属于星际战略威慑性武器，轻易不会出口，熊尼星国态度犹豫不决。

曾毅教授费尽三寸不烂口舌，晓以利害。

"若火星和地球，遭到美丽星国的军事伤害或者占领，那么美丽星国就会掉转枪口，乘胜追击，全力以赴对付熊尼星国，则熊尼星国的处境就更加危险矣！"

熊尼星国国防部最终同意，并经最高领导人熊敖大帝批准，答应出售"高树"超光速星际导弹，但要价奇高，每枚导弹要价格200亿元人民币。

经请求最高首长，人类军队首批采购，20枚"高树"超光速星际导弹3000型，决定全部部署在火星上，既可以在此进攻美丽星国，也可以在火星上，防御拦截美丽星国射向地球的宇宙武器。

但是，跟着问题也来了。如果要在火星上建设"高树"超光速星际导弹基地，势必就要赶走或者消灭驻留在火星上的美丽星国军队。

这个问题摆在了黄宇飞部长的桌面上，岳虹光、王天雷副部长，王春瑞总参谋长，四个人坐在一起，商量对策。

"长痛不如短痛，火星对于人类意义非常重要，它是太阳系内一个重要的星球，是人类走出太阳系，进入银河系的一个重要根据地和桥头堡，所以对火星要早打大打。"

"相比于人类，美丽星人是星系外国家，不应该染指我们太阳系内的星球，宇宙足够大，足可以容纳人类和美丽星人，在宇宙间和平相处，因此首先在道义上，他们就站不住脚。"

"只有把美丽星人赶出太阳系，然后划分星系而治，才能确保地球的安全和人类的长治久安。"

四个人坐在一起，你一言，我一语，共同商讨对付美丽星国的计策。

"秘密派出10万星际大军，在美丽星国国内，还没有来得及做出反应之前，彻底占领火星！"最后，黄宇飞部长大手一挥，下定决心，一锤定音。看来，两个星球文明的终极对决，没有对与错的划分，只有利与弊的权衡。

要想做到神不知鬼不觉，不让美丽星国军队得知人类占领火星的行动，就必须采用计谋和欺骗手段，配合军事行动。

这天一大早，曾毅教授带着郑宇连长和五六名战士，乘坐一艘宇宙飞船，来到了美丽星士兵的营地。营地大门口，站岗的两个美丽星士兵，持枪拦住了他们，咿咿呀呀说了一通美丽星语地方话。其他人听不懂，曾毅教授可是懂美丽星语言的。

"教授，他在说什么？"郑宇连长站在曾毅教授旁边，问道。

"他在问，我们是来干什么的，是不是来投降的。"

"我回答他，我是代表人类，来谈判投降的，谈一谈相关的事宜。"

其中一个美丽星士兵咧嘴一笑，转身朝营地内跑去。过了一会儿，那个美丽星士兵跑了出来，挥一挥手，朝着曾毅教授说道："我们哈得利旅长，让你们进去。"

然后，那个美丽星士兵就带领曾毅教授他们，走进哈得利旅长的大帐篷内。哈得利旅长的大帐篷位于营地的正中间，此刻他正坐在椅子上，跷着二郎腿，洋洋得意，像个得胜的将军一样。

哈得利旅长人高马大，打仗向以凶猛彪悍著称，美丽星士兵都喜欢称他"哈凶狮"。

"呵呵，很难得啊，自己跑来谈判投降啦，早干吗去啦？"

曾毅教授不理睬冷嘲热讽，上前一步，毕恭毕敬地说道："我们人类，有眼不识美丽星人，今天特来赔礼道歉，请求谈判。"

"识时务者为俊杰，算你还识相，请问尊姓大名啊？"哈得利旅长瞪着一双铜铃朝天眼，看都不看曾毅教授他们，大咧咧问道。

"鄙人姓曾名毅，今日幸会哈得利旅长，这是我的一点心意，请求哈得利旅长笑纳。"

"今天老子没空，改天再谈，送客！"哈得利旅长说着，站起身来，趾高气扬，背起双手朝帐篷外走去。

在回来的路上，郑宇连长感觉窝囊，不解地问曾毅教授："看哈得利旅长那个鬼样子，不知道我们的计谋有戏没戏，何必对他低声下气呢？"

"有戏，我们必须给我们的大部队争取时间，老鼠拉木锨——好戏还在后头呢！"

第三天早上，曾毅教授一行人，再次来到美丽星士兵的营地拜访。那个美丽星士兵，大大咧咧，又带领曾毅教授他们，走进哈得利旅长的大帐篷内。这一次，郑宇连长和士兵们，还随身带来了两大箱礼物，有瓜果蔬菜，有鸡蛋，有番茄，有小葱，还有豆腐。只是不知道，美丽星人感不感兴趣。

一行人一抬眼，没想到，曾毅教授上次送来的礼物仍然摆放在哈得利旅长身旁的桌子上，原封未动。油盐不进，难道事情要前功尽弃了吗？曾毅教授看在眼里，记在心里。他转过身，趁机让士兵们把两大箱瓜果蔬菜献了上来。

哈得利旅长眼尖，果然不似前番，瞬间态度大变，站立起来，对曾毅教授他们说话异常客气。"曾毅教授，你这是太客气了，有什么话尽管说，一切都好商量。"

哈得利旅长然后坐下,看着那两大箱东西,豪迈说道。

"尊敬的哈得利旅长,我们人类打算,自愿从火星上撤走,你看怎么样?"曾毅教授恭敬站着,不失时机,诚恳建言说道。

"我说曾大教授,你们早这样不就好了吗?"

"何必两国间大动干戈,伤了彼此的和气,是不是?"

"只是,几千个人,还要带着各种家当,撤离需要一定的时间,还望哈得利旅长成全。"

"一切好说,满打满算,你说需要多长时间?"

"我们计算了一下,大概需要 1-3 个月的时间。"

第五十三章
火星争夺战

其实，就在曾毅教授和哈得利旅长在帐篷内畅谈的时候，人类的星际战舰已经到达了火星上空10000千米的太空。

这一次，人类出动了10万太空部队，其中5万名人类士兵，5万名机器人士兵。500艘星际战舰，500艘宇宙运输飞船，绵延几千千米，密密麻麻。可谓是，人类有史以来，出动的规模最为庞大的星际舰队。并且，这些星际战舰上都安装了最新式武器——量子武器，即"神州量子炮"。

量子武器的特点，就是无视空间、无视障碍物、无视距离、无视时间，瞬间就能摧毁，包括地球和外太空的一切物体。

武器的原理，就是利用量子纠缠态。当然，在打击目标之前，需要利用量子信道定位，使目标物体的原子与武器产生纠缠，瞬间传输释放强大的能量摧毁目标，或利用其他手段使目标解体。

不止于此，士兵们的手持武器，也发生了翻天覆地的变化，是最新款式的光能武器，刚刚配发的崭新"彩影"2060式光能枪。

光能武器，不是我们传统的激光武器。它的功能，有点像UFO释放的光能，可以直接作用于物体，拉扯物体使其悬浮，也可瞬间摧毁物质，使物体的分子解体，把物体变成一堆原子粉末。

士兵们原先使用的激光武器，是普通的激光武器，原理是利用化学物质如氟化氘、氟化氢、氧－碘等，制成激光器，比能高达500—1000j/g。但是，传统激光武器最大的缺点，就是容易受到天气和环境因素的干扰，特别是下雨天。而光能武器，它的优点有快速，可用光速扫射，一旦瞄准，敌人几乎没有反应的时间。另外，它体积小，非常轻便，没有污染。再者，对于反导、反卫星、打击机械类装置，它都是理想的武器。

这一次，坐镇前线指挥的是王天雷副部长，兼任空天军总司令员和王春瑞总参谋长，兼任空天军总政委。"中华号"巨型星际战舰，仍然担任指挥旗舰。

它纵横太阳系数十年，背负着代表人类力量的象征，是一个重武器平台，在星球攻击、星球防御、反舰作战任何方面，都表现出绝佳的性能。

一出了美丽星士兵的营地，曾毅教授立马带领郑宇连长和士兵们，乘坐两艘宇宙飞船，飞回了水手地库，并马上给王天雷副部长发出密电："已经安全返回，可立即进行攻击。"

"中华号"指挥部内下达命令，开始利用量子信道，对准200多座帐篷目标进行定位。这次火星作战，也担负着实战检验新式武器的任务。而"神州量子炮"和2060式光能枪，都是人类最新研发，第一次投入实战的星际作战武器。

"目标定位完成，请指示！"

"开炮！"

"神州量子炮"并非发射实际炮弹，而是在定位完成以后的瞬间，传输释放出强大的能量，以摧毁目标。美丽星士兵们居住的帐篷，虽说用特殊材料和工艺制成，不怕核弹、子弹、导弹，但是它也有怕的东西。

它害怕什么呢？一怕火，二怕量子武器。

200多座美丽星士兵们的帐篷，并没有立即燃起熊熊大火，它们具有阻燃功能。但是，在强大能量的作用下，帐篷的表面温度急剧升高，远远超出了它设计时的温度负荷，立刻发生了扭曲变形。就像塑料一样卷曲起来，把士兵们牢牢裹在了里面。这个场景，有点像是蚕蛹被紧紧裹在蚕茧里，然后拼命在蠕动。

接着，是"彩影"式光能枪，密集发射出一道道高强的光能，对准了营地内，一个个在蠕动着的身体。你可以想象，250多座帐篷，每个帐篷里，包裹着20个活着的美丽星士兵，帐篷被稀释硫化，紧紧贴在他们身体上。高温使他们皮焦肉嫩，然后身体缓缓解体，慢慢变成了一堆细胞粉末，在空气中消失。

只是几十秒的时间，帐篷、士兵和他们手中的武器，还有地面上的一切物体都消失不见了，就像这里他们从来没有到来过一样。

战场都无须打扫，悄无声息，干干净净。神奇的武器，神奇的场面，神奇的人类！

不仅美丽星人的惊奇，就连星际战舰和宇宙运输飞船内，正在坐着的人类士兵，还有机器人士兵，都看得惊呆了。

人类的科技，再一次展现了它强大和神奇的力量。

第五十四章
第二次宇宙大战正式开启

　　意外的胜利，并没有使王天雷副部长和王春瑞总参谋长欣喜若狂。多年的战争经验，让他们预感到风雨欲来，狂风暴雨就要接踵而至。于是，立即命令10万大军火速降落，全面占领火星，重新修建基地。

　　另外，紧接着，熊尼星国的20枚"高树"超光速星际导弹，将很快运抵火星。每枚导弹，直径50米，体长200米，都是巨型大家伙，它们的发射基地，需要加紧建设。

　　哈得利旅长和他的5000名美丽星国士兵，以身殉国，命葬火星。消息传来，令美丽星国军民，彻底震惊和意外。全国群情愤慨，纷纷上街抗议，声讨人类的呼声，一浪高过一浪。美之郎大帝眉头紧锁，更是难以理解。弱小的人类，战斗力怎么会如此强悍，武器如此先进？

　　美之郎大帝寝食不安，如坐针毡，连夜召开紧急军事会议。

　　"大帝，地球不灭，人类不除，则银河帝国美梦，恐将不保，我美丽星帝国危险矣！"

待政要坐定，个个愤愤不平，美思坦宏教授首先发难。

"是啊，人类的触角已经伸出太阳系，望您能早定大计，永除后患。据悉，人类已经与熊尼星国、郎甸国签订了建交文件，互有勾连，若不早日动手，离间其中，待其情深意浓，势力做大，就更难有办法了。"

群臣们议论纷纷，意有难平。

"众位，大家的急迫心情，我已经知道了，可是若要与人类全面开战，万一熊尼星国，乘机进犯，则我国两面受敌，如之奈何？"美之郎大帝端坐宝座，面有为难，说出了心中的顾虑。

"我有一计，可解后顾之忧。我国可派出信使，出使熊尼星国，商议同其签署一份《互不侵犯条约》，以安其心，定我国境西边之虞。然后，向东全力以赴，攻打人类，待扫平人类之后，可乘胜挥师向西，趁机灭了熊尼星国，以永绝后患，则宇宙霸业可成也！"

美墨亮军师一席话，说得大家纷纷点头称是。

第二天，美之郎大帝便安排外交和国防大臣，带领着庞大的外交团队出使熊尼星国。虽然，熊尼星国与美丽星国世代为敌，但两个星球国家间，尚保持着正常的外交关系。毕竟，都是宇宙间具有影响力的大国，基本的外交礼仪与联络还是要有的。

熊敖大帝，亲自接见了美丽星国的外交团队，陪同的还有外交部长和国防部长，规格都是相当高级。

"熊敖大帝，美之郎大帝安排我等，出使贵国，是想与贵国，签署一份《互不侵犯条约》，以保两国边境，以后世代安宁，百姓安居乐业。"美丽星国的外交大臣诚恳说着，恭敬递上一份《互不侵犯条约》的草稿。

条约大意是两国自愿签署条约，互相保证自签约之日起，互不侵犯，条约有效期限50年。

熊敖大帝，是何许人也，老谋深算，城府极深。他看了条约内容之后，未置可否，而是微微一笑，将它递与自己的外交部长。资深的外交部长看了，脸上没有丝毫表情，然后又将它转递给国防部长。国防部长彼罗卡稍微瞄了一下，似有不屑，连看都没有看一眼。

"彼部长，你怎么看待这份条约？"熊敖大帝微笑着，侧头咬着食指，装傻充愣，问国防部部长彼罗卡。

"我看是废纸一张，美之郎大帝称霸宇宙的野心，早已有之，众人皆知，为什么今日，会突然提出签署这么一份条约呢？"

"恐怕是黄鼠狼给鸡拜年，没安啥子好心！"

彼罗卡和美丽星军队鏖战多年，深知他们的秉性策略。

"不不不，请彼元帅不要误会美之郎大帝的一片好心。"

外交大臣一番口吐莲花，见熊敖大帝不为所动，便一计不成，又生一计，殷殷说道："若熊敖大帝答应签署条约，我回国后，可向美之郎大帝建议，让贵国加入我们的'五星联盟'，从此成为'六星联盟'，强强联合，睦邻友好，则宇宙间无敌也！"

外交大臣威逼利诱，软硬兼施。

"呵呵，贵大臣果然好诚意，如此说来，我熊尼星国，是必须答应喽？"

"只是兹事体大，容我等商议商议，再答复你们，如何？"

"如此甚好，如此甚好！"

待美丽星国的外交大臣走后，熊敖大帝便将美丽星国的造访之事通报了地球人类，并征求意见。

地球相关部门得到消息后，建议熊尼星国可以暂时答应与美丽星国签署条约，听其言观其行，以便探知其真实用意，择机而动。同时，地球人类将向熊尼星国采购第二批"高树"超光速星际导弹，数量40枚。

第三天，美丽星国驻熊尼星国大使馆的外交大臣收到了好消息，熊尼星国答应签署《互不侵犯条约》。外交大臣拿着两国签署好的《互不侵犯条约》，兴冲冲地回了国，美之郎大帝看了又看，大喜过望。

解除后顾之忧，第二天上午10点，美之郎大帝发出战争宣言，宣布美丽星国向地球人类全面开战！一时间，大规模的战争机器启动了，美丽星全国上下，一片忙碌。美丽星国现役300万军队，全部投入对人类的全面战争。另外，征召 300 万后备役人员，作为预备部队，随时投入战争。

"五星联盟"中的其他国家，也纷纷出人出物，给予支援。蝎尾国出动军队 20 万，天鹅国出动军队 20 万，蟹甲国出动 10 万，艾地国出动 10 万。

厄矮星国则加班加点，生产制造各种战争武器，大发战争财。其他仆从国，也纷纷给予声援，摇旗呐喊。

宇宙的形势，骤然紧张起来。

第五十五章
宇宙东西两大战场形成

美丽星国悍然出动100万军队，5000艘星际战舰，一路向地球杀来。美砥、美飞两位将军，作为正副指挥官，誓言报仇雪恨。沿途，要经过几十个大大小小的星球国家。美丽星国军队采取"蛙跳"战略，一个星球一个星球地占领。这些国家的军民，舍生忘死，奋起抵抗。

但耐不住美丽星军队的战争铁蹄，以秋风扫落叶之势，势如破竹，迅速占领了这些星球国家，迫使这些国家的军民臣服，当作自己的战争资源地。

美丽星军队，也把这些国家当作了自己武器的试验场，在各个国家建立集中营，开始测试自己的基因病毒武器。

唯一的例外，便是小小的仙女国。虽然，这个国家的军民全部是漂亮的仙女小姐姐，只有200多万人，但她们在国王嫦妤机智英勇的率领下，勇敢抵抗，誓死不投降。

地球人类收到美丽星国的战争宣言，开始紧张起来。虽然，大多数地球人类不喜欢战争，但也不害怕战争。地球全面进入一级军事戒备状态。为了拯救地球和人类的命运，中国领导人率先挺身而出，会同美国等众多地球国家，开始备战。同时，向美丽星国军队发出了战争宣言，无畏无惧。

地球是一个整体，人类是一个命运共同体，休戚与共，唇亡齿寒。一次的退让，会让敌人产生幻想，并得寸进尺，可能换来永久的遗憾和耻辱。

火星，是保护地球和人类的最后一道屏障，寸土不能失去。人类再次出动100万太空部队，增兵火星。其中，50万名人类士兵，50万名机器人士兵，浩浩荡荡，雄兵铁甲，展示了自己强大的决心和意志。5000艘星际战舰，5000艘宇宙运输飞船，绵延数十万千米。机甲轰鸣，络绎不绝，向着火星进发。

"熊敖大帝，看这目前的战争态势，宇宙大战已经是不可避免。"
"地球人类与美丽星军队都是重兵在握，兵戎相见。"
"而在西线，美丽星军队不宣而战，又吞并了我们三个友好邻邦，兵临城下，他们很可能突然间单方撕毁条约，战争随时有可能爆发。"
"所谓的《互不侵犯条约》，是美之郎大帝许的一张空头支票，而暗中，其实是给我们挖的一个战略陷阱啊！"熊尼星国内，熊敖大帝的办公室，国防部部长彼罗卡忧心忡忡，表达了内心深深的担忧。
"呵呵，美之郎大帝的如意算盘，我内心岂会不知，只是我国力、军力，皆不如他们。又有'五星联盟'，和一众仆从国，作他们的帮凶，群狼环伺，早晚盼着从我们身上撕下一块肉来，大快朵颐，我们怎么能够投其所好，主动宣战呢？"

熊敖大帝安坐宝座，目光炯炯。

"那我们应该怎么办呢？被动地等待，岂不是错失良机？"彼罗卡急得直搓双手，心有不甘。

"这样，你同郎甸国的国防部通个电话，探知一下他们的军备情况和态度，以便随时组织西线的统一战场。"

第五十六章
东部战场的战争

战火频起，宇宙遭殃。就在人类军队在火星加紧备战的关键时刻，仙女国发来了紧急求援信息。原来，美砭、美飞将军率领着100万大军，一路向东，先是占领了煦星国。其他部队，又急速向下一个星球进发。美丽星国军队占领的第二个国家，是卯星国，孤悬在太阳系外的一个小星球国家。

土地肥沃，但国民贫穷，以农业种植为生。美丽星军队，见没有什么资源可以利用，便留下两万军队驻守，其他部队，又向下一个星球开拔。

接着，美丽星军队又乘胜占领了玛丽星国、艾地国、钛云星国。这三个星球国家，面积都很小，地势平坦，武装力量基础薄弱。在强大的美丽星军队面前，毫无抵抗能力，噼里啪啦，一阵狂轰乱炸之后，便迅速被占领了。美丽星军队攻打的第六个星球国家，便是仙女国。这已经是美丽星军队第七次攻打这个国家了。

仙女国，坐落在仙女星球上。这是一个位于太阳系边缘的袖珍型星球，但美丽富饶，风景秀丽，200多万仙女们，生活在这个国家，日常以种植、养殖、纺织为生。在过去的几十年内，美之郎大帝一直觊觎仙女国王嫦好的天姿国色，还有 200 多万漂亮的仙女小姐姐，曾经数次命令军队攻打仙女国，但均大败而归。不是美丽星国军队不够强大，武器不够先进，而是因为美之郎大帝，对仙女国格外开恩。他特别命令军队，对仙女们必须生擒活捉，完好无损，一根毫毛都伤不得，否则军法处置。

这一次，美砸、美飞两位将军，照样将仙女国围得水泄不通，连一只苍蝇都飞不出来。可是，仙女们在国王嫦好的带领下，再一次英勇抵抗，斗智斗勇。

虽然美砸、美飞将军手握重兵，胜券在握，但在美之郎大帝的严格命令下，对仙女国无可奈何。

"这场仗怎么打？这些女人们，依仗大帝的宠爱，恃娇而强，宁死不屈，我等能奈何？"

别说美之郎大帝，就连士兵们看见仙女小姐姐，也是一个个意乱神迷，慌张害羞，连手里的武器都抬不起来了。

再说，仙女们一个个都会定身术，看着英姿飒爽，风姿迷人，可是念起咒语来，却毫不含糊。她们的定身术，会让人三天三夜间呆若木鸡，动弹不得，以往士兵们可是因此吃了不少苦头。因此，美丽星大军将仙女国整整围困了 10 日，她们仍然坚持斗争，拒不投降。

军情紧急，不容耽搁。美砸、美飞将军紧急商议，便留下 10 万大军，继续围困仙女国，其他部队继续向下一个星球国家进发。

而这一次，乘坐一艘小型飞碟，来到火星上进行紧急求援的，正是仙女国王嫦好的侍卫队长嫦霞。

她临危不惧，机智勇敢，冒着生命危险，带领着六个侍卫仙女，火速来到了火星。

"七仙女来火星啦！七仙女来火星啦！"这个火辣辣的消息，很快传遍了火星上的角角落落。

可是部队有命令，每个人都要坚守岗位。

"怎么办？看来曾毅教授果然所言不虚，没有骗我们耶！"周星亮、刘瓜娃、邓大军三个人聚集在一起，窝在猫耳洞里，既高兴又焦急，讨论起来。

"对于仙女国，我早已经是心驰神往，心向往之。而对嫦妤国王，更是崇拜尊敬，心有灵犀，期盼早日一睹芳容，怎么能够早日有幸，先睹为快呢？"周星亮坐在地面上，双手认真抚摸着满头长发，好像在用心梳理着它们一样，然后兴奋地说道。

刘瓜娃、邓大军也是席地而坐，围着周星亮。

"星哥，要不我们三个偷偷溜出去，亲眼见一见心目中的仙女小姐姐们？"刘瓜娃嘻嘻笑着，看着周星亮英俊的脸庞说道。

"不行唉，部队有命令，咱们不能随便进出的。"邓大军一边揉着被硌疼的屁股，一边愁眉苦脸地说道。

"只要我们和仙女国一道，战胜了美丽星军队，美丽的仙女小姐姐们，我们还不是，天天想见就见？"周星亮一席勇猛豪放的话语，果然激励了其他两个人。

三个人都是兴高采烈，激动万分，像是已经见到了仙女小姐姐一样。

就在三个人苦思冥想，想要见到仙女小姐姐的时候，嫦霞队长已经在士兵们的带领下，见到了王天雷副部长和王春瑞总参谋长。

"欢迎，欢迎，欢迎仙女国的花木兰们到访火星！"

仙女国的到访，虽属意外，但王天雷副部长和王春瑞总参谋长还是表现出了高度的热情。随后，嫦霞队长双手递上了嫦妤国王的国书。大意是，仙女国国小力弱，几十年来，一直遭遇美丽星国军队的骚扰，不胜其烦。今日，愿与地球人类结盟，共同对付美丽星国。

第五十七章
宇宙西部战场的厮杀

一个月后，100万名熊尼星国的士兵，突然分别空降至已被美丽星国军队占领的三个邻国边境。

事先没有任何迹象，也没有通知美丽星国。一周之前，熊尼星国曾经宣称，有两名士兵下落不明，疑似被美丽星国军队挟持，要求美丽星军队给个说法。当时，美昀、美弨两位将军并没有在意，以为熊尼星国军队在虚张声势，故技重施。

"雕虫小技耳，熊尼星国军队这是闲着没事找事，自己给自己壮胆哪！"美昀、美弨两位将军坐在军帐内，美昀将军对于熊尼星国军队的通报，不屑一顾地说。

"他们一贯喜欢咋咋呼呼，色厉内荏，将军不必在意。"美弨将军坐在旁边，随声附和。

可是，风云突变，一夜之间，形势大不同。

这一招，是熊敖大帝和彼罗卡经过精心盘算和布置的。他们认为，美丽星国军队的优势，在于强大实力，和各种各样的太空星际武器。如果大张旗鼓地开战，美丽星国军队使用星际武器，远程打击熊尼星国内的目标，则熊尼星国没有任何胜算。对于地面战争，熊尼星国的兵力和武器，并不处于下风。并且，在传统重装备方面，还占有绝对优势，因为美丽星国军队已经很少使用传统武器。

熊尼星国以往同美丽星国的交战，一向怕打太空战争。

而这一次，美昀、美弨两位将军，恰恰把自己的100万军队，全部部署在邻近三个国家的地面上，目的只是威慑熊尼星国，不要轻举妄动。因此，机会难得，熊敖大帝和彼罗卡制定的军事战略，扬我所长，避我所短。便是打大规模的地面战争，尤其是传统常规战争，以消灭美丽星军队地面有生力量为主。再者，熊尼星国同郎甸国商定，一旦战争打响，则郎甸国出兵，在三国和美丽星国之间，切断一切太空星际通道。一来防止增援，二来阻断美丽星军队的退路，关门打狗。一切，看似胜券在握。熊尼星国国防部把自己的战略意图，通报了火星上的人类军队。

"我们熊尼星国军队，为了寻找失踪的两名士兵，要求进入波比星国、兰玉星国、尼亚星国三国境内，进行搜捕。"前线最高指挥官熊德夫，亲自下达命令，给以上三国边境的美丽星军队下了24小时的最后通牒。

边境部队很快把熊尼星国军队的要求上报，美昀、美弨两位将军听了后，继续不予理睬，只是命令边境部队做好防守，坚决阻止进入。

不料，熊尼星国军队果然有备而来，分别在三国边境各集结有2000辆坦克、装甲战车，只待熊德夫元帅一声令下。

眼看到了24小时的最后期限，美丽星军队没有丝毫动静，熊德夫大手一挥，对三军下达了"进攻"命令。

6000辆坦克、装甲战车，轰隆隆前进，犹如钢铁猛兽，没有任何力量能够阻拦。这一下，可吓坏了三国边境的美丽星士兵。

这是为什么呢？正是因为美丽星军队科技高度发达，摒弃了传统武器装备，手里全是光束武器，都是一些轻型装备。面对熊尼星国滚滚而来，传统重装备集群的狂轰滥炸，只能稍微阻挡一时，长时间就有些力不从心了，只有被动挨打的份儿。

"两位将军，大事不好了，熊尼星国军队不顾我军队的拦阻，悍然进入三个国家，对我军士兵展开猛烈进攻。"

美昀、美弨两位将军听了，面面相觑。

"什么？熊尼星国公然违反《互不侵犯条约》，侵犯我边境部队，这是不宣而战啊！"

两位将军未经请示，立刻下令全面反击。至此，西线的战场全面打响了。两军对垒，人数都在100万人，武器装备都在宇宙内数一数二。激烈的程度可想而知，阵地战、城市战、巷道战，一个不落下。

双方士兵的死伤数量，也在急剧增加，一时间，战火轰鸣，杀声阵阵。

三天时间内，美丽星士兵的死亡人数已经达到了10多万人，估计熊尼星国士兵的死伤人数也不会太少。也难怪，现代高科技武器的杀伤力太大了。一颗精确炮弹过去，就会有成片的士兵倒下去，更何况四面八方，万弹齐发。高科技武器精准快速，卫星定位，激光瞄准，一旦成为目标，就没有能够跑得了的。硝烟弥漫，炮弹如雨，尸体成堆，血流成河。

有时候认真想一想，宇宙间的文明再发展，科技再进步，终究避免不了互相残杀。

那么，文明存在的意义，到底是什么呢？这难道是，文明进步需要付出的代价吗？如此惨重的代价，却又是为了什么目标呢？令人百思，困惑不解。

战场进入第五天，已经到了城市攻防战的阶段，不是你死，就是我活，战斗更加激烈了。美昀、美弨两位将军却是坐不住了，商议要不要向国内请求增援。但为时已晚矣，郎甸国军队把增援的星际空间通道给拦腰截断了。

郎甸国达尼斯最高领袖，是一位强烈的爱国主义者，他非常痛恨美丽星国几十年来的不断侵略和制裁，一心寻找机会报仇雪恨。这下子，机会来了。

美丽星国的援军，刚刚到达郎甸国空境，便意外遭到迎头痛击，猝不及防。虽说郎甸国的武器差一些，可美丽星国军队远道而来，大意轻敌。

更何况，战场在郎甸国的地盘上，你打我躲，你退我打，弄得美丽星士兵晕头转向，疲于奔命。

第五十八章
东部战场的太空大战

　　那边厢,西线战场,正杀得难解难分,这边厢,东部战场,却是美丽星军队一路的势如破竹。沿途,几十个星球国家都太小太弱了,又都是各自为战,一盘散沙。美丽星军队打它们,犹如拿着宝剑,砍瓜切菜一般。

　　唯独,小小的仙女国是一个例外。虽说令人可气可恨,但将来终究会是囊中之物耳!就这样,美丽星国军队在美砥、美飞两位将军的英勇带领下,直杀到距离火星50万千米的太空。

　　一路厮杀,捷报频传。由于战斗不停,士兵们疲惫不堪,武器后勤急需补给。因此,两位将军便决定安营扎寨,休息整顿一番。

　　"将军,这一路灭国亡族,杀得真是过瘾。只待最后拿下人类,征服了太阳系,你我就可胜利班师回国,顺利晋升元帅之衔了!"

　　美砥、美飞两位将军,高兴地坐在中边帐内,意气风发,豪情万丈。

　　"这当然是迟早的事情。"

　　美砥将军稳稳坐在那里,不慌不忙,只顾低头看着手里的一本兵法书籍。

"我们应该尽早攻打火星，好赶在美畇、美弨两位将军前面，拿下头功，我建议三天之后，便可开战。"

早有地球人类的太空卫星和太空探子，将美丽星军队的动向告知了人类火星基地。王天雷副部长和王春瑞总参谋长立即命令，5000艘星际战舰，60万太空部队升空迎敌，拒敌于火星太空之外。看起来，这是针尖对麦芒，拼个你死我活的架势啊！

好在，熊尼星国第一批的20枚"高树"超光速星际导弹，此时已经到达了火星，发射基地也已经建设完毕，随时可以进行发射。更可喜的是，仙女国王嫦妤，火速派了2万名仙女士兵到达火星加入了火星保卫战，誓同人类共存亡。这一下，周星亮、刘瓜娃、邓大军三个人，不但战斗力瞬间爆棚，幸福感也是满满的。

"我早说过嘛，仙女国王嫦妤不但美丽动人，并且侠肝义胆，不会让人类孤军奋战，丢下我们不管不顾的！"三个人坐在星际战舰内，手里拿着武器，却不断探头向火星地面瞭望。周星亮感触万端，深情地有感而发道。

5000艘星际战舰，在火星上空10万千米的太空，开始排兵布阵，分为南、北、东三个战斗群，呈一个大大的三角之势。其中，南、北两大战斗群，突出在前，各由2000艘星际战舰组成，齐头并进。两者之间，相距10万千米的距离。东战斗群居中，在后方5万千米处，有1000艘星际战舰，为指挥和机动舰群。这样精心部署下来，以逸待劳，守株待兔。

给美丽星军队布下了一个宽10万千米，纵深5万千米，一个巨大口袋阵。如果，美丽星军队不明就里，贸然一头插进来，可就是羊入虎口，插翅难飞喽！

"将军，士兵们已经休整完毕，养精蓄锐，可以大举进攻了吧？"三天之后，美飞按捺不住激动的心情催促美砥。

"将军且慢。"这三天时间里，美砥抽空，仔细阅读了人类的《孙子兵法》，受益匪浅。

"将军，你看前方气势，人类军队早已经摆好阵势，他们精通谋略，习惯使用计谋和套路，如果我们贸然进攻，必大败矣！"

"那我们，应该怎么办？"

"避其锋芒，兵分两路，抄其后路，直取火星，你看如何？"

"这个计策好！"

正如美砳所言，美丽星军队果然兵分两路。左路，由美砳将军带领2500艘星际战舰，一路向北；右路由美飞将军带领2500艘星际战舰，一路向南，各有30万士兵。按照美砳的计划，美丽星军队无意与人类军队正面交锋。只要两路大军绕过人类军队，然后合兵一处，攻打并占领火星，同时包抄人类军队的后路，让其首尾不能相顾。然后，伺机歼灭，此战就已经胜利了。

果然技高一筹，好个计谋。

在东部战斗群，"中华号"指挥舰内，王天雷副部长和王春瑞总参谋长收到了前方传来的消息。

"王副部长，出乎意料，美丽星军队并没有直取中路，而是分兵两路，朝南北而来。"王春瑞总参谋长看着眼前的指挥屏幕，有些意外地说。

"美丽星军队有高人，深懂谋略。"

"他想直取我们的后路，一来直攻火星，让我们事先布好的口袋阵势，成为空架子和摆设，二来想在屁股位置，合围包了我们的饺子。"

"胃口不小，此招甚高哇，高明至极！"

王天雷副部长低头，背着一双大手，高大魁梧的身材，在指挥室里踱着方步。

"那我们，何不趁机，三下五除二，也分成两个战斗群，各个紧紧咬住其中的一个不放，一来不让其靠近火星，二来集中优势兵力，歼灭其中的一个。"

"很好，王总参谋长的想法，和我不谋而合！"

美砳带领2500艘星际战舰，一路向东，浩浩荡荡。眼看前方10万千米处，就是人类的北路大兵。美砳却并不理会，命令舰队九十度转弯，继续往北飞行，以绕开人类军队。可是，人类的北路大军也不闲着，却也立即跟着向北飞行。在浩瀚的太空中，形成了两军人马，并驾齐驱的罕见奇特场面。双方却并不搭话，也互不开火，一路默默向北，好像有心灵默契似的。美砥性格虽然刚毅，但是极具耐心，高手过招，大抵如此。

针对美飞的战队，地球人类采取了同样的策略。美飞的性格虽然坚强，却是丈二金钢的火暴脾气，刚一开始，他还能忍得住耐心。眼见人类军队，像一只跟屁虫似的，粘着自己不放，美飞将军心里一阵火大。但转念一想，还是勉强忍住了，这在他辉煌的将军生涯中，还是头一次。就这样，从上午 11 点钟开始，一直到了中午 12 点钟，美丽星军队和人类军队像两支并排游行的队伍一样，无声无息，在浩瀚的太空中默默飞行。

"哇哇哇，人类这是打的什么仗，这样子耗下去，我们岂不是成了太空中的两支丧尸队伍吗？"美飞终于忍不住了，命令舰队急速转弯，直接朝着人类军队飞了过来。

"给我开火！"眼见到达战斗位置，美飞将军一声令下，战斗终于打响了。

一时间，太空之中，狂暴的能量此起彼伏。双方的星体和战舰，在几百万甚至上千万平方千米的范围，你来我往，肆意横飞，密密麻麻，恍如战斗的蝗虫飞舞。强烈爆炸的火光，此伏彼起，这片无垠的星空都被熊熊点燃了。超级震撼的场景，就像地球上成千上万座的大型火山，同时爆发一样。一道道空间攻击抛洒出去，就像千万道流星飞逝，令人眼花缭乱，目不暇接。伴随着物质和各种巨型炸弹的爆炸，这片巨大空间，也仿佛被撕裂揉捏得粉碎了。也只有在无边无际的太空，才能提供如此无限强大壮阔的场面。它的长度、宽度和高度的纵深空间，已经远远超过了地球的表面积，还有到月球之间的距离，估计有好几倍都不止。

战场的规模是如此宏大，战况是如此的惨烈，完全无法用人类之前的任何战争相比，也无法用人类的任何笔墨词语来形容。打个比方，这一场大战，完全是在地球和月球之间，广袤太空，约有 5000 艘星际战舰，50 万士兵，互相激烈开打的一场深空大战。似乎半个宇宙空间都火焰熏天，如同白昼，被激烈的战火照亮了。

不到一个小时，激烈的战斗就结束了，这是现代高技术战争的显著特点。完全不在于人数众多，而是由武器的性质和效率决定，一瞄即准，见光即死，百发百中，群死群伤。

当然，也要讲究战术战法，但前提条件是你必须拥有聪明的大脑和超级智慧，反应和决定往往只在瞬息之间。

双方没有谁输谁赢，都是死伤惨重。

基本计算下来，每一方都有一半的星际战舰，还有一半的士兵，都被战火摧毁了，甚至在这片太空都找不到他们的遗体和残骸。至于他们死后的灵魂，要去哪里，怎么妥置，一切只有留给静静观望着的神明们去安排。并且，这还只是在宇宙三维空间里进行的一场战争。

如果进入到四维空间，真不知道会是另一番什么奇异景象呢！

第五十九章
星际武器登场

形势逼人之下，美飞无奈，向美砭请求紧急支援。可是他哪里知道，美砭的北路大军此刻也正在被紧咬不放，左冲右突，死活脱不了身。

俗话说："江山易改，禀性难移。"

美砭将军的性格极具忍耐力，有点像人类古代小说《水浒传》中的人物林冲，甚至有过之而无不及，他毕竟耐得住心，沉得住气，不动声色，继续迷惑对方。

狮子大开口之前，瞄准对方的同时，小心翼翼地隐蔽自己。

美砭将军眼看自己，被紧紧咬了一个多小时，对方仍然没有任何放弃的意思，便想使用拖刀之计，回马杀他一枪。但仔细观察，对方也是相当机动灵活，你左我左，你右我右，你进我进，你退我退。就像两个双胞胎亲兄弟，在太空玩耍一样，动作相当整齐一致。看到自己没有胜算，他并没有放弃。没有任何空隙可钻，美砭仍然不急不躁，毕竟保存实力最重要。至于战机，也就这样被白白耽搁了。双方缠斗了两个多小时，你不开火，我也不开火，都想不战而屈人之兵，都想等待对方先退让一步，好给自己可乘之机。

美砒谨慎下令，舰队后撤，原路返回，人类舰队则是一路护送。几个小时后，美丽星军队的两支舰队会合，一支舰队保全完整，另一支可就是惨不忍睹了。

"将军，都怪我性格急躁，急于求胜。不过，人类的舰队也遭到重创，也给了他们一个不小的下马威，让他们今后不敢擅自妄动，接下来我们应该怎么办呢？"两人一见面，美飞将军虽然满身战尘，疲惫不堪，但还是向美砒将军作了自我检讨。

"将军，我不会责怪你，毕竟他们的舰队，也没有讨到任何好处。人类的发展，今非昔比，但我们依然用以前的老眼光看待他们，是我们有些骄傲自大了。"

"话是这话，理是此理，但难道我们就这样，眼睁睁放弃火星吗？"

"笑话，我们美丽星军队，纵横银河系数百年，屡战屡胜，从无败绩。"

"和人类的战争，这才刚刚开始，一只蚂蚁，岂能阻挡我们美丽星军队前进的脚步！"

"可是，双方互相僵持，互耗下去，我们也没有必胜的把握啊！"

"那就下令撤军，回到国内，请示后，再行定夺！"

宇宙东部战场，暂时间，草草告一段落。

东部战场失利，西线战场的形势，也不容乐观。

美昀、美弨两位将军，率领着100万大军和熊尼星国的100万军队，在三个国家的国境内，进行激烈的地面厮杀。

七天后，熊尼星国就占了上风。

问题在于，熊尼星国军队，白天穷追猛打，而到了夜晚，就搞骚扰战术，让美丽星士兵们日夜不能安宁。

一旦时间久了，士兵们的体力和精神就撑不住了，甚至有的士兵，手里正在端着武器，打着打着就瞌睡了，任凭你怎么叫喊都叫喊不醒，因此战斗力就可想而知了。

以至于到了城市巷战的时候，熊尼星国的士兵更是采取了拥抱战术，他们人高马大，有的是力气，加上士气正旺，美丽星士兵根本招架不住。

这样的巷战，持续了整整三天时间，事关个人荣誉，还有国家利益，甚至关系到两个文明之间的争夺。原来生气勃勃的城市，熙攘繁华的街道，现在到处躺满了尸体，奇形怪状，血迹斑斑。美畇、美弨两位将军，东征西伐，纵横驰骋，在银河系打了一辈子的硬仗恶仗，从来没有见过这样打法，既让人可叹可敬，又让人可悲可悯。

"将军，这仗实在是没法子再打下去了。"两位将军视察战场，眼见满目疮痍，美弨将军不由感慨道。

"是啊，可是不打下去，我们又能怎么样呢？"美畇将军也是血性汉子，岂能认赌服输？

"撤兵吧，趁着今晚月明星稀，熊尼星国士兵防备松懈，我们集中人马，杀出一条血路来。"

前期战场的形势发展，很出乎酷布卡二世的预料。连一向神机妙算的美墨亮，都没有猜想得到。

酷布卡二世站在军部大楼的办公室内，极度不安地踱着方步，百思不得其解。

"酷元帅不必丧气，何不把美思坦宏教授请来，一起探讨个究竟呢？"美墨亮坐在一旁，倒是没有心慌气躁，依旧气定神闲。

"快快快，速请美思坦宏教授前来。"酷布卡二世大元帅朝着侍卫官，连连挥手，急切得命令道。

三个人见了面，美思坦宏教授倒是一副赌气的样子。他倒不是和眼前的两位赌气，而是和地球人类赌气。

在前来的路上，由于美思坦宏教授心急火燎，匆忙飞行，差一点把自己的飞碟开翻了。

"美教授，看你很不开心的样子，莫非是在为战事发愁，区区小事，何必呢？"酷布卡二世依旧站立，他实在没有心思坐下去，就有些打趣地问教授，好缓和一些尴尬气氛。

"酷元帅，你这可就是错了，大错特错，我不但没有不开心，反而非常高兴！"美思坦宏教授坐在那里两眼一翻，气哼哼地说道。

"哦？"酷布卡二世和美墨亮互相看了一眼，意味深长地同声感叹。

"区区人类，何必大费周章，牺牲我国诸多将士的性命，扔一颗星际武器过去，不就什么都解决了吗？"美思坦宏教授真的不是在为战事的失利着急，他心心念念的，仍然是他的星际武器。

这正中了在场其他两位的下怀，只是他们不好意思先开口说出来。再者，现在发射场地没有着落，这些星际武器怎么使用，还得全仗美思坦宏的技术指导。

"只是——"酷布卡二世站在那里，犹犹豫豫，欲言又止。

"只是什么？"

"尊敬的美教授，你是知道的，这些星际武器没有发射场地，怎么发射呢？"美墨亮看看到了时候，就说出了心里话。

"哼哼，火星上人类不让建设，我们国内不就有现成的吗？"

"啊？"

两人不由得同时吃了一惊，不明白教授所指何地。

"启动美丽星球二号工厂，一切就OK！"这下子，两个人倒是真的明白了，但是前思后想，顾虑重重。

启动美丽星球二号工厂，兹事体大。一是在国内影响面太大，二是造成的未知后果，是否会改变宇宙间各星系日常的正常运行，以及在宇宙内各个星球国家的恶劣反应。如若偷鸡不成反蚀把米，会直接影响美丽星国在宇宙间的大国地位。重重困难，诸多不利因素相互叠加，岂是那么容易的事情！因此，没有人敢轻易开口，那是需要美之郎大帝亲自签字批准的。

这有何难？

只要美思坦宏教授愿意，由他亲自出马，恩威并施，事情没有办不成功的。

酷布卡二世坐在椅子上，舒服地长出了一口气，和军师默契地对视了起来，狡黠而且意味深长。

第六十章
星际武器的对抗

说动了美思坦宏教授，二人终于看到了宇宙大战胜利的曙光。但是，使用何种星际武器，首先打哪一个星球呢？待美思坦宏教授兴冲冲走了之后，二人身贴身，坐在一起，低声密语。如此这样，密谋了好一番。谋可独，不可众，兵家的道理向来如此。

三天之后，美思坦宏教授亲手拿着美之郎大帝的批准文件来了，那个志得意满的劲儿，就别提有多高兴了。

"恭喜教授，老将出马，果然一个顶俩！"酷布卡二世和美墨亮自是大喜过望，按捺不住心情，先就对着教授假模假式地恭喜了一番。

"哈哈，怎么样，有我老夫亲自出马，还有办不成功的事情吗？"

"那是自然，教授一言九鼎，说一不二，连美之郎大帝都要俯首贴耳。"

"只是发射场地有了，那么发射什么武器呢？先攻打哪一个星球为好呢？"酷布卡二世又再次从坐着的椅子上站立了起来，有些紧张地盯着教授,问道。

"那么,从军事的战略角度出发,二位的意思呢?"这一点,教授还是有自知之明的。

搞星际武器研发,他在行,但怎么打仗,以及先打哪个星球,自己就纯属门外汉了。

"我们商量的结果,是先攻打熊尼星国,一来熊尼星国欺人太甚,出尔反尔,咄咄逼人;二来相较于地球和火星,熊尼星球距离我们美丽星球近得多,有更大的把握。"美墨亮坐在那儿,终于发声了,说出来的话沉稳老到。

"这个主意好,老夫大力支持,只是你们要达到什么样的战略目的呢?"美思坦宏教授更来了劲儿,昂首挺胸,兴致勃勃,伸首问道。

"这个问题,教授具体是指什么呢?"

"我的意思,是你们准备彻底摧毁熊尼星国星球,让它在宇宙间不复存在呢?还是只想小小地教训熊尼星国,给它长个记性?"

教授的回答,显然大大出乎二人的意外。

"一不做二不休,彻底摧毁这个星球,让它从宇宙间消失,永除后患,这样对我们美丽星国,岂不是更好?"

酷布卡二世的手掌,重重地往桌子上一拍,豪情万丈地说道:"很好,就这么定了!"

过了一个星期,美思坦宏教授热情邀请酷布卡二世和美墨亮前往南方神秘的美丽星球二号工厂。

工厂位于美丽星球南部的高山峡谷内,位置极其隐蔽,戒备森严。

酷布卡二世也只是在工厂启用的时候,来过这儿一次,其他的时间里,就连他这个军事大元帅,都很少踏进它的大门。

毕竟它建设的初衷,是一个民用基础设施。

工厂的规模之大,应该算是宇宙间最大的一个工厂了。绵延好几百千米,这还只是地面基础设施部分,不算它在太空庞大的设施。

"尊敬的教授,今天您特意相邀,倒是为我们准备了一道什么样的大餐呢?"酷布卡二世东张西望,一边饶有兴趣地参观,一边兴致勃勃地问教授。

"引力弹弓武器，它比努尔贡嘎巨炮的威力更为强大！"

三个人乘兴，坐着工厂内一艘专用飞碟，来到一座高山之上。

这座大山的名字，叫作美冈玉山，海拔 16649 米，是美丽星球上第二高的山峰。但飞碟并没有飞行到峰顶，而是停在了 16000 米处，一块巨大的平地上。显然，这儿也是工厂的一部分。

三个人下了飞碟，朝着山体一个巨洞走去。这个巨洞是用人工开挖的，门口有一个巨大的钢制大门，足足有 100 米高、50 米宽的样子，还有两个荷枪实弹的卫兵把守。走到大门口，教授却不往里面走了，停了下来，左顾右盼，一副神秘兮兮的样子。

"我们的引力弹弓武器，就隐藏在里面。"

酷布卡二世和美墨亮自然极其想到里面看一看，奈何教授却没有丝毫谦让的样子，就也卡住了脚步。

"教授，这会是一个怎样骇人听闻的武器呢？"

酷布卡二世不见黄河心不死，极力想要揭开心中的谜底。

"简单说吧，我们先行在太空捕捉一个小行星体，然后把它作为射向熊尼星球的武器，当然，一切都需要这个山洞里面的科学装置。"

美思坦宏教授知道，这里面涉及的科学知识太深奥，使用到的科技门类也太多，想要一下子给面前的两位解释清楚，那是办不到的，反而会让他们感到无知和尴尬。

"那么教授，这样子的小行星体容易捕捉吗？"酷布卡二世倒是不太关心科学，而是非常关心武器的来源，以及数量够不够使用，因此问道。

"哈哈，在广袤的银河系内，这样的小行星体，密密麻麻，数不胜数，随便一抓一大把。"

"只是，事先需要根据所要撞击目标星体的大小，进行严密的科学计算，然后得出需要什么样子大小的小行星体，然后捕捉拿下就是了。"

"这个计算过程和捕捉过程，需要的时间非常漫长吗？"美墨亮关心的是时间和效率，至于计算和捕捉，那是科学家们的事情。如果期间过于漫长，岂不是白白耽搁了战争发动的时机和时间？

"当然，过程是极其复杂的，但所需的时间却非常短。"

这又涉及目前美丽星球上的另外一门高新技术，即黑洞计算机技术。就是利用黑洞的原理和能量，发明创造的计算机，进行超限速度计算，是比人类的量子计算机还要先进得多的计算机。

黑洞计算机，本来是美丽星国的科学家为了揭开整个宇宙的奥秘，模拟宇宙整体的运行规律和模式，最终为建设整个智慧宇宙，而发明的一种最新式计算机。

没想到，却在星际武器的使用上，让美思坦宏教授捷足先登了。这个计算机，犹如神之助也，不但让美思坦宏教授欣喜若狂，也让酷布卡二世和美墨亮两人备受鼓舞。

"教授，我还是没有明白，小行星体是如何精准发射，效果究竟如何？"酷布卡二世仍然不放心，这不但关系着自己的官帽和权威，更关系到美丽星球未来的前途和命运。

教授带着两个人，信步走到这块巨大平地的边缘，极目远眺，双手叉腰。只见，眼前是一个巨大的深山大峡谷，滔滔不绝的美丽星河，美丽星国家的母亲河，水深河宽，在山脚下咆哮而流。再往远处，便是一望无际的美丽星大高原，绵延起伏。接着，又是一马平川的大草原了。

"我的大元帅，我就这么打个比方吧，朝着疾驰而来的一艘飞碟，你扔一个小球到飞碟的头上，小球反弹回来的速率会远远大于你扔球时的速率。而我们这个山洞内的巨型科学装置，犹如一张巨型弹弓，在捕获一个小行星体后，利用行星甚至恒星的重力场，来给它加速，将它甩向下一个目标，比如熊尼星球。你可以想象一下，两个高速飞行的行星，相互撞击之后，产生的巨大能量，还有那种天崩地裂的恐怖景象，就知道这种武器的威力了！当然，这个作为攻击武器的小行星体，它的直径约为50千米，飞行轨道和曲线都是需要事先计算好的，以便在它的飞行过程中，随时进行调整和控制。"

酷布卡二世和美墨亮，听了教授一番热烈而平静的话语，虽然似懂非懂，但内心自是大喜过望。

一切，似乎都万事俱备，成竹在胸。

第六十一章
摧毁熊尼星球

三天之后，酷布卡二世和美墨亮坐在军部巨大的环形指挥室内。

它的面积，足足有 5000 平方米，高度 50 米，墙壁和天花板甚至地板，全部由光离子大屏幕无缝隙镶嵌而成，置身其中，四周围星河璀璨，恍若就在太空遨游一般。

今天，美思坦宏教授坐镇美丽星球二号工厂，亲自指挥"高尔夫球"的发射。他们把这次将要发射的一颗小行星，称为"高尔夫球"。希望这一杆子打出去，它能够直接命中熊尼星国的首都，这样一来，就可以万事大吉了。

通过眼前的大屏幕，酷布卡二世和美墨亮能够对前方发射的情况，看得一清二楚，和身处现场没有什么两样。

快到上午 10 点，二人都是屏神静气，静静等待那一时刻的到来。

"5、4、3、2、1，发射！"

只见那颗"高尔夫球",并不是从地面上拔地而起,而是早就在工厂上空不远处,默默等待。从远处看,它的体积确实不算太大,远远望去,真的就像是一颗悬在太空、待命出征的小球球。忽地,那颗"高尔夫球"就飞出去,瞬间从眼前消失了。

只是,若干颗太空卫星对它的一举一动都了如指掌,并即时清晰显示在大屏幕上。速度越来越快,越来越快。它的周边燃起了鲜红的火焰,变成了一颗高速飞行的大火球。和周围黑洞洞的太空相比,它是如此耀眼,如此鲜艳夺目,直让人目不转睛,紧张得大气都不敢喘息一下。

"哒,哒,哒……"

时钟的秒针,在一秒一秒地前进。清脆而沉闷的声音,真的让人的小心脏受不了,偌大的指挥室内,死一样的寂静。

美丽的"火球",也离美丽星球越来越远。却是,离熊尼星球越来越近。

死神,瞪着鲜血一样的眼睛,在一步一步向熊尼星国逼近。"高尔夫球"已经被打出去 50 万千米,只要它再安全飞行一半的距离,一切就都在胜利中结束了。

就在酷布卡二世和美墨亮,刚要转身互相击掌,庆祝即将到来的胜利的时候,意外发生了。只听见,宇宙中传来"轰"的一声,天摇地动,好像是宇宙的末日哀号声。听在耳朵里,让人心惊胆战,腿肚子瑟瑟发抖。

随之,燃起了一片熊熊烈火,似乎半个宇宙都发生了大火,甚至将指挥室内所有的大屏幕,都染得通红一片了。再接着,是各种剧烈翻滚的巨石和各种飘零的碎石片,还有滚滚烟尘,四散弥漫开来,遮挡住了宇宙中所有的眼睛。就连一向胆子蛮大的地球人类,极力夸张想象,都不敢于拍摄,也拍摄不出这样的轰天大场面来。

屏幕画面所带来的听觉和视觉的双重冲击力,是如此的震撼,如此的摄人心魄,几乎让所有现场的人,都出现了短暂的窒息,呈现出假死亡状态,意识彻底眩晕了,身体也像是散了架似的瘫软一团。

不知过了多久,所有的人,都像是从噩梦中醒来,大病了一场一样,脸色惨白,心虚身软,冷汗直流。

"教授,到底发生了什么?是什么原因,让我们的行动失败了呢?"三个十恶不赦的"肇事者",又最终坐在了一起。

酷布卡二世坐在自己的椅子上,双手紧紧捂着脸庞,连说话的声调都变了腔,颤颤巍巍。

美墨亮也是铁青着脸,坐在一旁,闷声不语。

"根据我们对现场的画面进行初步推测,应该是熊尼星国军队,发射了一枚'高树'500型号超光速星际导弹,在半途拦截了我们的'高尔夫球',才导致我们这次的行动失利。"美思坦宏教授坐在那里,虽然脸上有些内疚,但是好像满不在乎的样子,挥舞着双手,激动地说道:"元帅,军师,我说你们大可不必一副兴师问罪、如丧考妣的样子嘛!"

"教授,此话怎讲?现在举国群情激愤,美之郎大帝暴怒,已经两天时间没有同我讲话了,你叫我如何是好?"酷布卡二世摊着两手,满脸无奈,委屈巴巴地说。

"哈哈哈,我们的星际武器工具箱里,还有那么多的武器没有使用。再说,这次失利并不是因为我们的武器不管用,而是因为遭到了骚扰拦截,吃一堑长一智,何必以一次成败论英雄呢!"美思坦宏教授并不在乎这次失败,反而证明了自己研发的武器是成功的,是可以参加实战的。

至于我有矛,你有盾,这个问题是次要的,可以另想其他办法,失败是成功之母嘛!

"那么教授,你认为我们这次行动失利,根本原因在什么地方呢?"

双方的情绪都很激动,这样子互相兴师问罪,是得不出答案来的。

于是,美墨亮开始说话,出面打了个圆场。"我认为,应该是我们的武器个头太大,目标太明显,一开始就被熊尼星国的太空卫星,或者超远程预警雷达侦测到了,所以被他们成功拦截。"

"教授,我们对此就束手无策,心甘情愿,自认失败了吗?"酷布卡二世大元帅不死心,毕竟他始终追求的,是吃到嘴里的胜利果实,一个接一个的胜利。

"哪里的话,下一次,我们可以使用小型甚至微型星际武器,躲开对方太空卫星或者预警雷达的侦测,做到神不知鬼不觉,岂不就可以成功了吗?"

两天之后，酷布卡二世和美墨亮再一次坐在军部巨大的环形指挥室内。迫于压力，没有办法，两人已经是如坐针毡、走投无路了。今天，美思坦宏教授再次亲自坐镇，亲自指挥，不过这一次是在他的办公室里。

这次行动的代号为"雪球行动"，就是准备由一艘大型星际战舰，携载一颗微型"奇异物质炸弹"，在熊尼星球上空10万千米处直接投放到熊尼星国。

只要这颗炸弹成功接触到地面，从而就会引发链式反应，将熊尼星球上的所有物质转化成奇异物质，所有生命也将不复存在。

这颗微型奇异物质炸弹，名字叫作"山鸡蛋"。状如一个乒乓球般大小，名副其实，周身玄黑，重量却有2000吨之重。"山鸡蛋"被盛放在四方形的一个盒子内，盒子是透明的，里面呈超级真空状态，它就稳稳地悬浮在正中间的位置。

通过眼前的大屏幕，酷布卡二世和美墨亮能够对前方星际战舰飞行和投放的情况，看得一清二楚，和身处现场没有什么两样。快到上午九点，二人都是屏神静气，静静等待那一时刻的到来。这一次，为了确保成功，他们把行动的时间，整整提前了一个小时。

"5、4、3、2、1，升空！"

只见"偷猎者"号大型星际战舰，在另外两艘星际战舰的护卫下，从地面上腾空而起。另外两艘星际战舰，突出在前，一左一右，警惕地护卫着后面的"偷猎者"向前飞行。

"哒，哒，哒……"

时钟的秒针，在一秒一秒地前进，清脆而沉闷的声音，偌大的指挥室内，死一样的寂静。

威武的"偷猎者"号，离美丽星球越来越远，离熊尼星国星球越来越近，死神像一只灵猫，再一次悄无声息地一步一步向熊尼星国逼近。

眼看，"偷猎者"号已经飞行了50万千米，只要它再安全飞行约一半的距离，把炸弹成功投放在熊尼星国星球，一切就都在胜利中结束了。

这一次，元帅和军师并没有转身互相击掌，而是仍然紧张地盯着屏幕，两个人的脸上都渗出了细密的汗珠子。

突然，三艘星际战舰的正前方，出现三个巨大的黑团，看不清楚具体是什么东西。乍一看，像是三块黑压压的乌云，一字排开，横亘在前方。不过，这三块乌云相互之间，始终相距有500千米左右的距离，各自一会儿呈现正方形，一会儿呈现长方形，一会儿呈现正圆形，一会儿呈现椭圆形，瞬息万变。却始终规则有序，像是有人在背后调度指挥一样。更奇怪的是，三艘星际战舰往左飞行，这三块乌云也跟着往左飞行，三艘星际战舰往右飞行，这三块乌云也跟着往右飞行，就是不让你飞过去。

接着，三艘星际战舰往上爬行，这三块乌云也跟着往上爬行，三艘星际战舰往下俯冲，这三块乌云也跟着往下俯冲，硬是不让你飞过去。由于三块乌云的情况不明，看起来，三艘星际战舰，也不敢贸然往前横冲直撞。毕竟，"偷猎者"号上，正放着那个可怕的小家伙，万一让它蹦出来出了意外，那可是关系到一个星球瞬间命运的大事件。

就这么你来我往，双方互相缠斗，足足有几十分钟，仍然不见有什么进展。

酷布卡二世再一次坐不住了，就紧急给美思坦宏教授打电话，教授坐在自己的办公室里，也正通过大屏幕关注着行动的进展。

"教授，那些牛皮糖一样，摆脱不掉的黑云团，是怎么回事儿？"

"根据观察，那应该是熊尼星国军队的'无人机蜂群'，数量庞大，十分难缠。"

没错，前方出现的，正是熊尼星国军队的三个"无人机蜂群"。每个"无人机蜂群"，由10000架蚊子无人机组成。说是蚊子无人机，可是要比蚊子大多了，只是发出"嗡嗡嗡"的声音非常像蚊子，很令人讨厌。并且，每架蚊子无人机内置计算机系统，机头都带有微型针尖式摄像头和一个光束传感器，肚腹里藏有一颗豌豆般大小的微型炸弹，内装烈性炸药。每个无人机蜂群的成员之间，相互距离10米远，都是通过光网络联接，互相传递信息，自主编排队形，并且自主飞行或者攻击。

如果第一架领头的无人机遭到攻击或者损坏，那么第二架无人机会自动补上位置，如此循环往复，并且会自主重新编排队形，自主寻找目标，一点不会受到影响。可以想象，30000架蚊子无人机组队在太空飞行，一起"嗡嗡嗡"，那种声音是震耳欲聋呢，还是美妙动听呢？并且，还可以自由翩翩起舞，怪不得熊尼星国军队，将此次行动的代号称为"莺歌燕舞"行动。如此看来，熊尼星国的科学技术水平，发展也是相当强悍的了。

"这些蚊子，确实令人讨厌无比！"等不得酷布卡二世的再次催促，美思坦宏教授已经站在自己的办公室里，被气得直跺脚，歪鼻子瞪眼睛，破口大骂了。

"'偷猎者'，'偷猎者'，听我命令，不必再绕圈圈子，直接给我冲过去！"

美思坦宏教授绕开酷布卡二世，直接给前方的三艘星际战舰下了命令。接到命令，两艘星际战舰作为掩护，一马当先，先就冲了过去，并发射出道道光束子弹。自然的，对方也自动有两个"无人机蜂群"，横冲直撞，毫不含糊，各自迎了上来。无奈，距离太近，数量太多，第一架无人机受损，自有第二架无人机冲上来，后面跟着的，同时有近万架无人机，密密麻麻，防不胜防。

"咣，咣，咣……"

此时，空荡荡的太空里，全是无人机撞在星际战舰上，发出的爆豆般的清脆响声。接着，便是无数微型炸弹爆炸的剧烈声音。你来我往，各不相让，硬碰硬，两三个回合下来，两艘星际战舰，面目已经是千疮百孔、目不忍睹了。

两艘星际战舰的身体虽然受了伤，倒并无大碍，不会影响到战斗力。问题是，驾驶舱的前方玻璃，被撞被炸得七零八碎。虽说坚固异常，没有损坏，但是都变成了白乎乎一片，一点儿看不清楚外面的世界了。

打不过，我总躲得起吧？两艘战舰徐徐后撤，退出了战斗，那两个"无人机蜂群"也不再追赶，只是将目标齐齐对准了最后一艘。

只剩下"偷猎者"号星际战舰了。它是一艘大家伙，个头大得多，舰体也厚实得多。这些机器蚊子们也真怪，面对眼前的庞然大物，好像知道了软处和弱点似的，竟然自动改变了战术，不再攻击舰体，而是开始直接攻击牛鼻子的地方，也就是驾驶舱的挡风玻璃。而且，不再是一架一架的来，而是一次100架的群体性进攻，井然有序，无畏无惧。

这100架进攻完毕，或死或伤，不到两秒，马上又有100架接踵而至，不给你任何喘息的时间。

如果此时摆脱了它们，而没有彻底消灭它们，即使只身顺利到达熊尼星球上空，没有其他两艘星际战舰的保护，届时的投放工作，也无法保证安全完成。

十几波次的连续攻击和迎战下来，已经让"偷猎者"号驾驶人员手忙脚乱，眼花缭乱。这种自杀式的连续性攻击，任谁都承受不了。想一想，后面还要面临几百波次这样的连续性攻击，没完没了，无穷无尽，人的心态会瞬间崩溃。

不过，驾驶人员的心态还没有崩溃，毕竟，军人的心理素质都是十分过硬的。倒是坐在后方办公室里的美思坦宏教授，实在看不下去，心态提前崩溃了。

他站在那里，捶胸顿足，声嘶力竭，发了疯似的叫喊道："返航！返航！给我返航！"

第六十二章
星球争夺战

仙女国侍卫队队长嫦霞，向王镇副部长提出，请求人类支援一批先进的武器装备，并希望能够安排一批优秀教官，到仙女国内执教培训。

王镇副部长乐呵呵地想都没有想，就极其爽快地答应了。

由于仙女国国情特殊，国民淳朴单纯，安排哪些战士前去好呢？王天雷副部长思考再三，犹豫不决，就找王春瑞总参谋长商量此事。

"嗨，这有何难？让王锋班长带领他的班，前往仙女国内执教培训，保证错不了！王锋班长不但军事技术过硬，而且政治素质也过硬，屡建奇功。"

王锋班长接到新的任务后，激动得一夜没有睡好觉。
"保证完成任务！"
临出发前，全体战士，向着首长领导们敬了个庄严的军礼。

第六十二章　星球争夺战

"王班长，咱们这是去哪儿，执行什么任务呀？"坐在一艘星际战舰上，战士们都纷纷好奇，发出了心中的疑问。

"绝对保密！"王锋班长蠕动了一下嘴唇，然后给了他们一个严厉的回答。

大家只好坐得端挺笔直，一路无话。

这是首长亲自要求的，只有到达了目的地，甚至只有见到了培训对象，才能向战士们说出这次执行的任务内容。

周星亮、刘瓜娃、邓大军三个人，从来没有见过班长如此严肃，因此，都把嘴巴闭得严严实实的。

此长彼消，形势逆转，宇宙大战东西战场，到了大反攻阶段。计划的第一步，是四个国家先期进行大规模的军事部署和兵力调动。为此，人类军队又再次向火星增兵 50 万人。同时，熊尼星国也再次集结 150 万大军，在西线待命。郎甸国配合出动 50 万兵力，伺机待援熊尼星国军队。仙女国抽出 10 万仙女兵力，加上在火星上的 2 万仙女士兵，保证整个宇宙东线战场的星际运输通道畅通，以及战场死伤人员的随时救援。

地球人类把原来驻守在火星上的 100 万部队，全部调动出击。因为这些士兵已经有了前期星际大战的实战经验，而新来的 50 万增兵，则留在火星上进行驻守。10000 艘星际战舰在前，10000 艘运输飞船在后，就这么一路浩浩荡荡，在宇宙空间绵延数十万千米，向西而去。

威武壮观的场面，别提有多气派和神气了！

地球人类军队，采用大踏步前进的"跳蛙"战术，占领一个星球，留下少数驻军进行善后，然后大部队继续跳向下一个星球，快速跳跃一个一个占领。星际战争，打的就是时间和效率。光电瞬息，死伤立判，绝不会磨磨唧唧，吭哧缓慢。

双方大量的牺牲和伤亡，都是避免不了的，毕竟美丽星士兵们的智慧和武器，摆在那儿。

这时候，平日里漂亮的仙女小姐姐，在战场上摇身一变，成了勇敢的战士。她们冒着枪林弹雨,不惧任何危险,抢救一个又一个的人类伤亡士兵。

越往前打,美丽星士兵们的抵抗就越激烈。

地球人类的星际部队,始终朝着最终目标,"轰隆隆"前进,容不得半分迟缓和犹豫。此刻,舰机在各个星际间轰鸣,导弹在各个星际间纷飞。似乎整个宇宙,都陷入了熊熊战火之中。

第六十三章
两个星球的爱情

"大熊猫号"星际战舰，搭载着王锋班长一行，飞行来到了仙女星球的仙女国。

仙女星球是太阳系内的一个小行星，由于过于袖珍，在人类的《宇宙星球地理图》上，几乎找不到它的存在。围困仙女国的10万美丽星士兵，早已经撤走。国王嫦妤带领着120名仙女侍卫队队员，亲自到停放飞碟的停碟场迎接。

不过，当人类七个战士走出舱门的时候，却被眼前的场景弄得有些不知所措。有一个士兵，竟然慌不择路，急忙扭头往舱门里面钻去，幸亏及时被王锋班长拦住了。

虽然仙女侍卫队队员身着戎装，队伍整齐，英姿飒爽，但是她们清一色的美少女，并且个个仙气飘飘，这就让有些人类士兵不太适应了。

支援仙女国的武器装备，还需要一个月的时间才能抵达。因此，在头一个月里，七个人类战士的主要任务，是对仙女国仙女大学的大学生们进行执教培训。

仙女国因为人口所限，全国只有一所大学，就是仙女大学。另外，还有 10 所仙女中学，50 所仙女小学。当然，不管是小学、中学，还是大学，里面的学生都是一些仙女小姐姐。

仙女大学，位于仙女国的政治、经济、文化中心首都香霏丽娜市，里面有 5000 名仙女大学生。

仙女大学占地有 5000 亩，与其说是一所大学，不如说是一座大花园，一座自然天成的大花园，没有任何人工雕砌的痕迹。大学不收取学生任何学费，连吃住都是免费的，没有任何商业化气息，大学生们也都是纯朴自然、天生丽质、天真可爱，没有任何虚荣心、攀比心。总之，这里每一丝空气都是纯净的、甜美的。

王锋班长一行七人，被安排住宿在老师们的公寓内，紧挨着仙女校长的宿舍。

"一路上都在冒汗，好紧张嗳！"七个人匆匆忙忙，收拾好行李床铺，刘瓜娃坐在新床上，终于拍着胸口感叹道。

"刘瓜娃，你紧张什么？"王锋班长站在室内，一边仔细检查着内务，一边问道，其实他内心里也很紧张，但仍然镇定自若。

"王班长修身养性，得道成仙，自然不会紧张的。"周星亮坐在那儿，始终按捺不住激动的心情，阴阳怪气地说道。

"今天大家好好休息，明天开始执行任务，严格遵守纪律，不许乱说乱讲，知道吗？"

"否则，嘿嘿——"

第六十四章
最后的赌注

眼看着,两国的东、西两路太空大军,浩浩荡荡,势如破竹,就要逼近美丽星球,美之郎大帝和一帮文官武将,真的急眼了。

这也难怪,沿途的几十个星球国家,千百年来,苦美丽星国久矣!纷纷揭竿而起,风助火势,火借风威,已经形成了星火燎原之势。

两路大军,很快抵近美丽星球的几个外围星球,只要占领了这些星球上的国家,接下来就可以直达美丽星国了。

但是,人类军队、熊尼星国军队,从东、西两个方向,到达这几个星球的外围空间后,都停止了进攻的步伐,开始休整,补充弹药。

一个重要的原因,两国太空军队,都忌惮美丽星国努尔贡嘎巨炮的巨大威力。两路的星际战舰群在它面前贸然前进,弄不好,会像两张筛子一样,被它任意打穿。进攻就是最好的防守,休整三天后,第二波次的激烈攻击开始了。

美丽星国和盟国之间,也是各怀鬼胎,各怀心思,貌似强大,实则是乌合之众。但是，它们也深知唇亡齿寒的道理，因此也是拼了命地抵抗。

美之郎大帝下令，全国进入一级战备状态，所有后备役士兵，全部进入现役待命，为最后的大决战做好准备。

尤其是美思坦宏教授，像是得了狂躁症，狗急跳墙，决心孤注一掷。

他搬出了美丽星国，压箱底的终极武器，包括黑洞罩、金柜、反物质炮弹。决定和地球人类决一雌雄，拼个鱼死网破。

"大帝，不能再犹豫不决，踌躇不前。是时候使用我们的撒手锏武器了，否则，美丽星球的命运危在旦夕啊！"美思坦宏教授站在美之郎大帝跟前，声嘶力竭，甚至都要老泪纵横了。

"教授，您能否详细说一说你的计划，好让大家斟酌商议一番？"美之郎大帝虽说黔驴技穷，但还保持着起码的冷静。

这一次，我们需要多管齐下，确保万无一失。

"第一种方法，是使用'黑洞罩'。把'黑洞罩'发射到地球表面，然后打开它的窗口，黑洞将会因为引力作用被拉到地球的中心，不断消耗地球的物质，直到抵达地核，使地球消失无影。

"第二种方法，是把我们在'金柜'里面养着的虫洞，偷偷运输到地球的运行轨道前方，然后打开'金柜'，放出虫洞，使整个地球穿越虫洞。

"第三种方法，是把我们的'反物质炮弹'，投放向地球，地球不消多久，就会灰飞烟灭。"

此刻，如果地球人听到了美思坦宏教授的话，不知道会作何感想！

也许，上帝欲让其灭亡，必先让其疯狂。

在美思坦宏教授和一帮文武大臣的蛊惑下，美之郎大帝制订了疯狂的"地球末日"计划，想尽一切办法，以让地球和人类从宇宙间彻底消失。

由于，"金柜"的制造是现成的，而发射"黑洞罩"和"反物质炮弹"，需要做大量前期的计算和储能准备工作。因此，美思坦宏教授把"地球末日"计划分成了两步走。

计划的第一步，是安排10艘星际战舰，携手并肩，把"金柜"运输至地球运行轨道的前方，然后打开"金柜"，释放出里面的虫洞，让地球穿越虫洞，达到毁灭地球和人类的目的。

这个"金柜"，并不是由金光闪闪的金子打造，而是看起来像是人类的水晶棺一样，一头大，一头小，坚固无比。飞行时，"金柜"的大头朝向地球，如果一切顺利，届时打开大头一方的大门，虫洞就会从里面爬出来，然后扑向地球。

虫洞，具体长什么样子，估计人类都还没有见过。在宇宙之内，目前能够有幸见到它的，也就是美思坦宏教授等少数几个人了。

让地球穿越虫洞？这样的场景，是不是非常恐怖可怕？

当然，为了做到神不知鬼不觉，避免地球人发现，美思坦宏教授突发奇想，让执行此次任务的10艘星际战舰，在起飞后立即进入了另一个"平行宇宙"。

这一项高超技术，几乎快要赶上神级文明了。正如美思坦宏教授的操作，10艘星际战舰在起飞后，很快进入了另一个"平行宇宙"。

它，是和现实宇宙，完全平行的另一个宇宙空间。生活在现实宇宙里的人，完全感觉不到"平行宇宙"的存在，也不会知道里面所发生的一切。

在"平行宇宙"里，经过跨越大半个银河系的飞行，10艘星际战舰，很快飞行到了地球运行轨道正前方10万千米处，并立即向美思坦宏教授做了报告。

10艘星际战舰的星际飞行，完全看不见摸不着，宛如幽灵鬼魂一般。

美思坦宏教授得意非凡，又再次进行一番操作，让10艘星际战舰飞出了"平行宇宙"。再次来到现实宇宙空间里，前方，蔚蓝色的地球，已经清晰可见。

不料，在10艘星际战舰的前面，出现了一个无边无际，人类提前布放好的"星际智能地雷阵"。"星际智能地雷阵"，顾名思义，就是地球人类在星际空间布设的地雷阵。

人类在地球的外围空间，东、西、南、北四个方向，共布设了四个地雷阵。每个"星际智能地雷阵"，面积达到1000万平方千米，布设有100万颗星际地雷。这些星际地雷，包含各式各样的地雷，都如篮球般大小，五花八门。有常规地雷、激光地雷、强光地雷、电磁地雷、粒子束地雷，甚至还有"烟灰地雷""硫酸地雷"等。每颗地雷之间，相距2000米的距离，自带有感应系统，任何飞行器都很难穿越过去，一碰就炸。更为奇妙的是这些地雷都是由计算机控制，由星际战舰在太空撒出后，自行布放，光束无线网络连接，安装有光束探测器。这些地雷，能够自动提前发现目标，跟踪目标。

如果其中的一颗炸了，其他地雷，就会跟着蜂拥而至，就像大黄蜂群的进攻一样。如果战争结束，只要一按键盘，这些没有爆炸的地雷，都会自动收集成一堆，再由星际战舰撒一个大网下去，就可以轻松安全地运回地球了。

亿万千米之外，"中华号"巨型星际指挥舰，巨型指挥室内。王天雷副部长和王春瑞总参谋长正站在大屏幕前，紧张地盯着前方激烈的战事。

突然，地球大本营传来紧急电话，是黄宇飞部长亲自打来的，劈头盖脸，就是一顿臭骂。

"你们怎么搞的？"

"就在刚刚，美丽星国10艘星际战舰，携带不名武器，意欲偷袭地球，怎么，你们都不想要回地球的老家了？"

王天雷副部长按住话筒，一脸震惊，和王春瑞总参谋长面面相觑。

"不过，已经被我们的'星际智能地雷阵'解决了，你们就在前边安心打你们的仗吧！但是，下不为例，绝不能让这样的偷袭发生第二次！"

说完，黄宇飞部长就气呼呼地挂了电话。跟着，地球大本营就发来了战况通报。哦，原来是这么一回事儿呀！二人的身上，都吓出了一身的冷汗，怪不得，黄宇飞部长要发那么大的脾气。

可是，美丽星国的10艘星际战舰，是怎么到达地球的？我们的警戒足够严密，太空卫星、雷达，日夜24小时不停监视，怎么事前一点迹象都没有呢？令人百思不得其解。

　　双方都百思不解。地球上如此，美丽星球上，同样也是如此。美思坦宏教授坐在办公室的椅子上，紧张地盯着计算机屏幕，直挠着满头的花白头发，头皮都要发麻了。这一次，由于没有现场能够传回来的战场画面，他急得抓耳挠腮，六神无主。
　　"完了！完了！一切都要完了！"
　　酷布卡二世大元帅和其他所有将士，都在前线上，正打得难解难分。
　　因此，美思坦宏教授来不及通知他们，二话不说，匆忙乘坐自己的飞碟，再往"美丽星球二号工厂"。
　　"我要发射'反物质炮弹'，狠狠地投放向地球，让地球不消多久，就灰飞烟灭！然后，我要使用'黑洞罩'，把'黑洞罩'发射到地球表面，使地球消失得无影无踪！"
　　一路上，美思坦宏教授坐在飞碟内，心慌意乱，喋喋不休。

第六十五章
会师美丽星球

"我命令,限你们24小时之内,尽快到达美丽星球,并进入地面作战。我现在可以明确地告诉你们,地球形势危在旦夕,危在旦夕!"很快,黄宇飞部长亲自打来了第二通电话,语气更是严厉,这一次,直接下达了死命令。

看起来,形势真的是到了千钧一发的时刻,如果稍有失误,便会是功亏一篑,前功尽弃。

"我命令,限你们12小时之内,尽快到达美丽星球,并进入地面作战。地球形势危在旦夕,危在旦夕!所有作战人员,必须发扬连续作战的优良作风和光荣传统,迅速拿下美丽星球!"

刚撂下黄宇飞部长的电话,王天雷副部长立刻就以前线最高司令员的身份,给前线所有将士下达了死命令。还好,熊尼星国的先头部队,已经到达了美丽星球,并进入了地面作战模式。

因为,熊尼星国军队在西线,只需要对付蝎尾国一个国家。而人类军队在东线，需要面对天鹅国、蟹甲国、艾地国，还有厄矮星国四个国家，战事行动有些迟缓。

"刚刚接到首长命令，由于战场进展形势需要，我们的执教培训任务提前结束。后天早上八时整，我们准时从仙女国出发，目的地美丽星国。"

这天晚上的班务会后，王锋班长面对着六名战士，下达了命令。

"啊，为什么呀？这还不到三个月的时间呢！"

战士们对于突如其来的命令，有些难以理解，但都坚决地接受了命令。

临别的头一天晚上，明月高照，清风徐徐。大家都不约而同地出现在那个绿茵茵的大操场上，表现出了互相之间的恋恋不舍之情。嫦好国王、老师们还有仙女大学生们，都前来为他们送行，并纷纷带来了自己的送别礼物。

王锋班长这一次接到的任务，是秘密潜入美丽星国。搜集战时军事科技情报信息，并配合后面大部队的地面作战行动。

"根据指挥部从熊尼星国得到的情报，美丽星国在南部的大山深处，建设有一座巨大的发电工厂，他们的一些星际武器发射，就是在这座工厂内进行。所以，我们这次的任务，是前往这座工厂，秘密潜入后，彻底控制这座工厂，在必要时炸毁它。"在星际战舰降落前，王锋班长向战士们交代了任务。

"可是班长，这么重要的军事设施，对方肯定要安排重兵防守，就我们这几个人，势单力薄，能行吗？"刘瓜娃看着王锋班长，忧心忡忡地说。

"他们原本打算在火星上建设星际武器发射基地，但是由于阴谋被我们挫败了，黔驴技穷，这座工厂才被启用。它以前只是民用设施，并且是在无奈匆忙之中，临时启用了它，因此我估计，应该不会有太多的守军。"

大家听了王锋班长的一番分析，都觉得很有道理，纷纷摩拳擦掌，准备大干一场。

星际战舰降落后，被推进了一片树林内，并用树枝严密地遮盖了起来。不料这时候，意想不到的奇迹发生了！什么奇迹呢？原来，一进入美丽星国境内，呀呀和呱呱曾经赠送给他们的"宇行通"，这时候都自动开通运行，绿色的小指示灯，一闪一闪，煞是好看。

"幸好把它带在了身上，真是如虎添翼，天助我也！"大家纷纷感叹着。然后，一行七人，就朝着那座大山进发了。

前方，是连绵不断的高山深谷。王锋班长不断停下，翻看手中的《美丽星国地图》，并不停地用宇宙指南针校准方位。

"班长，这座工厂叫什么名字？它坐落在哪座大山之上？"

"大家听好了，这座工厂的代号叫作美丽星球二号工厂，它坐落在美冈底山海拔 16000 米。"

"哇，这么高的一座山，比我们的珠穆朗玛峰，还要高得多！"其他六个人听了，都不由感到一阵惊奇，同时，对它的兴趣和兴致也更高了。

两个多小时的急行军后，他们来到一座高山脚下。这座大山就是美冈底山，它海拔 16649 米，直插云霄，是美丽星球上第二高的山峰。

七个人仰头看着它，似乎有些头晕目眩。这怎么上得去？就是专业的登山运动员，恐怕也撑不住，得搁在半路上吧！大家都在赞叹不已的同时，又纷纷摇头不止。

"这有什么困难的？大家仔细想一想，美丽星人是怎么上去的？"王锋班长一句话，一语惊醒梦中人。

大山脚下的山谷里，有很多处开阔地，那儿有很多管理人员和工人的办公楼，还有成片的宿舍。办公楼和宿舍前面，都是停碟场地。

今天，自己动手开飞碟的机会终于来了，并且能够过足了瘾。七个人蹲在地上，围成一个大圆圈，开始了周密的谋划。

主意已定，由王锋班长等四个人前后左右作为掩护，周星亮、刘瓜娃、邓大军三个人配合搭档，实施具体的偷窃行动。

"班长，要不要顺便抓一个'舌头'回来，好给我们上山带个路？"刘瓜娃这一句话，提醒真是及时，王班长连连朝他竖起大拇指。

他们悄悄地四处寻觅，停碟场所那么多，在哪儿下手最好呢？三个人低头分析，只有头目和领导，才最了解这个工厂的部署情况，并且一些关键性的设施，也只有他们最为清楚和熟悉，进出也很方便。

三个人瞄准了一幢最高的建筑，其实它也只有七层高，关键是它在所有的建筑中，外观装修最为高档豪华，鹤立鸡群。

"能够在这里面办公的，一定是一个大官了，我们就在这儿下手！"

周星亮看一看刘瓜娃，不禁夸奖道："看你整天一副吊儿郎当的样子，有时候也似乎能够说出很有道理和见地的话来！"

三个人静静潜伏，在这幢大楼附近的一处草丛里，瞄准了停碟场内一艘最高、最豪华的飞碟。周星亮瞅瞅手腕上戴着的"宇行通"的美丽星时间，刚好是中午12点。只见，大楼里陆陆续续，有美丽星人出来了。他们三三两两，朝着远处的职工宿舍走去。接着，就连大门口的一个门岗，也打着哈欠，伸着懒腰，朝着干饭的地方走去。最后，走出来一个美丽星干部模样的人，径直朝着停碟场走去。

这个美丽星人，身材高大，油头滑面，脑袋比一般的美丽星人要大，脖子也比一般的美丽星人要粗。

"就是这个人了，干他！"三个人，从草丛里一跃而起，大摇大摆地朝着那个美丽星人而去。

没有想到，刚走到大门口，值班室里还有一个美丽星保安。保安抬起头，透过窗户，朝着三个人"咿咿呀呀"问了一句话。

突如其来，周星亮连忙点头哈腰，脸上堆满了笑容，笑嘻嘻说道："我是，厄矮星人！"

周星亮这也是被逼无奈，急中生智之举。那个美丽星保安听了，脸上露出了笑容，周星亮潇洒地朝他扬扬手，亲切说道："好的，好的！"

然后，三个人就顺利地进去了，急忙朝着那艘豪华飞碟走了过去。

"混蛋！"隔着七八步远的距离，周星亮朝着那个美丽星干部模样的人，就这么吼了一嗓子。那个美丽星干部模样的人，正好打开飞碟的舱门，正要猫身钻进去呢，被吓了一大跳，猛然转过身来，一脸的茫然。

"站住！"周星亮接着又来了一句，三个人三步并作两步，就这么来到了他的跟前。

"哦，是厄矮星的朋友，欢迎欢迎！"那个美丽星干部模样的人，脸上露出了开心的笑容，大大地张开了双臂，想要和周星亮来一个热烈的拥抱。

万万没想到，三支黑洞洞的枪口，却悄悄抵在了他的腰间和后背上。

"不要说话，上碟！"周星亮把脸凑在这个美丽星人的脸旁，低声命令道。

一上飞碟，周星亮赶紧启动了手动驾驶模式。万一这个美丽星人使用意念自动驾驶模式，在不知不觉间报了警，三个人就要完蛋了。

"你叫什么名字？"周星亮驾驶着飞碟，刘瓜娃和邓大军就一左一右，坐在这个美丽星人旁边，进行审问。

"我的名字？我叫酷珅。"看起来，这个美丽星人的厄矮星语水平，比起三个人也好不到哪儿去。

没错，这个领导模样的人，是这个工厂里负责后勤和保卫的副厂长。

一切都弄清楚了，飞碟又顺利接上王锋班长他们四个人，一路朝着山上飞去。

酷珅始终没弄清楚王锋班长他们七个人的身份，但看他们的厄矮星国话说得很流畅，并且一本正经，也就相信了，何况他们都带着那要命的短家伙呢！

"你们，是厄矮星国的特工？"酷珅讨好地问王锋班长，露出一副谄媚的模样。

"你很聪明！"周星亮朝着他竖起大拇指，以示回答加表扬。

按照酷珅副厂长的指点，飞碟飞到了16000米处那个大平台上，停了下来。一行八个人下了飞碟，王锋班长对着酷珅努了努嘴，然后脸朝着那个巨大的洞口。

"你们，是想进去参观参观？"

"是的！"

酷珅的态度立马毕恭毕敬。趾高气扬地来到大门口两个持枪哨兵前。"你们打开大门，欢迎厄矮星国的朋友！"

两个持枪哨兵非常听话，先是分别用眼中的光束扫了大门，又分别从身上各掏出一把大钥匙，共同插进大门上一把大锁的两个锁孔。

"轰隆隆！"

大铁门自动打开了，它的厚度，足足有一米来厚，真是一门当关，万夫莫开。映入七个人眼帘的，是一个奇大奇高奇深的山洞。应该有十来个足球场那么大，高度似乎一眼望不到顶，但四周的装修却无比豪华。

在里面正中间的位置，一台巨型钢铁设施特别扎眼，看着特别震撼恐怖，奇形怪状。乍一看，有些像是集装箱港口特大型的龙门吊，有100多米高吧。但见，四周各种激光屏幕遍布，墙壁上的粗细线缆密密麻麻，如蛛网一般。

在那台龙门吊的正前方，也就是朝着大门口的方向，有一排整整齐齐的计算机操作台，横排着有一二十个计算机屏幕。上面花花绿绿，还伴随有轻微"滴滴答答"的声音，由于站得太远，看不清楚显示的什么内容。

而在计算机操作台前，排列着一二十个高级旋转椅子，上面正坐着八九个人，一个个都忙忙碌碌，不知道在干什么。大概是听到了大门口的响声，一个老头模样的人抬起头，转身看了一眼，似乎并没有在意，然后又转过身忙碌去了。

王锋班长急忙从口袋里掏出一张照片，对着那个老头的脸部仔细核对了一下。没错，他就是美思坦宏教授，那个臭名远扬的宇宙战争狂人，宇宙战争贩子。

王锋班长匆匆转身，朝着周星亮、刘瓜娃、邓大军三个人努了努嘴，三个人心领神会，朝着里面走去。其他四个人在大门外，以迅雷不及掩耳之势，如闪电般，迅速控制了酷珅和两个哨兵。

"尊敬的美思坦宏教授,你好!"三个人来到教授背后,周星亮首先开了口,语气中有幽默,有亲切。

美思坦宏教授转过身来,奇怪地看着三个人,在他心里认为这些厄矮星国的工程师,像苍蝇一样,真是讨厌!

"教授,你辛苦了,你的功劳居功至伟!"周星亮朝着教授竖了竖大拇指,露出一副皮笑肉不笑的表情。

美思坦宏教授有了笑容,眉头舒展了一些。也难怪,自宇宙大战爆发一来,难得有一个人这么理解他,这么真诚地夸奖他,他站起身来。周星亮顺势搂着教授的肩膀,朝着大门口走去,亲热尊敬的样子,让人感动。

"我要向你请教,和你商量商量!"两个人就这么亲亲热热地走到了大门外,周星亮把教授交给了王锋班长,转身又走了进去。

"我是教授的好朋友,他问,电源总开关是在哪儿?"
周星亮对着那七八个年轻博士模样的人,态度可亲可敬,询问道。
一个年轻博士模样的人,抬起头来,指了指后面的墙壁。
上面装着一个很大的开关柜子,然后又低头忙活起来了。
"你把电源关掉!"
周星亮又对着那个美丽星博士模样的人,很和蔼可亲地说道。
那个美丽星人再次抬起头来,有些奇怪地看着周星亮,其他博士模样的人也都抬起头来,脸色很是疑惑。
"这是教授的命令!"
无奈,那个美丽星博士模样的人,乖乖走到墙角,搬了把旁边的梯子爬上去,"啪"地一下子,把电源总开关关掉了。

世界一下子黑暗下来,漆黑一片,幸好,山洞内安装了应急照明灯,很快就亮了起来。看起来,在这一次的宇宙大战中,掌握一门外星球语言,也是多么的重要啊!

"报告首长,我是王锋,我们已经顺利完成任务,美思坦宏教授被我们控制住了！"坐上飞碟后，其他六个人死死看护着教授。王锋班长一边驾驶着飞碟，首先向指挥部报告了好消息。

"非常好，向你们表示祝贺！我们的大部队已经到达美丽星国境内，你们前往美丽星国首都酷布雅娜市，与我先头部队会合。注意，一路安全押解美思坦宏教授，确保其人身安全，尤其不要让其逃跑，让他接受战后军事法庭的审判！"

"哇，一等功！"全体战士欢呼雀跃，别提有多高兴了。

"我要抗议，向你们厄矮星国政府提出强烈抗议！你们这是强盗行径，是绑架，是勒索！"

哈哈哈，直到现在，美思坦宏教授都没有搞清楚，坐在他面前的，到底是朋友还是敌人！

"如果你们再给我一天的时间，一天的时间，我就要发射'反物质炮弹'，狠狠地投向地球，让地球不消多久，就会灰飞烟灭！如果你们再给我两天的时间，我就要使用'黑洞罩'，把'黑洞罩'发射到地球表面，使地球消失得无影无踪！"

一路上，美思坦宏教授坐在飞碟内，声嘶力竭，不停地絮絮叨叨。

经过近一个月时间的地面激烈战斗，地球人类先头部队、熊尼星国大部队，终于在美丽星国首都酷布雅娜市外围会合。

这仗打得都太激烈了，也太精彩了！

毕竟，美丽星国是名副其实的第一宇宙强国，无论军事、科技方面，都是首屈一指。但是，再强大的狮子，也终有衰老体弱的一天。穷兵黩武，恃强凌弱，只会让这一天早日到来罢了。但是，美之郎大帝看不到这一历史规律，还在拼命抵抗。

酷布雅娜市是宇宙第一历史悠久的古老城市，文化艺术价值极高，城内名胜古迹星罗棋布，学术科研机构众多。不但文化艺术价值极高，而且科技军事借鉴意义更大，稍有毁坏，便会成为宇宙第一憾事。

接下来应该怎么办？是和平投降谈判还是采取武力攻占呢？

为此，两个星球国家的前线最高指挥官，出现了意见相左的情况。

王天雷总司令员和王春瑞总政委，倾向于通过谈判让对方和平投降的方案。认为两军已经兵临城下，酷布雅娜市已是一座孤城，200万守敌完全在严密包围之中，美之郎大帝没有什么讨价还价的余地了，死守是不可能的。为了保障酷布雅娜市居民及城市不受损害，期望和平解决为妥。

但是，熊尼星国的彼得波夫却不这么认为。提出美之郎大帝仍然抱有不切实际的幻想，首鼠两端，还想拖延时间，讨价还价，誓言与酷布雅娜市共存亡，还在发动群众，要他们奋起反抗。

由于双方分歧很大，协商未获任何结果。

最后，在王天雷总司令员和王春瑞总政委的极力解说下，彼罗卡答应给予一周的时间进行谈判。

人类军队和美之郎大帝的和平投降正式谈判，先后进行了三次。

和谈是按照地球大本营确定的方针和原则，由王天雷总司令员和王春瑞总政委与美之郎大帝派出的代表进行的。

第一次和谈，地点设在前线司令部驻地附近，美之郎大帝派出的代表是美墨亮。美墨亮提出，要两国军队停止一切攻击行动，两军后撤，通过谈判以期和平解决问题。他还提出，要求两国军队将俘虏的美丽星国士兵放回，然后美之郎大帝通电全国，宣布实现和平解决。

但是，人类军队谈判的基本原则，是"争取敌人放下武器"。地球大本营认为，美之郎大帝提出的条件缺乏诚意，派出的代表美墨亮"态度很好"，但非其亲信，"只是一种试探性的行动"。

第三天进行了第二次和谈，地点仍然在前线司令部驻地附近，美之郎大帝派出的代表是酷布卡二世。美墨亮陪同。

王天雷总司令员提出，同意两国军队停止一切攻击行动，两军后撤，但是所有的美丽星国士兵，必须放下武器。

经过两次谈判，双方草签了《会谈纪要》，要求美之郎大帝五日内给予答复。

在谈判期间，美之郎大帝仍在做最后的挣扎，又在城内修建了两座星际战舰的起飞场所，星际战舰起落频繁。在这种情况下，地球大本营决定，五日后对酷布雅娜市发起总攻。

第四天进行了第三次和谈，地点仍然在前线司令部驻地附近，美之郎大帝派出的代表仍然是酷布卡二世。美墨亮陪同。

王天雷总司令员提出，"仍希望和平解决，不可再拖延时间"。

限三日内，美之郎大帝出城亲自签署《自愿投降书》，酷布卡二世当即表示："完全可以照办。"

可是三天后，美之郎大帝依然没有如约前来，王天雷总司令员立即将情况通报了彼罗卡。

第二天早上8点，酷布雅娜战役正式打响了，为了进攻酷布雅娜市，熊尼星国军队早就做好了准备，在酷布雅娜市外围防线上集中了250万大军。15000辆各式坦克和重型装备，在酷布雅娜市外围防御阵地上，以及城中的大街小巷里，继续与美丽星国军队厮杀。太空中，有24000多艘各式星际战舰，继续向早已满目疮痍的酷布雅娜市倾斜着弹药。

在持久的消耗战中，美丽星国的致命弱点就暴露出来了。武器装备可以自行生产，但军民日常的吃喝拉撒，以往却几乎由其他星球国家完成。如今遭遇到铁桶一般的封锁，加上其他星际国家也无力大规模生产，甚至拒绝提供生活物资，生活补给严重困难。此时，曾令美丽星国军队无比骄傲的星际战舰力量，也早已如明日黄花了。

月底，熊尼星国军队攻入酷布雅娜市中心地区。也正在此时，美之郎大帝在他的阴暗地堡里，用手枪结束了自己的生命。

第二天，美丽星国签署了无条件投降书，当日开始生效。曾经的宇宙第一强国，顷刻间，一切都烟消云散。

第二次宇宙大战，终于宣告结束。

这场宇宙的浩劫，最终以侵略者的战败结束。

从此之后，宇宙开始战后重建，又再度进入了一个大和平、大繁荣时期。不同星系的各个星球国家，互相协作、互帮互助，科技再攀高峰，人民安居乐业。

宇宙是神秘的，奥妙无穷，永无止境；宇宙是透明的，坦荡磊落，喜怒有道；宇宙是宽容的，接纳万事，拥抱万物。

　　前车之辙，后车之鉴。

　　人类在自己生存发展的宏伟征途中，一向不屈不挠，奋发有为；同时，又时有同类相残，战火不断、民不聊生的悲剧上演。可惜总有些人喜欢选择性地遗忘历史。

　　那么，浩瀚无垠的宇宙中，人类存在的意义为何？人类将往何处而去？人类的最终命运，究竟又会如何呢？